悪い女

暴走弁護士

麻野　涼
Asano Ryo

文芸社文庫

目次

プロローグ　夜釣り

埠頭に打ちつける小波の音だけが響いている。大鷹明日香は岸壁ぎりぎりのところまで歩み寄り、海をのぞき込んで見たが、水面がどの辺りにまで迫っているのかさえわからない。携帯電話を取り出し、時間を確認した。一月十九日午前一時二十五分。

明日香は震える手で110と押した。すぐに相手が出た。

「夫の姿が見あたらないんです。海に落ちたのかもしれません」

オペレーターより明日香の方が先に話し始めた。

「落ち着いてください。どうされましたか」

「夜釣りに来ているんですが、あまりにも寒いので車の中で十五分ほど温まってきたら、夫の姿が見えないんです」

オペレーターは大鷹明日香の名前と場所を確認してきた。

「扇島W公園近くの埠頭にいます」

「わかりました。すぐにパトカーが向かいます」

こう言ってオペレーターの電話は切れた。

大田区本羽田の家を出たのは午前零時二十分頃だった。

川崎市川崎区の扇島は埋め立て地で、東京湾に面した島の南部には、東側にE公園、西側にW公園が整備され、バリアフリーで車椅子も乗り入れられるし、駐車場も完備されている。東京湾に面した岸壁にはフェンスが立てられ、日曜、祭日ともなれば、子供づれでにぎわう。釣り客も多くフェンス沿いに肩をすり合わせるようにして、釣り糸を垂らす。

その二つの公園を除けば、大型タンカーが接岸できる埠頭で、周辺には倉庫、コンテナターミナル、物流センター、石油、ＬＰＧの備蓄基地、火力発電所などが立ち並んでいる。

二つの公園には釣り場が設けられているが、夫の大鷹寿美夫がもっぱら釣り糸を垂れるのは、一般車両の進入が禁止されている区域だった。立入禁止区域に駐車したり、あるいはその手前に違法駐車したりして、立入禁止区域の埠頭で釣りを楽しむ者も少なくない。

十分もしないでパトカーのサイレンの音が聞こえてきた。明日香は持っている懐中電灯で海を照らした。海面までの距離があり過ぎるのか、拡散した懐中電灯の明かりでは静かな波のうねりしか確認できない。

非常灯を回転させながらパトカーが接近してくるのが見えた。明日香はその方向に懐中電灯を向け、小さく回転させて合図した。三台のパトカーと救急車が明日香の立つ場所に来て止まり、車から警察官と救急隊員が駆け寄ってくる。

「夫が海に落ちたようなんです」

そこには釣りの道具箱と折畳式の椅子、釣竿三本、餌箱、そして保温ポットが並んでいた。

警察官が一斉に持っていた懐中電灯で海を照らしたが、岸壁付近にはそれらしきものを発見することはできなかった。一台のパトカーが埠頭の端から端まで、人影を探して走って確認したが、誰も見あたらない。

もし海に落ちていたなら東京湾を浮遊している可能性がある。

保温ポットの中身が日本酒だと確かめた警察官が、明日香に聞いた。

「旦那さんはお酒を飲んでいたんですか」

「冬は日本酒を飲み、暖を取りながらいつも釣りをしていました」

「ポットにはどれくらい酒を入れましたか」

「いっぱい注いでおけと言われたので」

「ほとんど空ですね」

保温ポットの容量は〇・五リットルだ。

「ここは一般車両の進入禁止区域です。釣りに入るなと看板も出ている場所なんですが……」

警察官は明らかに非難を込めて明日香に言った。

「車は駐車場に止めてあります。夫について来いと言われて、釣り道具運びを手伝わされて……。あまりにも寒いので私は車に戻っていたんです」

「それで」

「十五分くらいして、夫も寒がっているのではと思って来てみたら……」

「旦那さんがいなかったということですか」

警察官の一人はパトカーに戻り、無線で現状を報告している。海上保安庁に協力を要請しているようだ。東京湾には大型船舶が数隻、ブリッジやデッキを照らしながら停泊しているのが見えた。大型船舶を避けながら、すぐにサーチライトを照らした小型の船舶が波間を一直線に非常灯が点滅する埠頭を目指してやって来るのがわかった。


川崎臨港警察署の警察官が岸壁付近の海、そして海上保安庁の船が東京湾を懸命に捜索したが、大鷹寿美夫を発見することはできなかった。

結局、翌朝七時、日が昇り周囲が明るくなった頃、保安庁の船が岸壁から一キロほど離れた東京湾を浮遊している大鷹寿美夫を発見した。

大鷹明日香はそのまま川崎臨港警察署に呼ばれ、事情聴取を受けた。夫の大鷹寿美夫は新宿区歌舞伎町にある指定暴力団の組員で、前科があることが川崎臨港警察署にもすぐに知られた。傷害罪、窃盗、覚せい剤取締法違反で、それまでに二度服役し、八ヶ月前に刑期を終えて東京拘置所を出所したばかりだった。

明日香は殺風景な取調室に入れられた。

「真冬のあんな時間に普通釣りには行かないけど、なんで行ったんだね」

「なんでと聞かれても……。連れて行けと言われて、断ればすぐに暴力をふるうし、おとなしく従うしかないんです」

「まだシャブをやっていたのか」

取調べにあたった刑事がぶっきらぼうに聞いてきた。

大鷹は覚せい剤の売買にかかわる一方で、自分でも覚せい剤を使用していた。

「二度と警察の世話になるようなまねはしてくれるなと言ってありますが……」

「やっていない」と断言することは明日香にはできなかった。夫は陰に隠れて、売り物の覚せい剤を自分でも使用していたのではないかと思っていた。

明日香は家を出て扇島W公園に着き、夫が立入禁止区域で釣り糸を垂れるまでの様子を詳細に、聴取にあたった刑事に説明した。

大鷹寿美夫の遺体は海上保安庁によって収容され、Y大学医学部附属病院で司法解剖が行われた。

明日香が家に戻ったのは午前十一時過ぎだった。夕方までには遺体は戻ってくるだろうと、川崎臨港警察署の刑事から告げられた。葬儀社に連絡はしたが、遺体が戻ってこなければ、葬儀の準備は何一つ進められない。

夕方の五時になり、パトカーが本羽田の家の前に三台止まった。遺体が到着したのかと思い、明日香は玄関を開けた。刑事が車から降りてくると、明日香に家宅捜索の令状を示し、一斉に家の中に踏み込んできた。

家は借家の2LDK、一部屋は寝室、もう一部屋は夫の部屋で、明日香はその部屋にはあまり入らないようにしていた。夫がその部屋で何をしているのか、およその見当はついていた。

「奥さん、動かないで」

指揮を執っている刑事が明日香に言った。

「どうしたというのですか」

明日香は落ち着き払った声で聞いた。家宅捜索を受けるのはその時が初めてではなかった。前回、夫が逮捕された時は、午前六時過ぎ、まだ寝ていたのに家に踏み込まれた。

「旦那さんの遺体から覚せい剤、睡眠薬、アルコールが検出された。ガサ入れだ」

そんな説明を聞いていると、すぐに「ありました」と夫の部屋から叫ぶ声が聞こえた。

明日香は指揮を執る刑事に同行を求められ、夫の部屋に入った。クローゼットの中の衣類は乱暴に引き出され、床の上に散乱し、ベッドのシーツも剥がされ、マットも壁に立てかけられていた。

部屋の隅にはデスクトップ型のパソコンが置かれ、夫はそのパソコンの前でキーボードを叩いていた。プリンターから紙がすべて引き出され、モニターの前に置かれていた。紙と紙の間に覚せい剤をポリ袋に小分けにした、通常パケと呼ばれるものが五袋発見された。中には白い粉末が入っていた。刑事がプリンターやパケを写真撮影していた。

「これは何ですか」刑事が明日香に聞いた。

それが覚せい剤だと、明日香は知っていた。十代の頃は使用もしていたし、売っていた時期もあった。

「夫の部屋に勝手に入ると殴られるので、入らないようにしていた……」

部下の刑事が覚せい剤検査キットを持ってきた。パケの一つを開封し、白い粉を取り出し、試薬を一滴加えた。一瞬で青に変わった。パケの中身は覚せい剤だった。

明日香には驚いた様子はない。前回は新宿区歌舞伎町のマンションに踏み込まれ、同じように覚せい剤のパケが発見され、夫が逮捕された。明日香も新宿署に連行されたが、その日の夜には帰された。

川崎臨港警察署の刑事たちは新宿署の捜査よりも慎重で、執拗な捜索を繰り返した。覚せい剤のパケが発見された部屋だけではなく、明日香の部屋、居間、キッチン、バス、トイレまで念入りに捜索をつづけた。

捜索はつづいていたが、明日香はパトカーで川崎臨港警察署に連行された。最初に聞かれたのは明日香自身が覚せい剤を使用しているかどうかで、覚せい剤など使用していないと答えた。尿を任意で提供し、すぐに検査されたが、陰性反応で使用していないことはすぐに証明された。

その後は、夫が所持していた覚せい剤について聞かれたが、明日香はまったく関与してない。何度も同じことを聞かれたが、夫の覚せい剤使用、覚せい剤の所持について、まったく知らない。

結局、日付が変わる頃に自宅に戻ることができた。家の前にはパトカーが止まり、警察官が警備していた。

夫の遺体が司法解剖を終えて戻ってきたのかと思った。警察官に聞くと、遺体の戻りは明日になるという返事だった。玄関に入ると、明日香が戻ってきたことを知った、猫のフレディーが走り寄ってきた。腹をすかせていたのだろう。

半年前に大田区動物愛護センターから譲渡された猫を一匹飼っていた。

家の捜索は覚せい剤だけではなかったのか、家中のすべてのものが引っ張り出され、いたるところに散乱していた。片づける気力は失せていた。昨晩から一睡もしていないのだ。明日もまた川崎臨港警察署で聴取を受けなければならない。温かい湯につかり、すぐにでもベッドに横になりたい。バスルームに入ったが浴槽の給湯口のカバーまで外されていた。浴槽に湯を張る気にもなれずに、温かいシャワーを浴びて、その晩、ベッドに潜り込んだのは午前二時過ぎだった。

翌朝九時には川崎臨港警察署のパトカーが来て、明日香はその日も一日中取調べを受けた。夫が所持していた覚せい剤や夫の交友関係について聞かれるのだろうと思っていたが、そうではなかった。

夜釣りに行くまでの経緯をくどいくらいに繰り返し聞かれた。しかし、夫は部屋から出てこないで、何時頃起きたのかも明日香は知らなかった。夫婦と言っても、夫は明日香が稼ぐ金で暮らしているようなもので、最近ではどうやって夫から逃げるか、離婚するかその方法だけを考えていた。

聴取にあたっている刑事は覚せい剤依存症の患者を何人も取調べてきたのか、覚せい剤、睡眠薬、アルコールが血液の中から検出されても、それほど奇異に感じている様子はなかった。

覚せい剤を常習すると、何日も眠れない状態に陥る。無理やりに眠ろうとして大量の睡眠薬やアルコールを摂取する。数時間の睡眠を取ることができても、その後は意識が朦朧として再び覚せい剤を打つはめになる。

「あの晩、突然、釣りに行くと言い出したんです」

元々釣りが趣味で、夜釣りに付き合わされたことは、これまでにもあった。真冬の夜釣りは初めてだったが、逆らえば近所に聞こえるような声で怒鳴りまくり、挙句の果てには暴力をふるう。

「おとなしく言う通りにするしかないんですよ」

「シャブに睡眠薬、典型的なヤクチュウだ。その上に酒も入っている。旦那さんは自分で車に乗ったのかね」

「目がつり上がっていて、呂律が回っていないような感じでしたが、普通に歩いていました」

扇島W公園の駐車場から釣りができる岸壁までは歩いて三分くらいかかる。

「釣り場まで旦那さんは歩いていったのかね」

「ええ、歩いていきましたよ。私は釣り道具を担がされて、旦那の後を付いていきました」

「シャブと睡眠薬のヤク漬けで、さらにアルコールで泥酔状態、歩くのは困難だったと思うが……」

「私は扇島W公園の釣り場で釣るように言ったのですが、とにかく言い出したら聞かないから」

「奥さんはどのくらいの時間、あの釣り場にいたんだね」

「あんな寒い夜、風だって冷たいし、私は車で待っているとすぐに駐車場に戻り、十五分くらい車の中でラジオを聞いていました」

刑事は車の中で聞いたラジオ番組の内容を聞いてきた。明日香はラジオから流れてきた曲名と、パーソナリティーのトーク内容を答えた。取調べにあたった刑事は、立入禁止区域に大鷹寿美夫を一人残してきた後の明日香の行動を知りたがっているのがわかった。

その日の聴取は午後三時には終了した。帰宅すると、夫の遺体がY大学医学部附属病院から戻ってきていた。

翌日、明日香は一人で遺体を荼毘にふした。その日一日は警察の聴取はなかった。しかし、葬儀の次の日も、明日香は川崎臨港警察署に呼ばれ、聴取を受けた。聴取にあたる刑事は毎回変わったが、聞かれる内容は同じだった。夫を進入禁止区域に残してきた後、再び明日香が釣り場に戻るまでの行動をくどいくらいに聞いてきた。

1　弁護依頼

一月末の寒い日だった。ＪＲ中央線立川駅近くにある黎明法律事務所にアポイントの電話もなく、突然女性の相談者が訪れた。元暴走族紅蠍《べにさそり》の総長だった真行寺悟が開いた弁護士事務所として、マスコミにも知られるようになった。紅蠍は関東最大の暴走族ブラックエンペラーをも恐れさせた暴走族として知られていた。

女性は三十代前半といった年齢で、ショートカットで化粧はいっさいしていなかった。ジーンズの上からダウンのロングコートを羽織っていた。

「紅蠍の総長の法律事務所って、ここですか」その女性は入るなり聞いた。

真行寺は自分の法律事務所を開設する時、事務所の名前を何にするか、昔の暴走族仲間に相談した。

「暴走法律事務所」「紅蠍法律事務所」と真顔で提案してきたヤツもいた。中学校の教師になった元仲間が「黎明法律事務所」という名前を考えてくれた。

「太陽のように光り輝く強烈な光でなくてもいい。道に迷っていた俺たちのような連中が、新たな一日を迎えられるような夜明けの一筋の光になってほしい。そんな思いを込めて黎明法律事務所というのを考えた。どうだろうか」

真行寺はその提案に、黎明法律事務所と命名して念願の個人事務所を開設したのだ。事務所は入って右手にカウンターがあり、内側に机が二つ並び、一つは事務局員の三枝豊子の机で、もう一つは空席だ。窓際に置かれた奥の机が真行寺のデスクで、窓と反対側の壁にはパーテーションで区切られた相談室が二つある。大手の法律事務所で長年経験を積んできた三枝が席を立った。

「黎明法律事務所ですが、何かご相談ですか」

「うん、紅蠍の総長に聞いてほしいことがあるんだ」

元暴走族の弁護士事務所と確認してから相談内容を告げる依頼者はこれまでにもいた。しかし、紅蠍の総長かどうかの確認を求めて来たのは、その女性が最初だった。年齢的には真行寺の五、六歳後輩くらいだろうか。彼女も暴走族のメンバーだったのかもしれない。ＯＬでもないし、主婦でもないだろう。鋭い目つきをしている。荒んだ一時期を過ごした者だけが醸し出す雰囲気を彼女も漂わせていた。

「紅蠍の総長をしていた真行寺だけど、どこかの集会で会ったことのある人かな」

真行寺も友人と話すような口調で答えた。

「いいえ、初めてなんだけど、相談に乗ってほしいんだ」

「では、そちらへ」

と三枝が相談室に導いた。相談室は弁護士と相談者が机を挟んで向かい合うように椅子が置かれている。机の上には筆記具とメモ用紙が並んでいる。真行寺は机の引き出しから、相談内容を記す所定の用紙を取り出し、彼女に差し出した。

「住所、氏名、相談内容を簡単でいいから書いてくれるかな」

ダウンのコートを脱いだ彼女は、身体にフィットする真っ赤なセーターを着込んでいた。豊かなバストを強調するように、胸元はVネックになっていた。

「大田区本羽田◯―△―×　大鷹明日香　保険金殺人で逮捕された時の弁護」と彼女は書いて、用紙を真行寺に差し出した。さっと目を通して真行寺が聞いた。

「殺人の容疑がかかっているのかよ、ヤバくねえのか」

「そうなんだ。結構ヤバいよ」

大鷹はまるで他人事で平然として答えた。

「それで逮捕されそうなのか」

「多分ね」

大鷹明日香は交通違反の反則金を支払わずに放置し、警察から呼び出しがかかっているような調子で言ってきた。大鷹からは警察に逮捕されるかもしれないといった緊迫感、不安のようなものはいっさい感じられない。

これまでにも真行寺に喧嘩を吹っかけてきたと、ヤクザ仲間に吹聴したくて、依頼者を装って事務所に来た連中はいる。大鷹もその一人かもしれないと真行寺は思った。

「保険金殺人って、誰がいつ誰をやったのか、説明してくれないか」

どうせ適当な作り話を始めるだろうと思った。

「一週間ほど前、川崎の扇島W公園の埠頭に夜釣りに行って、酔っ払って海に落っこちて死んだ男がいるって、テレビのニュースに流れたの、知らない？」

真行寺はそのニュースは見ていなかった。三枝を呼んだ。

「死んだ人の名前は？」

「亭主なんだ、名前は寿美夫、ことぶきに美しい夫って書くんだ」

大鷹寿美夫とメモ用紙に記し、インターネットで検索してもらった。すぐに大鷹寿美夫の死亡記事をプリントして、真行寺のところに持ってきた。

真行寺は素早くその記事を読んだ。死亡を伝える最初の記事は単純な事故として書かれているが、翌日の記事は不審な点が見られ、警察は慎重に関係者から話を聞いていると記されていた。関係者というのが、妻の明日香なのだろう。

「亭主っていってもさ、私の稼ぎをあてにしているヒモなんだ。シャブを売って、その金を組に持っていかなければならないのに、売り物に手を付けて、自分で使ってしまうから手に負えない」

司法解剖が行われたのだろう。大鷹寿美夫の遺体からは覚せい剤、睡眠薬、アルコールが検出されていることが新聞には書かれていた。

明日香は、自分の部屋から出てきた夫が、突然夜中に海釣りに行くと言い出し、扇島W公園に行き、遺体が回収されるまでの経緯を説明した。新聞記事を読み、明日香も薬物依存症ではないかと思ったが、夫の海落下から遺体発見までを時間の経緯にしたがって理路整然と説明した。明日香は薬物依存症ではないようだ。

「私も尿検査されたけど、クスリは十代で卒業したんだ」

薬物をまるで禁煙したかのような調子で言ってのけた。

「総長はヤク、やったことある？」

「まあな」

「それならわかるでしょう。シャブやり過ぎてテンパってさ、何日も眠れなくなって、ミンザイ十錠くらいガリガリ噛んで飲みたくなる気持ちを」

覚せい剤をやり過ぎて眠れなくなり、大量の睡眠薬を服用してしまう依存症患者は少なくない。目を覚ましても覚せい剤、睡眠薬が体内に残り、身体は鉛を流し込まれたように重く、意識もどんよりとしている。その倦怠感から逃れるためにアルコールを胃に流し込むと、身体が火照って一瞬体調が戻ったような錯覚を覚える。

大鷹寿美夫はそんな状態で夜釣りに出かけたのかもしれない。

「旦那がどういう状況で死んだのかはわかった。それで保険金殺人の容疑がかけられているというのは、どういうことなの」

真行寺も暴走族時代の後輩の相談を受けているような口調で聞いた。

「新宿で出会って、意気投合してすぐに同棲するようになったんだ。籍を入れたのは赤城を卒業してからだけどね」

「赤城卒業」は赤城女子少年院に収容され、矯正教育を受けたことを意味する。赤城女子少年院には六ヶ月までの短期処遇と、二年以内の長期処遇があり、非行に走る未成年の女子を収容している。明日香は短期、長期、二度赤城女子少年院に収容されていた。相当のワルだったことがうかがえる。

入籍した夫は四十歳になる。二度ほど刑務所に収監され、八ヶ月前に刑期を終えて出所していた。戸籍の上では結婚してから十三年目を迎える。

「一緒に暮らした歳月、そんなのわかるわけないよ。旦那はヘマこいて警察に追われ、いつの間にかいなくなり、私に金をせびりに戻ってきて、また逃げる。最後は捕まって刑務所送り。全部合わせても、五年もないいんじゃないの」

二人の結婚生活は一般的な夫婦とは大違いだ。

その間、明日香はキャバクラのホステス、ソープ嬢とずっと風俗産業の中で生きてきた。暴力団組員の妻でいても、いいことなど何もない。さっさと離婚すればいいと思うが、これが簡単にはいかないのだ。

ヤクザの妻になった女性の両親から二人を離婚させたいと相談を受けた。妻は意識を失うほどの暴力をふるわれて救急車で搬送された。救急隊委員の通報で夫は逮捕された。両親は離婚のチャンスだと思って黎明法律事務所に相談に来たのだ。

本人を連れてくるように両親に伝え、三人から話を聞いた。本人にはまったく離婚する意志はなかった。

「一人になってみて思うの。ひどい男だけど、私が寂しい時にはそばにいて抱いてくれるのよ」

その女性は両親を前にしてそう言った。

ヤクザの夫と、相談に訪れた女性は完全に共依存に陥っていた。男にとって妻は金を貢ぐだけの女でしかなかった。そのことを妻は十分に認識していた。男にとって自分はなくてはならない存在だと思いたくて、過剰な献身的行為をつづけてしまうのだ。

病的な男女の関係だが、こうした関係を真行寺は暴走族時代から何組も見てきた。大鷹寿美夫と明日香の関係もそれと同じではないかと思った。

八ヶ月前に出所した大鷹寿美夫は、規則正しい生活と健康的な食生活のおかげで、覚せい剤の影響はすっかりなりを潜めて、健康そのものだった。

「深夜のBS放送見ていたら、インターネットで加入できる生命保険のCMが流れていたんだ。その生命保険に加入させた」

生命保険の金額は五千万円だった。明日香は生命保険証書を持参してきていた。加入したのは四ヶ月前だった。保険金の受け取りは一〇〇パーセント明日香になっていた。

「暴力をふるい、ヒモ同然の夫にどうしてそんな高額の生命保険を掛けたんだ」

「ろくでもないヒモで、覚せい剤の売人としても失格。客に売る前にアイツは自分で使ってしまう。いずれヤクザに殺されると思っていたから、モトを取るために掛け捨ての生命保険に加入させたんだ」

この程度の証言で警察が保険金殺人の容疑で聴取するとは思えない。大鷹寿美夫の死因に疑問を抱いているのだろう。

「旦那は司法解剖に回されたんだろう。その結果は聞いているのかよ？」

「ああ、聞いたよ。溺れ死んだんだって」

明日香に夫が死んだという悲愴感はない。ペットが死んでももう少し悲しむのではないかと思うほど、あっさりと司法解剖の結果を真行寺に告げた。そうかといって夫の呪縛から逃れられたという解放感もなかった。明日香の顔は能面のようで感情の起伏がまったくといっていいほど感じられない。その一方で、感情のこもらない言葉がパチンコ台の玉のように次から次に口をついて出てくる。

明日香の手元には詳細な司法解剖の結果もないし、川崎臨港警察署が明日香の言う通り、保険金殺人を視野に入れた聴取を行っているのかもわからなかった。ただ、死後から一週間以上が経過しているのにほぼ毎日のように聴取が繰り返されるのは異常だと思った。

「毎回、毎回、シャブとミンザイ、酒のことばかり聞かれるんだ。何度聞かれても、あいつは自分の部屋にいて、シャブを打ったりミンザイを服用したりしているのを私が見たわけじゃないからさ、答えようがないいんだ」

「酒の量くらいはわかるでしょう」

「紙パック酒からヤカンに移し替えて沸かして、適当なところでガスを止め、ポットがいっぱいになるまで注いだよ」
○・五リットルが入るポットにどれくらい残っていたのか、明日香は知らなかった。
逮捕もされていないし、起訴されるかどうかもわからない。依頼を受けようかどうしようかと、真行寺は考えていた。

「総長、私はまだムショに入ったことはないけどさ、これまで何度か刑事の取調べを受けたことはあるんだ。だから雰囲気でさ、逮捕されるんじゃないかって、感じるんだよ、直感だけどね」

「万が一、逮捕された時のことを考えて、じゃあ、委任状を書いてもらっておくか」

委任契約書には、依頼者が弁護士に依頼する弁護活動の詳細が記載されている。裁判が始まれば、それとは別に裁判所や検察庁に弁護人選任届を提出する必要がある。

明日香は委任状に打ち損ねた釘のような文字で署名した。ダウンコートを取り出して、帰り支度を始めたのかと思ったら、内ポケットから分厚い封筒を取り出して、それを真行寺に差し出した。

「総長、これは私が逮捕され、裁判になった時に備えて用意した金なんだ」

封筒には帯が切られていない百万円の札束が二つ入っていた。

「まだ裁判どころか逮捕もされていない。こんなには受け取れんぞ」

「逮捕されなければ返してもらうよ」

明日香は笑いながら言った。

「逮捕された時、誰か仲介役をしてくれる身内か友人はいないのか」

「身内もいないし、信頼できる友人もいないんだ」

真行寺は明日香が冗談を言っていると思った。

「それじゃあ、こうしよう。今日の相談料一万円で、百九十九万円は預かり証を用意する」

三枝が一万円の領収書と百九十九万円の預かり証を書いて、明日香に渡した。明日香はダウンコートを着ると、「総長、よろしく」と言う言葉を残して黎明法律事務所を出ていった。

翌日、コンビニで買った弁当を三枝と一緒に事務所でテレビを見ながら食べていた。各局どこも同じような芸能ニュースを流していた。

「先生、これ」

ニュースキャスターが「速報です」と言って、家から出てパトカーに乗せられる大鷹明日香のモザイクなしの映像が流れた。

「大鷹明日香容疑者が覚せい剤取締法違反の容疑で、さきほど逮捕されました。一月十九日未明、夜釣りをしていた夫の大鷹寿美夫さんが川崎区扇島W公園の埠頭から海に落下し、溺死するという事故が起きました。大鷹寿美夫さんの血液からは覚せい剤が検出され、自宅からも大量の覚せい剤が押収されています。明日香容疑者は覚せい剤の使用、不法所持を否認しているもようですが、入手経路を含めて覚せい剤の所持に深く関与しているものと見て、神奈川県警は厳しく追及するものとみられています」

昨日、黎明法律事務所を訪れた大鷹明日香は、うつむくでもなく自宅前に集まった報道陣を睨みつけるようにしてパトカーに乗り込んでいった。

「明日香さんは逮捕を本当に予期していたんですね」

三枝が弁当を食べるのを途中で止めながら言った。

キャスターがニュース原稿に目をやりながらさらにつづけた。

「夫の大鷹寿美夫さんの死亡にも不審な点が多く、多額の保険金も掛けられていたことから、詳しく事情を聞くもようです」

保険金殺人の容疑はまだ固まっていないのか、覚せい剤取締法違反での逮捕だった。しかし、キャスターの報道内容からは、別件逮捕で、本命は保険金殺人のような印象を受ける。

「これから川崎臨港警察署に行って、明日香と会ってきます」

真行寺は昨日、大鷹明日香が署名した委任状を持って、川崎臨港警察署に向かった。愛車の黒のポルシェ911カレラSで中央高速道の国立府中インターから入り、首都高大師インターで下りた。

逮捕からまだ数時間しか経過していないのに、弁護士が接見に来たことに川崎臨港警察署の刑事は驚いていたが、本格的な取調べ前だったのか、三十分ほど待たされたが接見できた。

接見室に現れた大鷹明日香は、逮捕を予期していただけあって、意気消沈している様子はまったく見られなかった。

「予想を外したよ、覚せい剤取締法で逮捕状を取ってくるとは思わなかったよ」

明日香は当たり損ねた馬券を、引き千切って空にばら撒くような調子で言ってきた。少女院送りと刑務所収監との区別がつかないのかもしれない。

机を挟んで向かい合わせに座った。暴走族の多くは高校にも進学せず、進学したとしても途中で退学になっている。警察に追尾され、補導されたり逮捕されたりする経験をしている。それにもかかわらず意外なほどことの重大性に気づかない連中は多い。暴走行為でしか自分の存在を主張することができない連中なのだ。法律の知識などまったくない。

「総長、覚せい剤で私を逮捕したのは、旦那の保険金殺人の証拠が上げられないからだよ。とにかく家からここまで来るのに、どうやって亭主を殺したんだって、それしか聞いてこないんだ」

明日香は法律にまったく無知というわけでもなさそうだ。

「わかっていると思うが黙秘権があるんだ。自分の不利になると思うことは述べる必要はないし、納得できない自白調書には絶対署名するな」

明日香の顔から冗談めいた笑みは消えた。

逮捕された容疑者に伝えるべきことを、真行寺は最初に伝えた。

「わかってる」明日香は即答した。

明日香の話によると、覚せい剤取締法違反の容疑で逮捕され、一度尿検査はされているが、血液、毛髪も鑑定に回され、覚せい剤の成分が検出されるかどうか再検査をするようだ。

「多分、時間稼ぎでさ、その間は本命をしつこく訊いてくると思うよ」

逮捕されることを予期していたとはいえ、変わった容疑者だと真行寺は思った。逮捕されたというのに、動揺している様子がまったく見られない。

犯罪に関与していなければ無罪を訴えてくるのにそれもしない。実行犯であれば、少しでも刑期が軽くなるようにしてくれとか、執行猶予付きの判決が得られるにはどうしたらいいのかを聞いてくるものだが、明日香は何も聞いてはこない。外見とは違って、冷静に今後のなりゆきを考えているのがうかがえる。

「何か聞いておきたいことはあるか」

「時々、顔を見せてよ」

「誰か面会に来てくれる親戚はいないのか」

「いない。逮捕されると思っていたから、着替えは自分で用意してもってきた。それより頼まれてほしいことがあるんだ」

明日香は飼い猫のフレディーの餌と水を心配していた。

「大田区動物愛護センターに小宮礼子っていうボランティアの子がいるんだけど、彼女に連絡して、私が帰るまでフレディーの世話をしてくれるようにって、私が言ってたと伝えてくれる？　家の鍵はあの子に渡してあるから、警察がまだいたら一緒に部屋に入って、フレディーを連れ出すまでつき合ってやってほしいんだ」

明日香はこれまでに何度も警察に身柄を拘束された経験があるせいか、終始落ち着いていた。川崎臨港警察署も一筋縄ではいかないと判断したのか、覚せい剤取締法違反から落としていくつもりなのかもしれない。

川崎臨港警察署を出ると、扇島W公園に向かった。明日香から夫の寿美夫の遺体が東京湾に浮くまでのおよその経緯は聞いてある。明日香は夫を乗せた車を公園に併設された駐車場に止めた。そこからまず釣り道具一式を立入禁止区域の埠頭まで運んでいる。埠頭までは普通に歩いても三分とはかからない。

真行寺は明日香が車を止めたのと同じ駐車場にポルシェを止めて、埠頭に向かって歩いた。晴れて冬の弱々しく柔らかな日差しが降り注いでいるものの、海からは冷たい風が吹いてくる。真行寺は肩をすぼめながら立入禁止区域の埠頭に急いだ。平日にもかかわらず、防寒具を身に着けた釣り客が何人も釣り糸を垂れていた。埠頭には大型タンカーが停泊している。埠頭のどの辺りで寿美夫が釣り糸を垂れていたのか、正確な場所はわからないが、立入禁止区域から一〇〇メートルも入らない場所に釣り道具を置いたようだ。

寒さのために明日香は車に戻り、車内でラジオを聞いていた十五分の間に、寿美夫は埠頭から東京湾に落下したものと思われる。

寿美夫の遺体からは覚せい剤、睡眠薬、そしてアルコールが検出されている。それぞれ体内にどれくらい残留していたのか、正確なデータはわからない。

明日香は保険金殺人で逮捕されると見込んでいるが、実際どうなるのかまったく予断を許さない。警察の取調べが進むのを待つしかないだろう。

大鷹夫婦は大田区本羽田の家に住んでいた。飼っていたペットのフレディーも気になる。大田区動物愛護センターの小宮礼子に電話を入れた。彼女がすぐに電話口に出た。事情を説明して、フレディーを預かってほしいと伝えると、小宮は大鷹明日香が逮捕されたのを知っていて、一刻も早くフレディーを保護したいと真行寺に言ってきた。

一時間後、本羽田の大鷹明日香が住んでいた家の前で会うことにした。小宮は大田区動物愛護センターの職員が運転するライトバンで、真行寺が着く前に大鷹の家の前で待っていた。運転していたのは五十代と思われる女性で、助手席に若い女性が座っていた。ライトバンの後ろにポルシェを止めると、二人もすぐに降りてきた。

「真行寺さんですか」

運転席にいた女性が「私、大田区動物愛護センターの宮本といいます」と挨拶してきた。

「私はボランティアの小宮です」

小宮は福祉関係の大学に通う大学生だった。アニマルセラピーに関心を持ち、いろいろなケースを調査しているうちに殺処分される動物にも関心を抱くようになり、動物愛護センターでボランティア活動をするようになったようだ。長い髪を後ろで束ねただけで、化粧らしい化粧もしていない。活動的な性格がその表情に滲み出ている。

二人ともジーンズに厚手のパーカーといういで立ちで、パーカーには何ヶ所も猫に引っかかれたようなキズがあった。

「大鷹明日香さんの弁護をすることになった真行寺です」

家の前に警察車両はなかった。

大田区は町工場の多い地区として知られる。NASAからも注目される町工場もあるが、その一方で工場を閉鎖する事業主も少なくない。人口は七十一万人と多いが高齢化も目立つ。バブル崩壊後、以前は職人が住んでいたような家が、マンションや高層ビルの間に取り残されたように点在する。大鷹夫婦が住んでいたのは、老朽化が目立つ小さな家だった。背後にはマンションが建ち、右隣は若い独身社員の寮として、町工場が全室借り切っている木造モルタルのアパートだった。左は小さな町工場だった。

小宮が預かっていた鍵をドアに差し込んだ。明日香が帰ってきたと思ったのか、猫の鳴き声が聞こえた。ドアを開けると、玄関にはフレディーのトイレが置かれ、そこからまっすぐ伸びる廊下には水とエサが置かれていた。

小宮を覚えているのか、フレディーがすり寄ってきた。フレディーは少し大きめな鈴が付いた首輪をしていた。

「寂しかったね、もう大丈夫だからね」小宮がフレディーの頭を撫でた。

真行寺も撫でてみようとするが、唸り声を上げて触られるのを拒絶した。

「でも、どうして明日香さんは覚せい剤なんかに手を染めたのでしょうか」

小宮は大鷹明日香が覚せい剤取締法違反で逮捕されたことに驚きを隠せない様子だ。

「私も何度か大鷹さんには会っていますが、覚せい剤をやるような人ではありません。ご主人という方は存じませんが、彼女に限って覚せい剤をやっていたなんてありえないと思います」

宮本と小宮が最初に明日香と会ったのは、大田区の保健所だった。捨てられた犬や猫の譲渡会に明日香は立ち寄り、飼い主を探している動物を見て、人目をはばかることなく、まるで子供のように泣きじゃくっていたのが明日香だった。

空き家になった大田区六郷にある古い家を動物愛護センターが安く借り受け、捨てられた動物の保護施設として使用していた。そこに明日香が訪ねてくるようになった。生まれたばかりの時に捨てられて、なかなか人間になつかなかった野良猫がいた。職員が近づくと唸り声を上げた。

その猫の世話を担当したのが小宮礼子だった。

「フレディーって名付けて、なんとか人間に慣れさせようとしたのですが、なかなか慣れてくれませんでした。ようやく私にだけは頭を撫でさせてくれるようになったんです。フレディーはもう人間不信の塊のような猫でした」

動物が人間に本能的に警戒心を持つことはあっても、不信感を抱くものなのか、真行寺は二人の話を半信半疑で聞いていた。それを察したのか小宮が言った。

「動物も人間と同じなんです。ある日突然邪魔になったからと捨てられたり、子供の頃からいじめられたりしていると、動物でも人間に不信感や敵意を抱くんです」

誰にもなつかず、引き取り手のなかったフレディーが、訪れた初対面の明日香の膝の上に乗り、喉を鳴らしながら居眠りを始めたようだ。

「それですぐにフレディーをもらいたいと大鷹さんが言ってくれて、フレディーは大鷹さんのおうちにもらわれていったんです」

宮本が明日香の手にフレディーが渡るまでの経緯を説明した。その後、小宮はフレディーが明日香と順調に慣れて暮らしているかを確認するために数回、大鷹の家を訪れている。

大鷹明日香からフレディーのことで相談したいことがあると、小宮に連絡が入ったのは一月末だった。小宮は明日香を訪ねた。

「明日香さんはもしかしたら警察に逮捕されるかもしれない。そうなったらフレディーの世話をする人がいなくなってしまうと、泣きながらおっしゃられて……」

小宮には事情がまったく理解できなかった。

「大鷹明日香さんは警察に逮捕される理由を何か言っていませんでしたか」真行寺が聞いた。

小宮は首を横に振った。

「私もどう答えていいものかわからなかったので、もしフレディーの世話をする人がいなくなれば、動物愛護センターの方で引き取りますと答えたんです」

それを聞いて明日香は安堵した表情を浮かべたが、意を決したように小宮に言った。

「変だと思われるかもしれないけど、私の話を聞いてくれる。私にはフレディーの気持ちがわかるの」

こう言って、明日香は動物愛護センターではなく、小宮に預かってほしいと懇願してきたのだ。

「フレディーはずっと一人で生きてきたから、たくさんの犬や猫のいる動物愛護センターでは気が休まらないのよ。フレディーはまたあそこに戻されたら、食事も水も拒否して死んでしまうような気がするの……。それで万が一私が逮捕されたら、この子をあなたに預かってほしいのよ」

小宮は明日香から逮捕されるかもしれないと聞かされても、実感を持ってその話を受け止めていたわけではない。何かの間違いか、明日香の思いすごしだろうと思っていた。

「わかりました。万が一の時は私がお預かりしてフレディーを育てます」

小宮はそう答えた。

「ありがとう。それでね、これはしばらくの餌代」

こう言って、明日香は封筒を小宮に渡した。中には十万円が入っていた。

「こんなお金は受け取れません」

小宮は突き返したが、「あまったら返してくれればいいから、お願いだから受け取って」と明日香は封筒を受け取ろうとはしなかった。

真行寺は、警察以外の者が家に入っていないかを確認するために、一通り家の中全体を見て回った。家宅捜索されたままの状態で、どの部屋も衣類が散乱し、キッチンは食器が足の踏み場もないほどに散らばっていた。

三人で部屋を出ると、ライトバンの後ろにあったケージにフレディーを入れた。

「明日香さんにフレディーは心配いらないからと伝えてください」

小宮はこう言いながら部屋の鍵を真行寺に渡した。

「これ、明日香さんに返しておいてもらえますか」

真行寺は家の鍵を預かり、

「明日にでも彼女と接見をします。今日のことは説明しておきます」

と答えて、ポルシェに乗り込んだ。

2　司法解剖

川崎臨港警察署の大泉という五十代後半の刑事と、三十代後半と思われる野沢という女性刑事が大鷹明日香の取調べにあたった。警察の取調室に入れられるのは十数年ぶりだ。

取調べは午前九時ちょうどに始まった。大泉と向かい合うように座った。

「眠れたか」

大泉は明日香の前に座ると言った。自分の娘に話しかけるような親しみがこもっている。明日香は何も答えなかった。

署内は暖房が効いているためか、大泉はワイシャツにVネックのセーターだけだ。部屋の隅に置かれた机で、パソコンのキーボードを叩きながら調書を作成している野沢は、やはり白のブラウスに、就活で会社訪問する女子大生のような濃紺の上下のスーツを着込んでいる。

大泉はヘビースモーカーなのか、歯にヤニがこびりつき、見るからに不潔な印象を受ける。歯を磨いていないのか、あるいはたった今喫煙を終えたばかりなのか、吐く息がタバコ臭い。

「くせえんだよ、ガムくらい噛んでこいよ」

明日香は顔を背けながら、大泉に言い放った。十代の終わりから二十代の前半までタバコは吸っていたが、覚せい剤をやめようと決意すると、不思議と酒もタバコをやめられた。やめると喫煙者か禁煙者かはすぐにわかるほどタバコ臭に敏感になった。喫煙者本人は臭いに気づかないが、髪や衣服にタバコ臭は染み込んでいて、通り過ぎただけで判別できた。

「そうか、くせえのか。まあ、加齢臭もあるからなおさらだ。俺のにおいが嫌だったら、さっさとすべて自供してくれ」

大泉は明日香に吐きかけるようにして大きな深呼吸を一つした。そううまくいくかよと思わず呟きそうになった。

「それで何を聞きたいっていうの。覚せい剤は何度聞かれてもやっていないよ」

収入を得るためにキャバクラやソープランドで働いてきた。客を相手に酒を飲むのも、好きでもない男とのセックスにも、体力を必要とする。ソープランドは一日に三人客が付けば、川崎の堀之内から本羽田の自宅に帰るのも億劫になるくらいに疲れ切ってしまう。覚せい剤をやりながらできる商売とは違うのだ。

「あんたくらいの年齢の変態オヤジを相手に、いかせるまでサービスしないことには金にならないんだ。シャブなんかやってできる仕事じゃないんだって、何度言ったらわかるんだ。話がくどいよ」

明日香の自供をパソコンに入力している野沢が鋭い視線を向けてくる。軽蔑しきっているのがその視線から伝わってくる。同じような視線を向けられたのは、一度や二度ではない。石鹸のにおいが骨の髄まで染み込んでしまったように思える仕事なのだ。駅の汚い公衆トイレに入っても、そのにおいがつきまとってくる。軽蔑でもなんでもすればいいよ。パソコンの前に座っているあんたなんかには永久にわからないよ、心の中で明日香は言い返した。

赤城女子少年院に収容されている頃だった。法務省に採用され、三、四年たった若い女性教官が配属されてきた。覚せい剤がいかに身体をむしばむか、周囲の者を悲しませるかを講義した。講義を終え、明日香はその教官から意見を求められた。

「シャブが身体をボロボロにするなんて、あんたに言われなくてもわかっているよ。でも、心を元気にするには、身体をボロボロにするしかねえんだよ。シャブに頼るしかないんだ。先生、わかる？」

若い女性教官は屈辱と怒り、憎悪の入り混じったような目で明日香を睨みつけてきた。野沢の視線はあの教官とそっくりだと明日香は思った。

「旦那の部屋からあれだけパケが出てきているんだ。昔、やっていたお前が手を出さないはずがないだろう」

大泉の言う通りだ。一度、覚せい剤の虜になった薬物依存者は、目の前に覚せい剤を置かれれば、ほとんどの者が手を出すと言ってもいいだろう。明日香の周囲には、覚せい剤から逃れられたものはいない。覚せい剤をやめられるのは逮捕され、刑務所に収監された時だけだ。

「そんなに疑うんだったら、いいこと思いついたよ。ここで小便垂れてやるよ。あっ、わかった。あんた、そういうのが好きなんだろう。いたよ、そういう客が。教師みたいにまじめな職業に就いてる連中に多かったんだ。小便するところを見せてくれっていうヤツ。そこのお姉ちゃん、覚せい剤の試薬持ってきな、いちばん新しいおしっこ、ここで出してやるから」

明日香は野沢をからかうように言った。

「あいにく俺にはそういう趣味はないんで遠慮させてもらう」

大泉は表情一つ変えずに答えた。すでに血液、毛髪、尿が検査に回されている。精密な検査結果が出るのを待てばいいだけだ。いずれ潔白は証明される。それは大泉にも当然わかっている。拘留期間中に、いずれ答えが出る話をうだうだと続けている気は大泉にだってないはずだ。

「ところで死んだ旦那に五千万円の保険を掛けているよな」

「ああ、掛けたよ。今はやりのインターネットで、四ヶ月前くらいに」

八ヶ月前に三年の刑期を終えて大鷹寿美夫は出所した。三年の間に当然覚せい剤の後遺症はなくなり、酒もタバコもやらずに、バランスのいい食事が提供される。睡眠と懲役、適度な運動で大鷹は健康な身体に戻って出所した。

保険は死亡した時にのみ支払われるもので、疾病障害の特約付きのものではない。

「普通、亭主に保険を掛けるのなら、ケガや病気の時にも金が出るように特約付きにするが、何故特約を付けなかったんだ」

「普通の亭主ならそうするよ。でもあいつは普通じゃないから」

はなをかんだティッシュペーパーを投げつけるように明日香は答えた。

「それではわからん。もう少しわかりやすく説明してくれ」

大泉は苛立つ明日香をなだめるような口調で聞いていくる。

「わからないのか。しかたないなあ。まあ、それだけあんたは家ではいいオヤジで、家族思いの刑事なんだろうよ。皆があんたの健康を気遣ってくれるんだから」

大泉は首を傾げるような動作をしてみせた。「それではよけいわからない」

「あんた、私が保険金殺人で亭主を殺したと思っているんだろう。旦那に早く死んでほしいと思っている女房が、ケガや病気になった亭主に身体を治してほしいって思うかよ……、よく考えてみな」

笑いをかみ殺しながら「なるほど」と言った。

演技なのか本気なのかわからないが、大泉は笑いをこらえきれない様子で、唇の端に笑みを浮かべた。

特約を付けなかった理由が大泉にも理解できたらしい。

「じゃあ生命保険を掛けたのは、亭主が死んだ時に五千万円が手に入ればいいと、最初からそう思って加入したんだな」

「そうだよ」

明日香が夫に掛け捨ての生命保険に加入したのは、一日も早く大鷹寿美夫が死んでくれるのを祈るような気持ちだったのは事実だ。

「三億円の年末ジャンボを買うのと同じ心境だよ」

「亭主の命は年末ジャンボと同じなのか」大泉が呆れ返ったように言った。

「こっちが身体はって稼いだ金をあてにして、競馬、競輪、競艇に使ってしまうし、元を取るには生命保険しかないんだって」

「それで真冬の東京湾に突き落としたっていうわけか」

明日香は口をつぐんだ。はい、そうですって答えるバカがどこにいるっていうのか。

「おい、どうした。急に黙りこんで」

それでも明日香は何も答えなかった。

「何だよ、黙秘ってことかい」

大泉はしたてに出て聴取するタイプの刑事らしい。午後から取調べに当たるのは、きっと怒鳴りまくり恫喝しながら尋問するタイプの刑事だろう。警察というところは、二つのタイプの刑事を交互に尋問させれば、いずれ容疑者は自白すると思い込んでいるらしく、マニュアル通りに取調べが進められる。川崎臨港警察署もその例外ではないようだ。

「じゃあ質問を変える。死ぬのを望んでいても、人間はそう簡単には死ねないもんだ。一日も早く死んでほしいと思って、生命保険に入ったようだが、どんな死に方を期待していたんだ。交通事故か、それとも鉄砲玉で対立組織に突っ込んでチャカで撃たれて死ぬとでも思ったか」

「亭主は鉄砲玉になれるほど肝っ玉がすわっている男じゃあない。交通事故で死んだら恩の字、ヤクザに殺されるとしたら、売り物のシャブを全部自分で使っちまって、見せしめに組の連中に殴り殺されるのが関の山だよ」

明日香は冗談ではなく本気でそう考えていた。加入するなら、出所して薬物に出す前の健康な時でなければ無理だ。出所して四ヶ月後にインターネットで加入手続きを行った。三ヶ月は免責期間で保険は正式契約にはならない。その期間だけは薬物には手を出すなと、明日香自身も夫に殴られながらも、部屋に薬物が持ち込まれないか神経を尖らせた。

保険が正式契約になった後は、組の覚せい剤であろうがなかろうが、薬漬けになり、組の連中に刺されて殺されるか、あるいは幻覚、幻聴に怯えながら高いビルから飛び降り自殺するのを期待していた。

野沢が嬉しそうにキーボードを叩いている。それを見ながらこの程度の話ならいくらでも聞かせてやるよと思った。

「あの晩、どうして、あの時間になって扇島W公園に行ったのかを聞かせてくれ」

何度話しても、事実経過が変わるはずがない。

「あの日は、ハイソサエティに十時に入店している。調べればわかる」

ハイソサエティはシニア世代を専門にしているソープランドで、オープンの十時から午後一時までは早朝割引で、その日も明日香には二人の指名客が付いていた。明日香はすでに三十歳を超え、風俗業界では熟女と言われる年齢に達している。若さを売り物に、金を持った若い客を相手に商売はできなくなっていた。一回のプレー代は当然安くなる。その分客の数を増やさなければならない。

「朝から指名客のナニを二本くわえて、昼食後、もう一本いかせて、その日は定時の六時には上がって帰宅したよ」

川崎駅の駅ビルデパートで夕飯の総菜を買い込み、猫のフレディーのエサとトイレ用の脱臭シートを買って、帰宅したのは午後八時過ぎだった。

風呂に入り、夕飯を一人で食べ終えたのは十時近かった。

「亭主の食事は用意するのか」

「旦那のメシは、デパートで惣菜と一緒に弁当を買って冷蔵庫に入れておく。腹が空けば、自分で温めて食べるからね。酒はドン・キホーテでパックに入った日本酒とビールを買っておけばそれで文句は言われないですむんだ」

テレビを点け、バラエティー番組を見て、ベッドに入ろうとした頃、夫が自分の部屋から出てきた。

「扇島に釣りに行く」

寿美夫は呂律が回らなかった。薬物依存症患者は昼夜が逆転する。カーテンを閉め切った部屋にいるので、夜になっていることに気づいていないのかもしれないと思い、

「もう夜の十二時になるんだよ」と明日香は答えた。

目が血走っているのがわかった。これ以上、逆らうようなことを言えば大声を出し暴力をふるうのは目に見えている。

「わかった」

釣り道具はＮＶ３５０キャラバンの荷台に乗せっぱなしになっている。エサはアジの刺身の食べ残しが冷蔵庫に入れてある。それをぶつ切りにした。借家は築三十年の古い木造家屋だったが、小さな庭が駐車場として使え、家賃も十一万円と同じ地区の

物件に比べると安かった。川崎堀之内のソープ街にもそれほど遠くないというのが、明日香がこの家を借りた理由だ。

「家を出たのは何時頃だったんだ」

「午前零時二十分頃だよ」

「どうして覚えているんだ」

「カーナビを入力する時に、時間を確認したから」

明日香は目的地を扇島W公園と入力した。首都高速道路の羽田インターから入り、湾岸高速道路の東扇島インターで下りるように設定した。何度か夫に言われて昼間も運転させられているから迷うことはないと思ったが、夜の道はまた感覚が違って道を間違えやすくなる。

ＮＶ３５０キャラバンは寿美夫が指定した通り扇島W公園の駐車場に乗り入れた。車を降りた寿美夫が禁止区域の埠頭に向かって歩き出した。

「駐車場に着いたのは何時だった」

「いちいち時計なんか見ているわけではないから正確な時間はわからないけど、午前一時くらいだったと思う……」

明日香が答えた。

大泉が明日香の証言の信憑性を確かめているのは明らかだ。羽田インターを入る時と、東扇島インターを下りる時の正確な時間はＮシステムで確認が取れているはずだ。

「駐車場に着いた後、それからどうしたんだ」

扇島Ｗ公園には岸壁にフェンスが取り付けられている釣り場がある。夏場は夜になってもこのフェンス沿いに釣り客が並ぶ。しかし、真冬の深夜一時過ぎには、さすがに釣り客はいない。

寿美夫はその釣り場には向かわなかった。寿美夫は進入禁止区域の埠頭に向かって歩き出した。

「釣り場には行かなかったのは何故なんだ」

「そんなこと私に聞かれてもわからないよ。シャブをやっている目だったから、下手に何か言うとヤバくなる。私は何も逆らわなかったよ。昼間釣りに来て、禁止区域に入って釣りをする人は結構いたみたいで、旦那はいつもそこで釣りをしていた」

「一人で歩いて行ったのか」

「ああ、歩いて行ったよ」

「ホントなのか。適当なこと言うなよ、後で困るのはお前なんだぞ」

刑事のおためごかしが始まったと思った。

「とても歩けるような状態ではなかったという鑑識結果が出ているんだ。あまりナメた口叩いているんじゃねえぞ」

大泉は少しだけ語気を強めた。

「ナメるも何もないさ。ホントのことを言えっていうから、ホントのことを言っているのに」

「旦那のハルシオンの血中濃度は四・三ng／mℓもあったんだぞ」

「そんな難しいことを言われても、私にはわからないって」

明日香はそう答えたが、赤城女子少年院で睡眠薬依存症の講義を受け、大泉の説明を明日香は十分に理解していた。

ハルシオンは服用から一時間ほどでその成分が体内に取り込まれる。つまり即効性のある睡眠薬なのだ。その成分が半減するのは三時間後で、そこからさらになだらかな下降線を描きながら減り続け、十二時間後にはほとんどゼロになる。

ハルシオンは成人に通常は〇・二五mgが処方されるが、場合によっては五mgが投与される。五mg投与された一時間後の平均血中濃度が三・五か三・六ng／mℓくらいだったと明日香は記憶していた。寿美夫がかなりの量の睡眠薬を飲んでいたのは間違いない。

「シャブぶっ込んでテンパって、眠れなくてガリガリ君やったのと違うんじゃないの」

覚せい剤を常習し、精神的な高揚感がつづき眠れなくなってしまうと、無理やり眠るために、睡眠薬をアイスキャンデーの「ガリガリ君」を食べるように、何錠も口に頬張り噛み砕いて食べてしまう重症の薬物依存症患者もいる。

寿美夫の部屋からはハルシオンの錠剤シートが出てきている。十錠以上がなくなっているが、扇島に向かう前に何錠服用したのかは不明だった。

「旦那は家にいる時から、あの晩は酒を飲んでいたのか」と大泉が聞いた。もう何度同じ質問をされたかわからない。

「旦那の部屋に勝手に入ると、殴られるんだよ。だから、あいつが部屋で何をどうしていたかなんて、私にはいっさいわからないんだよ」

うんざりした口調で明日香が答えた。

「血液中のアルコール濃度は〇・一六パーセント、中程度の酩酊状態で、判断力は明らかに低下している状態だ」

中程度の酩酊と説明されても、明日香にはさっぱりわからない。

「〇・五リットルも入るポットがほぼ空っぽになっていたんだろう。そりゃあ酔っ払うでしょうよ」

「通常では一人で歩ける状態ではないそうだ。ホントに一人で歩いて行ったのか」

「くどいって。うちの旦那は通常の人間と違うんだって。夜中に叩き起こされて、虫をなんとかしてくれって言われて、旦那の部屋を見ても虫なんかいなかった。でも旦那には壁から虫が湧いてくるのが見えていたみたいだし、夜中に警察が張り込んでいるから追っ払ってこいって言ったり、完全にいっちゃってたんだよ」

扇島は埋め立てられた島で、東西に湾岸高速道が走り、東扇島インターでこの島に下りられるようになっている。高速道路からは京浜工業地帯の煌々とした灯りが、仕掛け花火のように海面にゆらゆらと揺れているのが見えた。

「扇島W公園の駐車場には午前一時前には着いていたと思う」

人影はまったく見えない。真冬に夜釣りをしてもかかる魚などいない。

寿美夫はNV350キャラバンを降りると、釣竿三本だけを持って、扇島W公園ではなくて、立入禁止区域に向かって歩き出した。

釣り道具と折畳式の椅子、釣竿、釣り道具箱、餌箱、保温ポットを後部座席から大急ぎで運び出し、後ろをついて行った。夫がいつも好んでいた釣り場所は、大型タンカーが停泊できる埠頭だった。その辺りの水深は十メートル以上あるらしい。釣り道具をそこに置くと、明日香は駐車場に戻った。

「寒くって、あんな場所に立っていられないよ」

「それで亭主だけ置いて車に戻ったのか」

明日香はNV350キャラバンに戻り、エアコンを強にして車内を暖めた。ラジオのスイッチを入れた。深夜番組のパーソナリティーが流れる曲の紹介をした。

「西野カナの『トリセツ』、私もこの曲、大好きです」

大泉はさりげない様子で、明日香が聞いていた深夜番組の内容を聞いてくる。野沢のキーボードを叩く音が早くなる。一月十九日の深夜番組をインターネットで検索でもしているのだろう。西野カナの曲が流れたのは事実で、その時間車内にいたことはいくら調べても、否定しようがない。

「どれくらいの時間、NV350キャラバンの中にいたんだね」

「十分か、そのくらいだったと思うけど……」

自分の行動を分刻みで覚えている人間がどこにいるというのか。川崎臨港警察署の刑事が疑っている点は、明日香にはおおよそ見当がついていた。本羽田の自宅を出発してから、扇島W公園に着くまでの経路と時間は、Nシステムでチェックすれば判明する。

扇島W公園駐車場にNV350キャラバンを乗り入れ、立入禁止区域に入り込み、明日香が110番通報するまでの約十五分間が空白なのだ。この十五分間に、覚せい剤と睡眠薬、アルコールで意識が朦朧とした大鷹寿美夫を東京湾に落とし、溺死させたと川崎臨港警察署は疑ってかかっているようだ。

扇島内には二つ公園があるが、防犯カメラが取り付けられているのは、公園内にある釣り場と広場くらいで、あちこちに防犯カメラが取り付けられているわけではない。

一般車両の進入が禁止されている広大なコンテナターミナルにカメラは設置されていない。設置されているのは物流センターや倉庫に通じる道の一部と、その施設の中だけだ。

大型タンカーが停泊する埠頭には設置されていない。目撃者を捜したところで、真冬の午前一時過ぎに、埠頭で釣りをするもの好きもいない。

取調室のドアを控えめにノックする音が聞こえた。野沢が椅子から立ち上がり、ドアに駆け寄った。書類を手にしたまだ二十代と思われる制服の警察官が立っていた。その書類を受け取ると、大泉に手渡した。

大泉は内容を見られないように、自分の手元で開いて内容を読み始めた。時々、明日香の様子をうかがうように、上目づかいで様子を観察している。明日香も注意深く大泉を観察した。書類を読み進めていくうちに、落胆している様子が見て取れる。聴取前に大きなため息をついて、口臭のひどい息を吹きかけてきたのに、大泉は覚られまいとしたのか、小さなため息のようなものをそっと漏らした。

「ここでオシッコしてもらわなくてすみそうだ、よかったな」大泉が冗談交じりに言った。

よかったのは、大泉にとってよかったのか、明日香にとってよかったのか。

「何も出てこなかったようだ」

警察官が持ってきたのは、明日香の血液、毛髪、尿から、覚せい剤の成分が検出されたかどうかの検査結果だった。

結果は最初からわかっていたのだ。明日香は十年以上、覚せい剤どころか向精神薬にも手を出していない。薬物依存症患者の中には化学知識を持つ者もいる。例えば高校の化学の教師とか、あるいは薬剤師もいる。そうした連中から覚せい剤と分子構造が近い向精神薬を聞き出し、精神科の治療を受ける者もいる。精神科医の問診にどう答えたら、その目的の薬が処方されるか、予め知識を仕入れておいて、その通りに答え、目的の薬を処方してもらうのだ。

覚せい剤は所持していたり、使用したりすれば確実に逮捕される。しかし、医師の処方箋で薬局から購入した薬であれば、逮捕されることはまずない。効力は覚せい剤と同じとまではいかないが、誰にはばかることなく使用することが可能だ。ただ、経口摂取という方法は採らない。

ゴマをすりつぶす小さなすり鉢で錠剤を細かな粉末になるまで、丹念にする。さらさらの粉末状になったものを、ストローで吸い上げ、鼻の粘膜から吸収する。

明日香も薬物依存症の仲間から勧められたが、それも拒絶することができたのだ。

川崎臨港警察署は、明日香を覚せい剤取締法違反で逮捕したが、このままでは送検できそうにもないのは明らかだ。

大泉はこのままでは埒が明かないと考えたのか、間に昼食を挟んだ。元々覚せい剤取締法違反で、明日香を逮捕する気など最初からないのだ。本命はあくまでも保険金殺人の容疑を固めるために、明日香の身柄を拘束しているのだ。

午後からは強引な聴取が行われるだろうと、明日香は思った。

3　殺人容疑

　大鷹明日香の予想は的中した。午後からの聴取は大泉ではなく、目つきの鋭い刑事が明日香の前に、足を組みながら座った。聴取した内容をパソコンに入力するのは午前中と同じ野沢だった。

「ずいぶんと手こずらせてくれているようだな」

　篠原という刑事だった。身長は一七〇センチほどで、スポーツで鍛えているのだろう。肩や腕の筋肉の付き具合がワイシャツの上からでもうかがえる。柔道かレスリングを今もやっているのかもしれない。頭を坊主に刈り上げていて、繁華街で会えば立派なヤクザにしか見えない。

　刑事をしているから目つきが悪くなるのか、生まれ持った容貌なのか、幼い子供を抱きあげれば、泣き出してしまいそうなほど人相が悪い。

「覚せい剤を使用していないのはわかった。でも亭主に頼まれて受け取りに行ったり、誰かに渡したりしたことくらいはあるんじゃないのか」

「旦那は旦那、私は私。堀之内で稼ぐのに必死で、そんな手伝いをしているヒマなんてあるわけがない」

篠原はチマチマしたことを聞いてきた。しかし、最初から覚せい剤に関連する犯罪などに関心はないはずだ。検査結果が出た段階で、覚せい剤使用で送検するのは無理で、所持か売買で立件するしかない。

「そうか、覚せい剤で送検するのは無理なようだな」

そんなことは最初からわかっているはずなのに、篠原は苦々しそうな表情をしてみせた。

「ところで」と篠原は足を組み直して言った。

「あの晩、扇島W公園の駐車場から立入禁止区域まで旦那は一人で歩いていったそうだが、ふらつくこともなかったのか」

「ふらついたかどうか、わからないよ。こっちは釣りの道具箱や折畳式の椅子なんかを運ばされているし、むしろ私の方がふらふらしていたと思うよ」

「亭主は一人でさっさと現場に向かって歩いていったということでいいんだな」

篠原は今さらのように確認を求めてきた。

「ところで酒の方は、亭主は強かったのかい」

「強かったんじゃないの。ドン・キホーテでいちばん安い二リットル入りパックの酒を十個くらい買い置きしておいても、二週間くらいでなくなってしまう時もあったから」

「あの晩もかなり飲んでいたんだろうなあ」

篠原は同意を求めるように聞いてくる。しかし、夫の部屋には入っていない。飲んでいるところも見ていない。

「家を出る前に飲んでいたかどうかなんてわからない。部屋に勝手に入れば、殴られて次の日は青痣だらけになるんだよ。客が引いてしまうような顔じゃあソープで働けなくなるだろう」

明日香の方が篠原に同意を求めた。

「飲んでいたかもしれしないし、飲んでいなかったかもしれないってことだな」と一人納得したように篠原。

勝手にすればと明日香は思った。

「保温ポットが現場にあったが、どれくらい酒は注ぎ込んだか覚えているか」

覚えているも何もないだろうと、明日香は苛立った。ヤカンで温めた紙パック酒をポットにいっぱいに満たして栓をしたと最初から答えているのだ。

「いっぱいにしてやったよ」

「ポットに残っていたのが四〇ccほどだったから、四六〇ccを現場で飲んだという計算になるな」とひとり言のように呟き、「そうだよな」と明日香にまた確認を求めてきた。

「そういうことになるね」

「あの現場に亭主と釣り道具を置いて、あまりにも寒いんであんたは駐車場に戻り、エアコンの効いた車の中にいたんだよな」

「そうだよ」

この質問に現場でも、大泉の聴取でも、何度も答えている。次に聞かれるのはどれくらいの時間、車内にいたかだ。

「十分か十数分で、旦那のところに戻ったよ」明日香は篠原に聞かれる前に先に答えた。

「ということはだな、亭主は十数分の間に、ポットの酒をほとんど飲んじまったことになるなあ」

篠原はいったい何を知りたがっているのだろうか。

「そんな短い時間に四六〇ccも飲めるもんなのか」

「飲むんじゃない。夏なんか冷蔵庫で冷やしてある二リットル入りのパックを、まるでコーラでも飲むように喉を鳴らして飲んでいたから」

「そうなんだ。それはかなりの酒豪だ。あの晩はかなり冷え込んでいたから、温かい酒が手元にあれば、それこそホットコーヒーでも飲むように一気飲みしたんだろうな」

篠原は妙な感心の仕方をした。

「そういえば、鑑識の方で、血中アルコール濃度からすると、それくらいの酒を飲んでいただろうって言ってたよ」

それなら寿美夫が飲んだ酒量と血中濃度の整合性は取れている。しかし、篠原は合点がいかないのか、顎に手をやり首を傾げている。

「それにしては妙なんだ」

篠原は明日香に射るような視線を向けた。

明日香自身も、シャブの売人をしながら稼いだ時期がある。「シマを荒らすな」とナイフをチラつかせ、シャブの売上金をかすめ取ろうとするヤクザに何度も脅迫された。篠原はあの時のヤクザと同じ目をしていると明日香は思った。明日香は何も答えなかった。

「野沢君、見せてくれるか」

篠原が言うと、野沢は「はい」と答え、机の引き出しから分厚いA4用紙のファイルを取り出し、篠原に手渡した。その時に、明日香と一瞬目が合った。罠にかかってもがく害獣を見るような目をしていた。悪あがきをしても無理とでも言いたげだった。

「司法解剖して、当然胃の中に残っていたものも詳しく調べているんだ」

胃の残留物の消化程度によって死亡推定時刻が割り出せる。肉や野菜、米などの消化に必要な時間は、多少の個人差はあるもののほぼ決まっている。食事の内容とそれを食べた時間が特定できれば、胃の残留物の消化程度から死亡時刻が割り出せる。

「食事をした形跡はなく、残っていたのは数粒の米と酒だけ。旦那は何も食っていなかったようだな。かわいそうに……」

篠原は死んだ寿美夫に同情しているような口ぶりだ。

「胃に酒が残っていたんだが、どうも変なんだ」

明日香は篠原のもって回った言いまわしに辟易して、好きなようにしゃべらせていた。

「司法解剖に立ち会った医師、鑑識課もいろいろ調べてくれたんだが、胃の中に残されていた酒は、一五〇ccから二〇〇cc程度、四六〇ccもなかったそうだ」

食べたものは胃で消化され、栄養分は小腸で、水分は大腸で吸収される。健康問題を取り扱ったテレビ番組から得た知識をキャバクラのホステスが得意げに語ったのを明日香は覚えている。アルコールの吸収は早く、一時間から二時間で体内に取り込まれる。アルコールは小腸からだけではなく、胃の粘膜からも吸収される。

「それがどうしたっていうのよ、胃から吸収されたんでしょうよ」

すぐに篠原が言い返した。「俺もそう思ったけど、胃に入ってわずか十分程度で三一〇から二六〇ccもアルコールが吸収されるというのは通常ではあり得ないようだ。

胃で吸収するのは、せいぜい二割程度らしいぞ」

篠原は獲物を徐々に追い込んでいるのを楽しんでいるかのようだ。明日香にはそう感じられた。その次にどんな尋問をするのかと思っていたが、篠原は胃に残った酒の話はやめてしまった。午前中の大泉とは違って、篠原に得体のしれない不気味さ、片づけようのない不安を明日香は覚えた。それが容疑者を自白に追い込む篠原の手なのかもしれない。怒鳴り、恫喝して自白させるという単純なタイプの刑事ではなさそうだ。

「ところで、あんた、堀之内のソープで働いているんだってなあ」

篠原が思い出したように言った。明日香は何も答えなかった。

「客が望めば放尿プレーにも応じるらしいな」

大泉から午前中の聴取の内容を聞いたのか、あるいは野沢が入力した聴取内容を読んでいるのか、いずれにせよ、覚せい剤がらみの尋問内容とは思えない。

「私の逮捕容疑は覚せい剤取締法違反と違うのかよ。風営法違反で取調べるなら、新しく逮捕状を取れよ。話すのはそれからだ。そうでなければセクハラだよ。ねえ、そこのお姉ちゃんもそう思うだろう」

明日香はキーボードをひたすら叩く野沢に話しかけた。野沢は一瞥もしないでパソコン画面に集中している。

「ソープランドでの客へのサービスだが、旦那にも同じようにしてやるのか」

「しようがしまいが大きなお世話だよ。それこそセクハラだ。法廷に立つことになったら、世間にばらしてやる」

篠原は歯牙にもかけないといった様子で答えた。「どうぞ、かまわないから、好きなようにやってくれ」

明日香は相手にせず黙秘した。

「そんなに腹を立てなくてもいいだろう」機嫌を取るように篠原がしつこく食い下がってくる。

「旦那の件と何も関係ない。そんなことに答えるつもりはない……」

明日香がまだ何かを言おうとしたが、それを制するようにスチール製の机の上を篠原は両手で叩いて見せた。不意をつかれ、明日香はハッと息を呑み込んだ。

「関係があるから聞いてんだ、こっちは。いいか、もう一度聞くぞ。亭主にソープと同じサービスをしているかどうか答えろ」

「出所した直後にやったくらいで、一年以上はセックスレスだ。金にもならないサービスを誰がする」ツバを吐きかけるように明日香は答えた。

「亭主が死んだ日だが、あの晩、あんた一緒に風呂に入っていないか」

唐突な質問で、篠原の尋問の目的がどこにあるのか、明日香には想像がつかない。

黙り込んだ。

「亭主に潜望鏡なんか、してやったのと違うか、正直に言えよ」

篠原がまともな聴取をしているとは到底思えない。

「そんなサービスを誰がするか」

明日香はたまらず篠原を怒鳴った。

「そうか。俺には潜望鏡をしている最中に殺したとしか思えないんだがなあ……」

と、篠原は言って、野沢に視線を向けて聞いた。「野沢、ソープの潜望鏡っていうサービスわかるか」

野沢は首を横に振った。

「刑事課に配属されてまだ間もないんだ。向学のために教えてやってくれよ。俺の口からは説明しにくいからよ」

篠原が風俗産業で働く女性を軽蔑しきっているのがわかる。逮捕され取調べを受けていることに対する怒りより、篠原の風俗嬢を見下したその態度に沸騰した湯のような怒りを覚える。

怒らせ、苛立たせて自白に持ち込むのが篠原の尋問の手口なのだろう。明日香は冷静になるように自分に言い聞かせた。

「わかった。教えてやるよ。客を湯船に入れて、腰を浮かせるんだ。客のペニスが水面から出たところをぱっくりとくわえて、いい気持ちにさせてやるんだ。潜水艦から海面の様子を探るために潜望鏡を上げた形に似ているから、業界では潜望鏡って呼ぶようになったんだよ。わかった、新米刑事のお姉ちゃん」

野沢は何も答えない。代わりに篠原が答えた。

「わかりやすい説明だった。よくわかったな、野沢」

しかし、何故潜望鏡を寿美夫にしたかなどと聞くのだろうか。

「本羽田の家を出たのは午前零時二十分頃だよなあ」

「そうだよ。何度も同じことを聞かないで」

「その頃はもう亭主は死んでいたのと違うか」

東京湾に落下して溺死したという明日香の証言に、篠原は強い疑いを抱いているようだ。勝手にするがいいと明日香は黙秘を決め込んだ。それでも篠原は話しつづけた。

「司法解剖の結果なんだが、死亡推定時刻は、一月十八日午後十時から翌十九日午前三時くらいと出ているんだ」

五時間の幅があるが、それなら午前一時過ぎに海に落下したとする明日香の証言と矛盾しない。篠原は強引にその前に死亡していたと言いたいのだろう。何故そうしたいのか、篠原の真意がますますわからなくなった。

「ホントに扇島W公園の駐車場から亭主は一人で歩いていったのかよ」

「そうだよ」煩わしそうに明日香。

「そうなるとおかしいんだよ」

司法解剖の結果、寿美夫が飲み込んだ海水も胃に残っていた。肺からも海水が検出され、溺死は明らかだ。

「司法解剖を担当した医師も、鑑識課も現場から海水を汲み上げてバクテリアや海水に含まれる不純物質と、肺に残っていた海水とを比べたらまったく一致したそうだ」

それなら扇島W公園近くの立入禁止区域の埠頭から落下し、溺死したという明日香の証言通りだ。胃に残された酒の量と飲んだ量とが一致しないが、その差がすべて胃に吸収されていなくても、飲む時に埠頭にこぼしたことだって考えられる。飲んだと思われる量を四六〇ccと断定することが誤りなのだ。

「もう一度聞くが、正直に答えろよ。あの晩、亭主と一緒に風呂に入っていないか」

声も口調もそれまでの篠原とは異なっていた。低くくぐもった声だったが、太い声で、押さえつけるような口調に変わっていた。

「潜望鏡はしていないのか」

明日香は黙りこくった。

「風呂場にはA社の入浴剤が置かれていたが、あれはあんたが使うのか、それとも亭主が使っていたもんなのか」

篠原の尋問は一貫性がなく、何の脈絡もないように感じられる。それがかえって不気味に思えた。

「旦那も私も使うよ」

どうでもいいような質問にだけ明日香は答えた。

「そうか」と篠原は納得した様子だ。

「亭主は東京湾の海水を吸い込んで死んだのは間違いはない。でも、不思議なんだよな」

篠原も、そしてキーボードを叩く野沢までが明日香に鋭い視線を向けてきた。

「だって、微量だが、あんたたち夫婦が使っている入浴剤の成分が肺からも検出されているんだ」

篠原は大鷹寿美夫は東京湾に落下する前に、すでに自宅で死亡していたと考えているのだ。そしてその殺害現場は自宅の浴槽だ。潜望鏡サービスについて執拗に聞いてきたのはそのためだった。

明日香は完全に沈黙した。

「黙秘は容疑者の権利だから、黙秘したければするがいい。でもな、科学的な証拠が挙がってきている以上、裁判員裁判になれば、黙秘は決してあんたに有利には働かないぞ。ウソだと思うのなら、今売り出し中の、あの暴走弁護士に聞いてみることだな。

ここら辺りで事実をしゃべってはもらえまいか」

篠原の表情には絶対に起訴、有罪に持ち込めるという確信が滲み出ている。しかし、明日香は黙秘した方がいいと判断し、篠原の尋問にはいっさい答えなかった。

「風呂の栓を抜き、掃除をしたつもりになっているようだが、風呂釜には海水が残り、バクテリアも不純物もすべて埠頭付近の海水と一致するという鑑識結果が出ているんだ」

篠原の描く犯行態様は、明日香が事前に扇島W公園付近の海水を風呂場にため込み、寿美夫に大量の睡眠薬を何らかの方法で与え、さらに酒を飲ませて、意識が朦朧とした状態で、海水入りの浴槽につけて溺死させた。

すでに死亡している寿美夫をNV350キャラバンに乗せ、犯行現場まで連れていき、そこから海に遺棄した。釣りをしていたように見せかけるために、釣竿や道具箱を置いた。すぐに扇島W公園の駐車場に戻った。

ラジオを聞くのも、午前一時過ぎに海に落下させるのも、すべて計画的だったと篠原は考えていた。

「あの晩の東京湾の満潮時は午前一時六分で、あの時間に突き落とせば、東京湾の沖合に流されていくのを計算してのことだろう」

明日香はそれから先は何を聞かれても、ひとことも答えなかった。篠原が大声を張り上げようが、机を叩こうが、狭い取調室のシミが滲み出た壁をずっと見つめていた。

接見室に現れた大鷹明日香は、小型漁船で大海原を何日も漂流し、ようやく救助された漁師のように疲れ切っていた。話をするのもつらそうだ。厳しい尋問が行われたのは一目瞭然だ。唇は乾燥しきってひび割れ、うっすらと血が滲み出ていた。

「何時間尋問された」

「朝から始まって、さっきまでくどくどとやられたよ」

明日香はしょげ返っているが、初日の取調べより、これからますます厳しさは増すはずだ。

「どんなこと聞かれた？」

「覚せい剤取締法なんか、あいつらはどうでもいいんだ。私が旦那を保険金目的で殺したと思って、そのことしか聞いてこなかったよ」

明日香が二人の刑事から追及された内容を真行寺に説明した。明日香の話を聞きながら、本人が否認しようが、黙秘権を行使しようが、川崎臨港警察署は大鷹明日香を再逮捕するだろうと真行寺は確信した。

大鷹寿美夫の肺からは溺死であることを思わせる海水が検出されている。肺に残っている海水に含まれるバクテリア、海中の不純物は大鷹寿美夫が落下した埠頭付近の海水と成分が一致する。それと同じ海水が浴槽からも出てきているようだ。その上に入浴剤が肺からも検出されている。

死亡推定時刻も、五時間の幅をもって出されているが、自宅で大鷹寿美夫が溺死したとしても矛盾なく説明できる。

「今日の取調べで出てきた通り、それが事実であれば、今頃おそらく裁判所に再逮捕の請求が出されている。明日は保険金殺人で再逮捕されるのは間違いないだろう」

真行寺は今後の見通しを明日香に説明した。

「私も殺人でついに逮捕されるのか」

明日香はまるで他人事だ。

「最近は決定的な証拠がなくても、状況証拠を積み上げて死刑判決が下りているケースもあるんだ。もっと重く受け止める必要があるんじゃないのか」

「総長、今日はホントに疲れているんだ。説教なら次の接見の時にしてくれる」

真行寺は初めて大鷹明日香に疑いの目を向けるようになった。

黎明法律事務所に最初に訪れた日から、保険金殺人で逮捕された時の弁護を依頼してきた。刑期を終えて出所してきた夫に生命保険をかけ、たまたま事故で死亡しただけなのに保険金殺人ではと、疑いの目で見られている。万が一の時は弁護を引き受けてほしいと、その程度の認識でいた。

　実際、明日香の予期した通り、保険金殺人で逮捕されるのはほぼ間違いない。司法解剖の結果を見るまでは、警察の主張を全面的に信じるわけにはいかない。しかし、肺に残された海水、そしてその海水から検出されているバクテリアと不純物質は、扇島W公園付近の海水と一致する。

　その海水が風呂釜、給湯口から検出されている。肺に残っていた海水からは微量だが、大鷹夫婦が使用していた入浴剤が検出されている。

　これだけの事実を突きつけられれば、ほとんどの裁判員は、大鷹明日香が計画的に夫を殺害したと考えるだろう。

　保険金殺人を予期していた大鷹明日香も不思議だが、川崎臨港警察も奇妙だ。刑期を終えて出所して八ヶ月、司法解剖を行って血液から覚せい剤、睡眠薬、アルコールが検出され、肺から海水が出てくれば、誤って埠頭から落ちたと当然考え、この時点で事故と判断しても決しておかしくはない。

　しかし、そうはしていない。肺に残る海水のバクテリア、海水の不純物まで取り出し扇島W公園の海水と比較までしている。同一の海水と判明しても、さらに大鷹の風呂場まで捜索している。警察は最初から事故などではなく、殺人と疑って捜査しているとしか思えない。肺に残っていた海水の成分が徹底的に検査されたのは、警察は最初から溺死したのは海ではなく、違った他の場所と踏んでいたからだろう。

最も疑問に思うのは明日香の態度だ。警察がどんなに確かな証拠を集めていても、もし犯行に手を汚していなければ、無実を訴えてくるのが自然だ。ところが明日香は一度たりとも、犯行を否定するようなことは言ってはこなかった。冤罪を主張するのと、犯行を認めて刑の軽減を求めるのとでは、裁判の争い方がまったく異なる。やっかいな仕事を引き受けてしまったと、後悔する気持ちがないと言えばウソになる。

大鷹明日香から委任状を受け取った以上、弁護士を解任すると相手から言われない限り、弁護を引き受けなければならない。

翌日、昼のニュースで、大鷹明日香が殺人容疑で再逮捕されたと報道していた。

真行寺は川崎臨港警察に赴き、明日香に接見しようとも思った。しかし、黙秘権の説明はすでにしてある。軽々しく自白調書に署名するなとも注意してある。

今後の展開を考えると、手足となって大鷹明日香の周辺情報を収集してくれる調査スタッフが必要になる。

ＪＲ吉祥寺駅近くにある雑居ビルの四階にオフィスを置く、愛乃斗羅武琉《あいのとらぶる》興信所の代表、野村悦子を八王子にあるブラジルの家庭料理を出すＮｏｓｓＡに呼び出した。

野村はレディース紅蠍を立ち上げ、初代総長に就任した。有名でもない大学の法学部で学び、独学で司法試験に合格した真行寺と違って、野村は慶応大学法学部出身のエリートだ。司法試験に合格するだけの実力は十分に備えているが、司法の世界には進まず、女性だけの探偵事務所、愛乃斗羅武琉興信所を設立したのだ。

真行寺は調査が必要な案件は、野村の事務所に協力を求め、弁護士の出番が必要になると愛乃斗羅武琉興信所は黎明法律事務所に依頼案件を持ち込んできた。

ＮｏｓｓＡはＪＲ八王子駅からそれほど離れていない場所にある。カウンターのバーと五席のテーブル席と小ぢんまりとした造りのレストランだ。先に着いた真行寺はカイピリーニャを頼んだ。

ベースはカシャーサ（ピンガ）というサトウキビから造る焼酎でレモン果汁と砂糖のカクテルだ。

八王子は都内の温度より二、三度低くなる。みぞれ交じりの寒い夜だった。コートにつもる雪を払いながら、野村がＮｏｓｓＡに入ってきた。

「ビゴージ、私にも作って」

カウンター席の真行寺の隣に座ると同時にオーダーした。

ビゴージは口髭の意味で、ヒゲを蓄えたバーテンダーのニックネームだった。すぐに野村の前にカイピリーニャが出された。野村は一気に飲んでしまった。

「もう一杯作って」

オーダーしながら真行寺に聞いた。

「大変な事件を引き受けてしまったって電話では言ってたけど……」

真行寺は、大鷹明日香が一月末に黎明法律事務所を訪ねてきてから、今日までの動向を野村に説明した。

「私には明日香は真っ黒クロスケにしか思えないけど、あなたはどう思っているの」

「わからない」

「わからないってことはないでしょう。自宅の浴槽から海水が出てきていること、亭主の肺から入浴剤が検出されていれば、浴槽に沈めて殺したって、誰だって思うわ。冤罪なんて、まかり間違ってもないでしょうよ」

野村の言う通りだと思うが、何か引っかかるものを感じるのだ。靴の中に入ってしまった小石のようなもの、喉に突き刺さったまま、まだ残っているのか、あるいは取れたのか、なんとなく感じる違和感のように、明日香からはそれと同じようなものを覚えるのだ。

「やっかいな裁判になるのは明白だ。いろんな調査が必要になる。力を貸してほしい」

カイピリーニャの二杯目を真行寺は飲みながら、野村に協力を求めた。

4　連続殺人

川崎臨港警察署に捜査本部が立ち上げられた。大鷹寿美夫は事故死ではなく、殺人と断定されたのだから当然だが、真行寺が驚いたのは、その上に連続保険金が付いたことだ。

大鷹明日香は、覚せい剤取締法違反で逮捕され、夫の大鷹寿美夫殺人で再逮捕され、実父の小山田秀一も保険金目的で殺害したとして再再逮捕されたのだ。事態は真行寺が想像もしていなかった方向に展開を見せた。

大鷹寿美夫が扇島W公園近くの埠頭から落下し、東京湾で遺体となって発見された事件から遡ること半年前、真夏日の八月一日だった。大鷹明日香は軽乗用車ダイハツタントを運転し、車を大破させる自損事故を起こしていた。助手席には父親の小山田秀一が乗っていて、父親は死亡した。

事故当時は、単なる交通事故死として処理された。しかし、寿美夫の死を契機に、小山田秀一の事故死も見直されたのか、あるいは長期間にわたって内偵捜査が続けられていたのか。真行寺には知る術はないが、夫の大鷹寿美夫、父親の小山田秀一の二人を殺害したとして、大鷹明日香は川崎臨港警察署に逮捕されたのだ。

警察発表が事実であれば、半年の間に、実父と夫の二人を保険金目的で殺したことになる。

川崎臨港警察に接見に訪れるが、明日香はそうとう厳しく追及されているようで、真行寺とコミュニケーションが取れるような状況ではなかった。

明日香は、夫の寿美夫については、浴槽で溺死させたという点は否認、殺害に至る動機、犯行の態様は黙秘している。父親の死についても保険金目的の交通事故を装った殺人などではなく、単なる交通事故だとして、否認を貫いている。

しかし、真行寺は刻々と水位を増し、危険水域を越え、やがて堤防を決壊させ、濁流が自分に迫ってくるような不安を感じていた。明日香に事実を語るように迫っているが、「今は話せない」とか「今日は疲れているから」と、理由にもならない屁理屈を並べて、証言を拒み続けているのだ。

「俺は弁護士で、刑事ではない。こんな状況で弁護なんぞできんぞ」

突き飛ばすように接見室で声を荒らげても、明日香は「総長に弁護を頼みたい。見捨てないで」と懇願してくる。

不安を覚える最大の理由ははっきりしている。明日香から二人を殺したとも、あるいはそれを否定する言葉も漏れてこないことだ。犯行を否認し、黙秘しているという明日香の言葉を信じ、送検され、身柄が横浜拘置支所に移されるのを待つしかないと、真行寺は判断した。そこで事実を聞き出し、弁護方針を立てるしかない。

二月、身柄が川崎臨港警察署から横浜拘置支所に送られた。立川にある黎明法律事務所からは遠回りになるが中央道の国立府中インターから八王子ジャンクションに出て、そこから圏央道を使って藤沢インターに下り、一般道で港南区港南にある横浜拘置支所に向かうのがいちばん便利のようだ。

八王子ジャンクションから茅ケ崎方面に向かう道は空いている。ついついアクセルを踏み込んでしまう。しかし、大鷹明日香と接見するのが次第にうっとうしく感じるようになってきているのも事実だ。

父親の小山田秀一の死は、事故発生当時、単なる死亡事故として処理されているにもかかわらず、保険金殺人として送検されてしまった。川崎臨港警察署での接見では、どうして殺人事件になったのか、明日香もわからないと真行寺に答えた。

しかし、小山田秀一の死亡によって多額の保険金を手にしたのは事実だった。小山田秀一には、傷害疾病の特約付き生命保険が掛けられていた。契約者は大鷹明日香で、保険金の請求者、受取人も明日香だった。病気による死亡の場合一千万円だが、不慮の事故の場合二千万円が給付される保険だった。

さらに明日香が加入していた任意の自動車保険には人身傷害がセットされ、運転していた本人、同乗者にも保険金が給付され、小山田秀一死亡のため、三千万円が明日香の口座に振り込まれ、合計五千万円の保険金を手にしていた。

しかし、小山田秀一は大鷹明日香が運転する軽乗用車の助手席に乗っていて、ほぼ即死状態だった。明日香自身もろっ骨を折るなど重傷を負い、明日香本人も死亡する可能性があった。何故その事故が偽装殺人となるのか、明日香自身もまったく理解していない様子だ。

覚せい剤取締法違反については処分保留となっても、大鷹寿美夫と小山田秀一の二人については保険金目的の殺人として送検された。当然起訴はまぬがれない。

「疑わしきは被告人の利益に」が裁判の鉄則だが、大鷹寿美夫を自分の手で殺害したとも言わなければ、やっていないとも明日香は主張しないのだ。

小山田秀一に関しては、

「私だって、危うく死にかけたのに、どうして保険金殺人だなんて言えるのよ。篠原っていう取調べにあたった刑事にいくら説明しても、あいつは頭っから保険金殺人だと思い込んでいて、何をどう説明しても聞く耳をもたなかった」

と、憤ってみせるが、はっきり自分の口で、事故だと言いきることはしない。

つまり二件の殺人について、一度も明日香本人は、真行寺に対して「やっていない」とはっきり否定しないのだ。横浜拘置支所では、その二点について確認を求めるつもりだ。それでも明確に答えないようであれば、百九十九万円を突き返し、弁護人から降りると宣告するしかないだろう。

　そんなことを考えているうちに、ポルシェは横浜拘置支所に着いてしまった。

　接見室に現れた大鷹明日香は川崎臨港警察署での取調べに、精神的にも肉体的にもかなり追い込まれたのか、一気に十歳くらい老けたように見える。暴走族紅蠍の総長をしていた頃、集会には女性のメンバーも参加していた。中には覚せい剤に手を染める者もいた。薬物を手に入れるために、女性はいとも簡単にキャバクラで働き、さらに収入を得ようと風俗店で働くようになる。

　そうした女性メンバーがしばしば口にしていた言葉がある。

「ウリをやると倍速で老ける」

　ウリとは売春の意味で、デリバリーヘルスやソープランドで働くことを指す。明日香もソープランドで働いて六年になる。そのツケが回ってきたのかもしれない。目の下も、そしてたるんだ頬にも、三十代とは思えない皺が浮かび上がっている。

　真行寺は裁判員裁判の仕組みを改めて説明した。

「起訴され、公判前整理手続の段階に入ってから、証拠集め、証人探しをしていたのでは十分な弁護はできない。だから詳細に事実関係を説明してくれ。それができないのなら、他の弁護士に頼んでくれ。俺は降りるぞ」

弁護人選任届はまだ検察庁や裁判所に提出していない。

真行寺は再三にわたって事実を述べるように明日香に迫っていた。十分な弁護ができないという理由で、依頼を辞退すると言ってくるのを明日香は予期していたようだ。

「まずオヤジの方から話していいかい」

明日香は答えを用意していたように、父親殺しについて語り出した。

「保険金殺人なんていうのは警察のでっち上げだよ」

すでに新聞、テレビで報道されたように、小山田秀一死亡によって五千万円の保険金を明日香は手にしていた。

「本羽田のあの古い家から川崎堀之内までの通勤に中古の軽乗用車を使っていたんだよ。任意保険に入る時に、何かあった時に、同乗者にも保険金が出るようにしておいた方がいいと言われたので、そうしただけで保険金目的で加入したわけではないよ」

車の任意保険については、明日香の説明する通りだと思う。真行寺自身、対人、対物事故への補償は無制限、同乗者が死傷した場合でも、明日香の保険よりも高額な補償が得られるように特約を付けている。

もう一つの保険は共済保険で掛け金も安いものだった。

「ろくでもないオヤジだけど、病気で入院でもされたら治療費、入院費もかかる。私の稼ぎを平気であてにするようなオヤジなんだ。私が仕事を休めば共倒れで、万が一の時は、いくらか治療費の足しにもなるし、入院給付金で付き添いの方に身の回りの世話を頼むこともできると思って加入したんだよ。保険金目的なら、最初からもっと高額な保険に加入するよ」

しかし、一度は事故として処理されたにもかかわらず、殺人として川崎臨港警察署は立件した。その詳細な経緯は、訴状をみるまではわからないが、それだけの証拠を固めたのだろう。

「オヤジさんを殺人目的で殺していないと言い切れるのか」

「下手こいてれば、私が死んで、あのロクデナシが私の死亡保険金をもらうことになりかねないんだよ。何で、私がそんな危険を冒す必要があるっていうの」

「君が死亡した場合、オヤジさんにはいくら入ったんだ」

「車の任意保険だけで、それ以外は何も入っていないから、三千万円だけさ」

「他には保険は入っていないのか」

「病気で死ねるのなら本望だよ。半年くらい入院しても、治療費を払えるくらいの蓄えもあるし、死んだ後、保険金が旦那やオヤジに渡ることを考えたら、誰がそんなものに入るかっていうんだよ。死んだら、私の遺体は献体するつもりだし、使えるんだったら角膜でも、腎臓でも、移植に使ってくれたらいい。保険証にも臓器提供の意思を示しているよ」

「もう一度、聞くぞ。オヤジさんを殺していないのか」

「あんな事故、計画的に起こせるはずがない。あれは警察も事故だって……」

「警察の話はどうでもいい」真行寺は明日香の話を遮った。「俺は君に聞いているんだ」

明日香はセンブリ茶を口いっぱいに含んだように、顔をゆがめ黙り込んだ。何も答えなければ、依頼を断り、そのまま黎明法律事務所に戻るつもりだった。その気配を感じたのだろう。

「あれは事故なんだよ。でも……」

「でも、なんだ。俺の質問にはっきり答えろ」

しばらく明日香は沈黙した。答える気がなさそうだ。真行寺は椅子から立ち上がろうと腰を浮かせた。

「待ってよ、総長、話すから」

それでもボールペンとメモ用の手帳を鞄の中に納めようとした。

「オヤジと一緒に死ぬ気だったんだ」

真行寺は立ったまま聞き返した。「一緒に死ぬ気だったって？」

明日香の話は唐突過ぎて、にわかには信じがたい。

「旦那もオヤジも刑務所から出所して真面目に働くかと思えば、皆私の稼ぎをあてにする。風俗なんていつまでもできる商売と違うんだ。紅蠍の総長なら、それくらい説明しなくてもわかるでしょ」

　真行寺は再び椅子に腰を下ろした。

「つづけてくれ」

「もううんざりだった。くたくたになってハイソサエティから出てきた私を店の前で待っていて、金を貸してくれって。それが血のつながったオヤジのすることかよ」

　明日香は目の前に父親がいるかのように、なじる言葉を真行寺にぶつけた。

「二人で死んでしまえばいいと思って、首都高の分岐点になっているコンクリート壁に突っ込んだんだ」

　明日香が運転する軽乗用車が事故を起こした現場も、その状況も真行寺はまったく知らない。事故の詳細について聞いている時間の余裕はない。

「オヤジさんが死んだのは、殺人ではなく無理心中の結果だったということなのか」

　明日香は操り人形の糸が切れたように首を縦に振った。

　真行寺は明日香の言葉をそのまま信じたわけではないが、真偽を確かめられるほどの情報を持ってはいなかった。

「オヤジさんの件は、無理心中を図ったということで聞いておく。亭主の方はどうなんだ。取調べの刑事から君自身が鑑識結果を聞いているだろう。それから判断すれば、グレどころ真っ黒だぞ」

「オヤジも旦那も私が殺したっていうことになると、判決はどんな具合になるのか、教えてくれる」

「まあ、無期か死刑だろうな」

真行寺は事実を伝えたほうがいいと思い、予想される判決を説明した。

「死刑か、上等だよ」

「おい、法廷は暴走族の抗争と違うんだ。おまえ、まだそんなこともわからないのか」

真行寺は努めて冷静に明日香から事実を聞き出そうとしたが、さすがに語気が荒くなった。事実を語れという真行寺に、明日香は大鷹寿美夫の件になると、真行寺の問いには答えず、自分が気になっていることを聞き始めた。

「オヤジが事故で、旦那だけを私が殺したとなると、刑期はどれくらいになるの」

「死刑または無期、もしくは五年以上の懲役だ」

「一人しか殺してなくても、死刑になるの」

「法律の上ではありうる」

「死刑判決を受けた場合、死刑ってすぐに行われるの」

「法律では判決確定から六ヶ月以内と決まっているが、実際にはそうはなっていない」

「五、六年は生きていられるの」

「すぐに執行が行われる死刑囚もいれば、十年以上も行われない死刑囚もいる。いつ執行されるかはわからない」

明日香は死刑に怯えて、質問をしてきているのだろうと思った。

「死刑までの間って、中でテレビを見たり、雑誌を読んだりすることできるの」

「できるわけがない」

明日香は刑務所と少年院の区別がついていないのだろうか。殺人がどれほど重罪なのか、まったく理解できていないような質問を平然としてくる。明日香の質問の内容から判断すれば、大鷹寿美夫は明らかに浴槽で、明日香によって殺されていると思われる。

「それじゃあ、死刑も無期もいやなんだなあ」

父親と心中を図ったと語る一方で、奇妙としか思えない生への執着を見せている。まるでおもちゃをねだる子供のようだ。テレビが見たいって、いったい何を考えているのか。真行寺は明日香には精神鑑定が必要なのかもしれないと思った。まったく自分が置かれている状況を認識していない。そうとしか思えないような質問を真行寺につづけてきた。あきれて怒る気にもなれない。

紅蠍を率いて暴走行為に明け暮れていた頃は、一般教養が自分にあるのか、ないのか、そんなことは考えもしなかった。真行寺は高校を退学、編入を繰り返してなんとか高校を卒業し、大学に進んだ。大学に入り、友人もできて、飲み会に誘われた。

真行寺はアメリカの大統領の名前も知らなければ、日本の首相の名前もわからなかった。川端康成の作品名どころか、小説家だったことも知らなかった。一般教養と呼ばれるものが自分の中にはほとんどなかった。それに気がつき、大学に進学してから一、二年は手当たり次第に本を読みあさった。同じように明日香もそうした一般的な知識が欠如しているのかもしれない。

「うだうだとくだらない話に、いつまでも付き合っているヒマはないんだ。亭主を風呂場で殺したのか、殺していないのか、はっきりさせろ」

真行寺はまるで刑事が尋問するような口調で問い詰めた。

「総長、旦那を殺したかどうか、はっきりさせないまま弁護してもらうことってできないの」

初公判の法廷では、その冒頭で被告人は証言台に立ち、罪状認否を求められる。起訴状の内容が事実かどうかを裁判官から聞かれ、それに答えなければならない。

「罪状認否をしないまま、裁判を進めてくれなんて言えば、裁判官、裁判員すべてを敵に回すようなもんだ。それでいいのかよ」

事実を隠蔽しようとしていると受け止められ、殺人を認めるよりさらに悪い印象を与えるだけだ。

刑事裁判では、検察官が被告人の犯罪の事実を立証し、有罪である根拠を示さなければならない。被告側が自ら無実を証明する必要はない。検察官が犯罪を証明しない限り、有罪とすることができない。

検察官は犯罪の事実を証明する証拠を明らかにし、事実を確定していく。しかし、その証拠によって、犯罪が行われたとも、なかったとも確信できない時は、裁判官も裁判員も被告人に有利な方向で、判決を下さなければならない。「疑わしきは被告人の利益に」というのが裁判の鉄則だ。

「だからと言ってだ、罪状認否にも答えず、何もかも黙秘するなんていう態度を取れば、命なんかいくらあったって足りないよ。間違いなく死刑判決が出る」

実際、和歌山カレー事件の被告は、取調べ段階から黙秘を通したが、結局一審判決は死刑、控訴審、上告審ともに死刑判決だった。その説明を聞き、明日香は不満を吐き出すように言った。

「じゃあ認めてもいいよ」

それ以上、明日香とは話す気にもなれなかった。

「誰か他の弁護士に頼むんだな」

明日香が法律的知識に乏しく、死刑の意味も理解できないほど愚かだとは思えない。真行寺の質問をなんとかはぐらかそうとしているのがうかがえる。事実を語らないというより、何かを隠しているとしか真行寺には思えない。

「国選弁護人を頼むか、誰か他の弁護士に依頼するんだな」

「総長、私を見捨てるのか」

「何とでもほざいていろよ。法廷は暴走族の喧嘩とは違う。いくら説明しても、それがわからないやつの弁護なんて俺には無理だ。弁護士とケツ持ちは違うんだよ。それくらいのこともわからないのか」

ケツ持ちとは、集団で暴走行為をする時、最後尾につけて速度を落として蛇行運転し、警察車両の追尾を妨害し、先行する暴走族仲間を逃す役目の車のことだ。

真行寺は今度こそ、接見室を出ようとした。「じゃあな」

「待ってよ」

明日香はそれまでの表情とは違っていた。

「オヤジと心中するつもりで、高速道路の分岐点のコンクリートブロックに速度を上げて突っ込んだんだよ。旦那は警察が言うように浴槽に沈めて殺した。あーそうだよ、私が旦那を殺したんだ。これで弁護を引き受けてもらえるんだね」

「それが事実なのか」

「ウソは言ってないよ」

「俺は事実かどうかを聞いているんだ。ウソでなければ事実ということではないだろう」

　これまでの明日香の対応から、その言葉を素直に信じることはできない。まだいくつも重要な事実を隠しているようにしか思えない。

「総長、頼むから私を信じて弁護を引き受けてよ」

　今度はすがるような目で訴えてきた。

　椅子に足を組んで座り直し、明日香を睨みつけた。昔なら「ガンを飛ばした」とすぐにタイマンが始まる。明日香もすがるような目ではなく、鋭い視線で真行寺にガンを飛ばしてきた。

「今後、俺が聞いたことには必ず事実を話すって約束するか」

「わかった。約束する」

「俺がどんな方針で弁護しようと口を挟むなよ」

「総長にすべて任せる」

「いいか、二人の殺人で起訴されれば、最悪死刑もありうる。そのことを覚悟しておけ。これは冗談でも脅しでもなんでもないから、そう思っておけよ。ダルマさんが転んだよっていう子供の遊びを知っているか」

「ああ、知っているよ」

「おまえのすぐ後ろには鬼がもう迫ってきているんだよ。死刑は手の届くところまで来ていると思っていてくれ」

いくらきつい口調で言おうが、噛んで含めたように言っても、明日香が理解しているとは思えない。理解できるだけの知識と知性が明日香には備わっていなかった。法廷で飛び交う難解な用語は、予め明日香に教えておく必要がある。

いずれ公判前整理手続が始まる。その時に殺人の動機、経緯、態様などが明らかになる。真実を明日香から聞き出す一方で、それ以前に、大鷹明日香という女を調べておかなければならないと感じた。情状酌量を訴えてくれる証人を探し出さなければならない。

真行寺は、小山田秀一、大鷹寿美夫の死についてはそれ以上触れずに、明日香の生い立ちを尋ねた。

大鷹明日香は一九八四年一月一日に新宿区大久保で生まれている。父親は小山田秀一、母親は恵美子。

五歳までどこで育ったかは本人にも自覚がない。五歳から記憶が残っている理由は明確だった。

「母親が自殺して一人になり、埼玉県の養護施設に入れられたんだ」

「オヤジさんはその頃はどうしていたんだ？」

「刑務所に入っていたか、そうでなければどこかの組に所属していたんだろうと思う」

　明日香には母親の記憶はあっても、父親のその頃の記憶はまったくなかった。埼玉県の施設に入所したのは、母親が当時住んでいたのが上尾市だったからだ。

　M児童養護施設から地元の小学校に通い、中学校に進んだ。しかし、中学校二年生の時、養護施設からN児童自立支援施設に移っている。以前は教護院と呼ばれた施設で、不良行為を行ったか、あるいはそのおそれがある児童、あるいは劣悪な家庭環境などの理由で生活指導が必要な児童を入所させる施設だ。入所した児童は、家庭的雰囲気の宿舎で、保護者に代わる専任職員と寝食を共に生活する。家庭的な生活をしながら、欠如している自律的、協調的な生活習慣を身に付けさせていくのだ。施設内には、小学校、中学校が設けられ、児童たちは宿舎から学校に通う。

　少年院と異なるのは、収容されている児童が法的に自由を規制されることはまったくない。施設を嫌い、逃げ出したとしても、一般家庭の子供の家出と同じ扱いになる。

　中学校を卒業すると、明日香は高校にも進学せずに社会に飛び出して行った。その後の生活については、真行寺は聞かなくてもおよその見当はつく。

　卒業から二年後、赤城女子少年院に四ヶ月の短期処遇で入所している。

それから一年も経っていないのに、赤城女子少年院に再び入所、今度は二年の長期処遇処分だった。

赤城女子少年院を退所し、二十歳になり、十代の頃から付き合いのあった大鷹寿美夫と結婚し、正式に婚姻届を提出している。

「仕事はキャバクラ、ホテトル、ソープランドで風俗一筋だよ」

夫とは結婚したものの、ほとんど別居状態。

「どこで何をしているのかも知らなかった」

覚せい剤取締法違反や窃盗、傷害の疑いで刑事が突然家宅捜索に入り、夫の消息をその時に知らされるくらいだった。

「それまでキャバクラで働いていたけど、年齢的にも限界にきていたし、顔も覚えていないオヤジが、ある日突然訪ねてきて、しばらく面倒見てくれって、転がり込んできた」

その頃は錦糸町のキャバクラで働いていた。住んでいたのは小岩の小さなアパートだった。明日香は川崎堀之内で働くのを決意し、本羽田に安い家を借りた。

「しばらく同居していたけど、私がだんだん精神的に不安定になってさ、それでオヤジには近くのおんぼろアパートを借りてやったんだ」

夫の寿美夫は時々携帯電話に電話をかけてきたが、自分でも覚せい剤を使用し、逮捕からまぬがれるために、各都市の繁華街を転々としながら覚せい剤の密売をやっていた。しかし、覚せい剤の卸し元と売上を巡って口論となり、相手にケガを負わせてしまい、逮捕された。

三年間服役し、出所してきたのが八ヶ月前だった。

明日香の身内には前科を持つ者しかいなかった。

5　疑念

裁判員裁判が導入されたのは、二〇〇九年五月だった。

裁判官はよく世間知らずと揶揄される。世間一般の常識とはかけ離れた司法の判断を下すこともあれば、挙句の果てには無罪と思われる事件でも有罪判決を下し、冤罪を生んでしまうケースもある。

「国民の皆さんが裁判に参加することによって、国民の皆さんの視点、感覚が、裁判の内容に反映されることになります。

その結果、裁判が身近になり、国民の皆さんの司法に対する理解と信頼が深まることが期待されています。

そして、国民の皆さんが、自分を取り巻く社会について考えることにつながり、より良い社会への第一歩となることが期待されています」

法務省は裁判員裁判の意義についてこう述べているが、市民感覚を裁判に反映させることによって、冤罪が生まれることを防ぐという一面も否定はできないだろう。

これまでの刑事裁判は裁判官、検察官、弁護士が、場合によっては何年にもわたって審議し、判決を下すというケースがほとんどだった。

裁判員には六人の裁判員が、二十歳以上の有権者の中から無作為に選ばれる。禁錮以上の刑に処せられた者は裁判員になることはできない。一般の市民が裁判に参加するため、これまでのように長期にわたる裁判は事実上不可能で、裁判員裁判は一、二週間という短期間で集中的に審理が行われる。中には二、三日で結審し、その二日後に判決が下されるケースも少なくない。

そのために裁判所において、裁判官、検察官、弁護士によって公判前整理手続が慎重に、念入りに進められる。公判前整理手続で行われるのは、争点の明確化、証拠の開示、公判日程の調整三点だ。検察側は立証する事実を明らかにし、同時に証拠も開示する。それを受けて弁護側も争うべき点を明確にし、自らの主張とその根拠を示さなければならない。採用する証拠や証人、公判日程は公判前整理手続で決定される。

ところが裁判員裁判が開始されると、公判前整理手続の平均期間は、始まった年は二・八ヶ月だったが、翌一〇年は五・四ヶ月に延び、一二年は七・〇ヶ月、一五年で七・三ヶ月となり、次第に長期化してきている。

死刑判決が予想される裁判では、起訴から初公判まで一年から三年までかかっている。

これだけの期間をかけて公判前整理手続を行っていても、実際の法廷では不都合が次々に出てくる。裁判が進行していくうちに新たな証拠が出てきても、公判前整理手続終了後は新たな証拠請求が制限される。被告人に不利になる場合もありうる。

実際、大鷹明日香が起訴されれば、半年前後の間で検察側から提示された証拠に関して、否認、反論する材料を探さなければならない。明日香は父親の死亡は、親子心中を試みて、父親だけが死亡したと主張している。父親が死を望んでいたという根拠はなく、明らかに殺人罪が適用される。五千万円の保険金はたまたま入ってきた金で、それが目的でないと明言している。

夫の殺人に至っては、黙秘はしているものの、警察が見込んでいるように殺害現場は自宅の浴槽であることを、真行寺の前ではあっさりと認めている。

結局、家族二人を殺している事実からは逃れようがない。しかも本人は否定しているが、動機は保険金目的と警察は見ている。裁判官にも、そして六人の裁判員にも決していい印象を与えることはない。

大鷹明日香が証言台に立ち、ヤンキー時代とほとんど変わらぬ口調で証言すれば、嫌悪感の方が強く、彼女の言い分に同情したり、共感したりする裁判員は出てこないだろう。元暴走族の弁護士が、元ヤンキーの弁護を買って出たと、マスコミが興味本位で取り上げるのは目に見えている。

大鷹明日香は真行寺に全幅の信頼を寄せ、「総長に任せる」とは言っているものの、信頼してすべてを話しているようにはとても思えない。これからも事実を話すとは限らない。死刑判決を受け、刑が確定した後、テレビが拘置所で見られるかと聞いてきたくらいだから、一般常識が欠如していると言わざるをえない。法廷でのやりとりも予想外の出来事が起きるのを覚悟しなければならない。

二人の殺人が事実とするなら、生い立ちを明らかにし、人格形成に問題があったことを明らかにし、更生の余地があると訴え、無期に持ち込むのが精いっぱいのところだ。

横浜拘置支所に接見に行き、記憶に残っている児童養護施設職員、施設内での友人、小、中学校の友人、教師、さらに児童自立支援施設の職員、同施設での友人の名前を挙げるように指示した。

その他にも赤城女子少年院のスタッフと、そこで知り合った仲間。また、キャバクラ、ソープランドで親しくなった風俗嬢仲間とソープランド従業員、明日香を指名した客など、すべて名前をリストアップするように言った。

それを聞いた明日香は煩わしそうに答えた。「私の仲間っていうか、皆ろくでもない連中だから、裁判に出て、私の味方なんかしてくれるヤツ誰もいないよ」

本人が友人などいないというのだから、本当に信頼できる仲間はいないのかもしれない。それでも弁護を引き受けるからには、可能な限り被告人に有利な証言を引き出せそうな友人を探すしかない。

他の訴訟や依頼案件をかかえている。大鷹明日香にかかりきりになるわけにはいかない。調査は愛乃斗羅武琉興信所に手伝ってもらわなければならない。

「オヤジさんの保険金は何につかったんだ」

「何にってさ、憂さ晴らしにハイソサエティの仲間と何回か横浜のホストクラブで飲んだくらいで、まだ四千万円くらい残っている」

一千万円はホストクラブの飲み代に消えているようだ。

「残りの金はどこに保管してあるんだ」

明日香は預金通帳とキャッシュカードは銀行の貸金庫に保管していた。そんなところは何故か抜け目がない。

「亭主の保険金はどうした？」

「請求する間もなく、パクられたからまだ何もしていない。総長が代わりに保険会社に請求してみてくれない」

何の計画性もなく父親と夫の命を奪った愚か者なのか、世間知らずを装っているだけなのか、真行寺にも判別はつかなかった。いずれにせよ波乱含みの法廷になりそうだ。

「総長、小宮さんに預かってもらっているフレディーだけどさ、元気でいるかどうか聞いてみてくれる。本当の仲間はフレディーくらいしかいないんだよ、私には」

明日香と接見し、横浜拘置支所を出ると、濡れたダウンコートを着込んだように足取りは重かった。

駐車場に戻り、真行寺は黎明法律事務所には戻らず、吉祥寺にある愛乃斗羅武琉興信所に向かった。愛乃斗羅武琉興信所は中央線吉祥寺駅から徒歩で五分ほどの雑居ビルの四階にある。ワンフロアーすべて愛乃斗羅武琉興信所のスペースで、窓際に代表の野村の机が置かれ、あとは向かい合わせに机が三組あり、興信所スタッフは全部で七人だ。

野村の下で動くスタッフの経歴も変わっていて、元高校教師から薬物依存症患者だった二十代女性、シングルマザーに主婦と多彩だ。相談室は壁際に二つの部屋が防音のパーテーションで区切られている。

真行寺はすべてのスタッフとも顔なじみだ。

「真っ黒クロスケの件、少しは進展したの」

浮かない表情の真行寺を見て、野村悦子代表が尋ねた。

「今会ってきたばかりだが、クロスケが何を考えているのかまったくわからない。何も考えてはいないのではないかとさえ思えるんだ」

「何よ、それ」野村が言った。

接見の様子を野村に伝えると、苦笑いを浮かべて、「被告に中学生程度の知識しかないと、弁護活動には大きな支障を来たすわね」

赤城女子少年院に二回収容されているくらいだから、逮捕、留置所、黙秘権の言葉の意味はわかるのだろうが、懲役、無期、死刑の意味を本当に理解しているのか心もとない。

「いずれ犯行の実態が明らかにされるが、今のところ情状酌量を訴えるくらいの戦術しか思い浮かばない」

「やむにやまれずに二人を殺したっていうか、どこか被告に同情すべき点はあるの？」

「今のところまったくない」

「それじゃあ情状酌量も何もないでしょう」

「児童養護施設、児童自立支援施設で育ったようだ。恵まれなかった家庭環境が被告の人格形成に暗い影を落としていると、その点を裁判官、裁判員に理解してもらうことくらいしか思いつかない」

「家庭環境が悪いからって、保険金目的で父親、夫を殺しはしないでしょう。まだ更生する余地を残す未成年にさえ、残虐な事件には大人と同じ刑事裁判の法廷に立たせ、死刑判決も出ている。厳罰傾向を強める中で、三十過ぎの大人が父親と夫を殺せば、まあ、死刑判決が下りても、世間は当たり前と受け止めるでしょうね」

野村の言う通りで、父親の事故死が心中目的で保険金目当てでなかったとしても、殺人罪に相当し、置かれている厳しい状況にはなんら変わりはない。

「友人はまったくいないと言っているが、弁護する側としては一人でも二人でも、生い立ちについて、有利になる証言をしてくれる人を探さなければならないんだ」

「それでその証人探しを手伝えってことなの」

「俺一人ではとても手が回らない」

「ビジネスとしてはあまりメリットはなさそうね」

「四千万円近い保険金がまだ残っているようだけど……」

「そんなもの保険金殺人とわかった段階で、保険会社から返還訴訟を起こされて、すぐに差し押さえられるでしょう」

「着手金百九十九万円があるから、そちらから回すこともできる」

なんとか説得して大鷹明日香の調査を愛乃斗羅武琉興信所に引き受けてもらうことにした。真行寺は明日香から聞き出したプロフィールを伝えた。

「公判前整理手続は始まっているの？」

「間もなく始まると思う」

初公判が開かれてしまうと二、三ヶ月で判決を迎える。公判前整理手続の段階で、どれだけ被告に有利な情報を集められるかが、裁判に大きく影響してくる。

「普通、これだけの事件であれば、六法全書を差し入れてほしいとか、同じような事件を扱った裁判の記録とかノンフィクションを読みたいって言ってくると思うけど、それはどうなの」

「おそらくこれまでに本の一冊も彼女は読んでいないのではないかと思う。だって、死刑判決が下りたら、拘置所でテレビは見られるのかって、とんでもないことを聞いてくるくらいだから……」

「相当な……」

野村は最後の言葉は口にしなかった。


小宮礼子は大田区久が原にある三階建ての家に家族と一緒に住んでいた。裕福な家庭のようで、一階部分のガレージには二台車が駐車されていた。家族も動物が好きなのか、庭に柴犬が飼われていた。

インターホンを押すと、母親らしき年配の女性の声がして、用件を伝えるとすぐに本人の声がした。間もなく玄関のドアが開き、小宮が門扉まで走ってきた。事情を説明すると、真行寺を家の中に案内した。家族は両親とやはり大学生の弟との四人家族のようだ。

玄関で母親が出迎えてくれた。

「お世話になります」

真行寺は名刺を母親に渡した。

「フレディーの飼い主に伝えてください。家族全員でかわいがって、お預かりしていますと」

フレディーを一時預かることにも理解が得られているのか、すんなりと受け入れられた様子だ。一階はガレージのスペースと応接室のようで、二階にキッチンや夫婦の寝室、書斎、三階に姉弟の部屋があった。

礼子の部屋は南東向きで、十畳ほどの広さがあった。フレディーは礼子のベッドの上で昼寝をしていたようだが、見知らぬ客を見た瞬間、すぐにベッドの下に潜り込んでしまった。その後は礼子がいくら呼んでもベッドの下から出てこない。

真行寺が屈み込み、ベッドの下を覗き込むと、フレディーは唸り声を上げた。

「ようやく家族には慣れ、唸り声は出さなくなりましたが、私がいても家族がこの部屋に入ると、ベッドの下に隠れてしまうんです」

警戒心の強い性格なのだろう。スマホで写真を撮り、それを見せてやろうかと思っていたが写真は撮れそうにもない。

「私が撮った写真でよければ真行寺さんのスマホに送ります」

礼子はすぐに真行寺のスマホに写真を転送した。

「今度、接見する時にこの写真をプリントして見せます」

「明日香さん、フレディーと離れて泣いていませんか」

「泣いてはいませんが、しきりに気にしていました。実際はフレディーのことを気にしている場合じゃないんだけど……」

真行寺のひとりごとのような呟きを聞き、礼子が言った。

「裁判が始まって、傍聴席に猫を連れて入ることはできるんですか」

それまで受けたことのない質問だった。

「裁判所の中に動物は持ち込めないでしょう」

「明日香さんとフレディーの相性はあんなによかったのに……。フレディーのことを思って、あんなに泣いた人が、とても人を殺すとは私には思えない。保険金目的で二人を殺したというのは事実なんですか」

礼子がベッドに腰掛けながら聞いた。

真行寺は壁際に置かれたパソコンデスクから椅子を引き抜き、それに座りながら答えた。

「事実と決まったわけではありませんが、警察には一部認める供述をしているようです」

明日香は不貞腐れた態度で、真行寺に対しても、夫の殺害を認める証言をしている。それを小宮礼子に今知らせる必要はないと思った。裁判になれば、新聞報道で明らかになる。

「先日もお話しした通り、大田区の保健所で、動物愛護センターの活動を理解してもらうのと同時に、人に慣れた犬や猫を数匹連れて行って、訪れる人に直接触れてもらって、引き受けてくれる人を探していたんです」

　その譲渡会にたまたま保健所を通りがかった明日香が立ち寄ったのだ。ボランティアからパンフレットを渡され、そこにいた犬や猫が人間の身勝手さで捨てられたことを知り、泣きながら犬や猫を撫でていたようだ。

「それはいつ頃でことですか」

「去年の梅雨時で、日付ははっきり覚えていませんが六月だったと思います」

　六郷にある動物愛護センターにはまだたくさん犬や猫が保護されていると告げると、明日香は必ず訪ねると約束して保健所を離れていった。

「その時はかわいそうで、引き受けてやろうと考えても、家族の反対があったり、ペットの飼育が認められていないマンションだったりして、実際に来てくれる人は少ないんです」

　しかし、翌月、まだ梅雨が明けていなかった七月初旬、明日香は六郷にある大田区動物愛護センターにやってきた。たまたまその日は小宮がボランティアで動物のケアにあたる当番の日だった。

小宮の案内で、明日香は施設の見学をした。保護されたばかりの犬はケージの隅で身体を丸めて怯えている。比較的人間に慣れていた犬でも、頭を撫でられる距離まで簡単には近づいてこない。においを嗅ごうと近づいてきた犬でも、些細な動作をしただけで、驚き怯えてその場から離れていってしまう。

猫の警戒心はさらに強い。譲渡を希望する訪問者に職員が猫を抱きかかえて、見てもらおうとしても、大きな目を見開き、怯え唸り始める。中には職員の腕から逃げ出してしまう猫もいる。

毛だらけのカーペットが敷かれた部屋にしばらく座り、猫がこちらに興味を持って近寄ってくるのを辛抱強く待つしかないのだ。

「その部屋にはテレビが置かれていて、テレビでも見ながら気長に猫と触れ合うようにしてもらっているんです。あの日は、国民的美少女コンテストが開かれている日で、職員はその最終選考会の様子をお客さんそっちのけで夢中で観ていました」

明日香はその番組には興味がないのか、部屋の隅に腰を下ろしていた。

国民的美少女コンテストの最終選考に残った美少女は五人だった。横一列に並び、最後は審査員たちの質問に五人がそれぞれ答えるところが映し出されていた。選考委員の一人がコンテストに応募した動機を質問した。

「私も最終選考に夢中になっていました。というよりセンターの職員すべてがテレビにくぎ付けになっていました」

小宮礼子もアイドルに夢中になる、今どきの大学生なのだろうと真行寺は思った。

「最終選考に残った五人のうちの一人に、世田谷区の動物愛護センターでボランティア活動をしていた中学生が残っていたんです。大田区、世田谷区、両方の動物愛護センター共催で、譲渡会を開くこともあり、よく知っている中学生でした」

テレビにばかり気を取られていた小宮が、ハッと気がついて後ろを振り返ると、一匹の猫が明日香の膝の上で寝ていた。明日香はその猫の背中を撫でながら、テレビに目をやっていた。

「あれには全職員がびっくりして、テレビを見るのをやめて、明日香さんの周囲に集まってきました。だって、明日香さんの膝の上で寝ていたのは、気難し屋のフレディーだったからです」

明日香自身も驚いたようだ。

「私にはどの猫も近寄ってきてくれないのかなって思っていたら、どこから出てきたのか、この猫はポンと私の膝の上に乗って寝てしまったのよ」

明日香は両手で包み込むようにしてフレディーを抱きながら小宮に言った。

喉を鳴らしながら、フレディーは膝の上から下りようとしなかった。

「明日香さんとフレディーの姿を見て、誰もがフレディーは幸せに育ててもらえると思ったんです」

「あなたもつらい目に遭ってきたのね」

フレディーを撫でながら、明日香は誰に言うでもなく呟いた。その時も、職員の目などはいっさい気にせず大粒の涙を流していた。

「そんな言葉を聞いて、明日香さんもつらい人生を歩いてこられて、警戒心の強いフレディーに何かを感じ取ったのかなあって、私、思いました。私だけではなく、他の職員もそうで、明日香さんとフレディーはうまくいくって確信したんです」

「君がフレディーの面倒を見てくれているというのは、次の接見の時に必ず伝える」

「明日香さんはいつ頃自由になれるんですか」

「これから裁判が始まる。判決が出るまではなんとも言えないんだ」

二人を殺したのが事実であれば、無期懲役か死刑で、明日香がフレディーと再会することはありえない。

小宮礼子とは三十分くらい話しただろうか。フレディーは最後まで真行寺の前には出てこなかった。

公判前整理手続が始まる前に、大鷹明日香とは可能な限り意志疎通が図れるような関係を築く必要がある。人生をすでに放棄してしまったような言葉を吐いたりしたかと思うと、まだ生きていたそうな口ぶりだったりする。横浜拘置支所で明日香と面会した後は、静かな水面に石を投げ入れたように心が波立ち、落ち着かない気分になる。

おそらく裁判が始まるまで半年以上は公判前整理手続に時間がかかる。その間、明日香の精神状態も穏やかではいられない。炭火が弾けるような苛立ちを真行寺にぶつけてきた依頼人も少なくなかった。

しかし、明日香は元々一人でいる時間が長かったせいなのか、あるいは人との付き合いが下手なのか、拘置所生活が楽しいわけではないのだろうが、つらかったり苦しかったりしている様子はあまり感じられない。面会室に現れた明日香は、川崎臨港警察署から身柄を移された時より、太っているようにさえ見える。運動不足もあるのだろうが、ソープ嬢として働いていたその不規則な生活が改善され、それが大きく影響しているように思える。

「フレディーの様子、どうだった?」

裁判も公判前整理手続も始まってはいないが、死刑判決が目の前にぶら下がっているという現実がまだ見えていない様子だ。

「小宮さんのお宅でかわいがられていた。小宮さんのベッドの下にもぐったきり、フレディーは怯えて私の前には出てこなかったが、元気にしていた。小宮さんが撮影してくれた写真を差し入れしておく」

明日香はほっとしたような表情を浮かべている。目の前の明日香を見ていると、父親や夫を殺害したのは、明日香の中に別人格が潜んでいて、その別人格が現れ犯行に及んだのではないかと思えるほど恬淡としている。さすが真行寺もため息を漏らしそうになる。ため息を飲み込むようにして、大きく深呼吸して聞いた。

「検事の取調べを受けていると思うが、どんな具合だ」

「納得できない調書には川崎臨港警察署と同じように、調書にサインなんかしていないよ」

「それでいい」

「検事から、父親を殺した時の様子をくどくどと聞かれている。あれって、どうにかならないの」

「基本的には黙秘して、裁判の時に真実を話すというのが、今の状況では最善策だ」

「神経質そうな検事でさ、父親の頭を殴った凶器と凶器を捨てた場所を自供しろって、うるさいったらないんだ」

「凶器？　オヤジさんは交通事故で死んだのではないのか」

当時は交通事故死として処理されたが、夫殺しが保険金目的だとわかると、父親の交通事故死も見直され、保険金殺人として起訴されたのだ。それにしても交通事故死が、何故凶器による殺人に変わってしまうのだろうか。

明日香は経緯をまったく説明しないから理解するまでに時間がかかる。

彼女の説明では、父親の致命傷になったのは頭蓋骨陥没骨折だが、警察が何度もダミーの人形を助手席に乗せ、高速道路分岐点と同形のコンクリートブロックに軽乗用車を激突させ、事故を再現した結果、小山田秀一の頭部の骨折はコンクリートブロックへの衝突事故では生じないという結論が出たようだ。

また軽乗用車の車内にも、小山田の頭部が打ちつけられたと思われる場所が、フロント部分、天井、車の左側助手席ドアからも見いだせなかった。

「致命傷になった傷は、普通ならぶつかったところに、出血、頭部の肉片や頭髪が車内のどこかに付着するのに、それらしきものが何もなかったんだってさ。それで父親の頭を凶器でぶん殴り、すでに死亡していた父親を車に乗せて、交通事故を起こして偽装したんだろうって……」

「それで君はどう答えたんだ」

「そんな記憶はまったくない。とにかく私と母をほったらかしにしたくせに、金だけせびる父親にもうんざりで、アクセルを床まで踏んづけて衝動的にコンクリートブロックに突っ込んでいったんだって答えて、その後は何を聞かれても黙秘で通しているよ」

真行寺の助言通りに検察には対応している様子だ。ますます明日香という女性が利口なのか、愚かなのか、実像は会えば会うほど不鮮明になり、捉えどころのない女性に見えてくる。

6　直感

大鷹明日香はいずれ殺人と死体遺棄、詐欺罪などで起訴されるだろう。その間に可能な限り明日香から犯行の実態を聞いておく必要がある。

起訴されれば、公判前整理手続の開始が決定される。検察官は立証方針を示す証明予定事実記載書面を裁判所、弁護人に提出する。これは事件の内容を具体的に、簡潔に明示したものだ。

さらに検察官は、犯罪の事実を明らかにするための証拠の取調べを裁判所に請求する。それらの証拠は検察官請求証拠と呼ばれ、被告人の有罪を立証するための証拠で、弁護人に開示しなければならない。検察官請求証拠は検察庁で弁護人は閲覧し、複写が可能だ。これに基づいて弁護人は被告人の弁護をどのように展開するかを考える。

それまでに明日香から聞いておきたいことや、逆に弁護人から彼女に伝えておかなければならないこともある。父親と夫の殺害を認めているが、それがどれほどの罪状なのか、どこまで明日香が理解しているのかが、真行寺には疑問に思えるのだ。

紅蠍を率いて暴走行為に明け暮れていた十代後半、大学進学を考えていたものなどほとんどいなかった。大学どころか高校さえも退学か中退していた。

「俺はバカだから、高校も大学も関係ねえんだ」暴走族の多くはこう口走っている。しかし、実際は高校を卒業し、できることならどんな大学でもいいから進学したいと内心では思っているが、端から大学入試も高校卒業も諦めてしまっている。暴走族に限らず、非行に走る連中の多くが、そうした能力はないと自分で思い込んでしまっているのだ。

試験の点数が低かったり、成績が悪かったりするのは「バカ」だからと、本気でそう信じ込んでいる。真行寺自身そうだったから、彼らの気持ちは十分に理解できる。成績が悪いのは、ただ単に勉強していないからだ。試験前に少しでも勉強すれば、まったくやらなかったより成績は良くなる。こんな単純なことも、その当時はわからなかった。

真行寺は中学三年生の時、高校に進学できる成績ではないと言われた。高校に進学しろと両親が泣き叫びながら、日ごろの素行の悪さをなじった。自分でも高校くらいは卒業しなければという気持ちもあった。

三年の二学期が終わる頃だった。受験参考書を広げて、一日三、四時間勉強した。二学期の成績も多少上がったが、それでも最下位から脱したと言える成績ではなかった。しかし、模擬試験の偏差値は二十以上も上がった。それまでが最低だったから、上がるのは当然なのだが、上げ幅は真行寺が通っていた中学では一番になった。この体験があり、勉強すれば成績は上がることを知ったのだ。

しかし、ドロップアウトしたまま成長すると、極端なことを言えば、義務教育を修了してもアルファベットが読めない、書けないどころか、九九がわからない者もいる。明日香もそうした一人ではないかと思えた。

殺人罪、死体遺棄、死刑という言葉を知っていても、その内容についてはまったく無知ということだってありえるし、いまだに現実を理解できないでいる可能性もある。それならば裁判の始まる前に、可能な限りの知識を学んでもらわなければならない。また人格形成に問題があり、精神鑑定を裁判所に求めることも必要になるかもしれない。接見は、明日香を知る上でも、信頼関係を築く上でもつづけなければならない。

横浜拘置支所の面会室に現れる明日香は、会うたびに太っている様子だ。午後のファミリーレストランに集まり、ダイエットの話題に夢中になる若い主婦の間に入っても、明日香は違和感なく溶け込めそうなふくよかな体形だ。

差し入れたフレディーの写真を見たのか、

「安心したよ。フレディーも幸せそうな顔をしていた。小宮さんに私が感謝していたって伝えてくれる」

少しは自分の裁判について考えた方がいいのではと思うが、それだけの知識もなく、その能力が欠如しているのかもしれない。よくて無期、最悪は死刑判決が予想されると言っても、明日香にはそれが自分の身に迫ってくるという実感がまったくないようだ。

「総長、預けた金、まだある？」

「手付かずで残っている」

「いくらか回してくれるかなあ。ここのメシ、まずくって食えないんだ」

未決囚は、横浜拘置支所近辺の差し入れ屋に注文すれば、食べたいものが食べられる。

「では三万円を預けておく」

真行寺は、起訴された後の裁判の流れを明日香に説明したが、うんざりといった表情で、真行寺と視線を合わそうともしない。

紅蠍の総長をしていた頃、真行寺の話を聞かずに、他のメンバーと話をしようものなら、その場でヤキを入れた。鼻血を噴き上げさせて、「すみません」と大声で謝罪させていた。

弁護士接見には拘置所の刑務官は同席しないが、真行寺と明日香との間は強化ガラスで仕切られ、そこに開けられている小さな穴を通してしか会話はできない。

「おい、シカトしているんじゃねえよ。俺の話を真剣に聞く気がないのなら帰るぞ」

女性だろうが、頬を二、三回張ってでも、裁判に目を向けさせせなければならないところだが、それもできない。

「聞いているよ」

明日香も鋭い口調で言い返してくる。しかし、これから始まる裁判員裁判に真剣に取り組もうとしているようには見えない。

「リストアップしたか」

「何の？」

明日香にはM児童養護施設、N児童自立支援施設、赤城女子少年院の施設職員、その施設でできた友人、小中学校で世話になった教職員、さらに風俗関係の仕事で知り合った友人の名前をすべて書き出すように指示しておいた。それもしていなかった。

「検察官から、裁判で追及される二人の殺人、亭主を海に放り投げた死体遺棄、それを立証するための証拠のリストが出てくる。それを見て、どう弁護するか、方針を立てるが、その前にやれることはやっておきたい。いくらバカでも、それくらいはできるだろう」

厳しい言葉で明日香に伝えても、結局、リストを作成しようとはしなかった。

その後も何度か横浜拘置支所に足を運んだが、結果は同じだった。

「なるようにしかならないんだから、総長もそんなに粋がってないでさ、適当にやればば」

被告本人がこんな調子では、まともな弁護ができるわけがない。

三月に入り大鷹明日香は殺人、死体遺棄、詐欺罪で起訴された。

一人で弁護が可能な案件ではない。少なくとも二人以上の弁護団で、検察側と対峙していく必要がある。最近、自分で事務所を立ち上げた同期の大月寛弁護士に、弁護人に加わるように話を持ちかけてみた。大月弁護士は少年犯罪に関心を持つ弁護士で、少年犯罪の弁護を引き受ける機会が多かった。報酬は期待できずに手弁当になる可能性があると告げたが、真行寺の力を借りたい時には、協力するという約束で弁護人に名前を連ねることを承諾してくれた。


一般的には起訴から二週間前後で検察側から証明予定事実記載書面と証拠取調べ請求書が提出され、それを受けて弁護側が二週間程度で類型証拠開示請求を行う。類型証拠開示請求とは、検察官請求証拠以外の証拠を見たい場合に、弁護側が求める未開示の証拠開示請求のことだ。しかし、被害者が二人の殺人事件であり、短期間での進行はおよそ不可能である。

四月十九日に第一回目の「打ち合わせ期日」が設定された。公判前整理手続とは別に、準備のための打ち合わせが開かれる。

横浜地方裁判所の九階に公判前整理手続を行う会議室がある。

裁判長の三角毅は五十代半ばで、予断と偏見を排して事実に忠実に向き合う裁判官として知られている。良心的な裁判官の一人として法曹界では認知されている。

もう一人は堀井理代子で、四十代前半、上昇志向が極めて強い女性裁判官という評判だ。世間が注目するような大事件の審判に関わり、名前を上げたいと考えているらしい。もう一人は小金井誠、三十代の新人裁判官で、学生のような雰囲気をどことなく漂わせている。

検察官は秋元正嗣で四十代前半といった印象を受ける。同じ法廷で争った経験はないが、厳しい求刑を求めてくることで有名だ。犯罪を心から憎んでいるらしく、厳罰主義で臨む検事で、重い刑罰を科すことが犯罪の抑止になると信じ込んでいる。情状酌量による減刑には反対すると、法廷で自分の意見を述べる検事でもある。よりによってその秋元が自分の目の前に座り、机の上にはブロックほどの厚さの書類が三つ並んでいる。

糊のきいた真っ白なワイシャツに濃紺のスーツを着こなし、几帳面な性格なのか、無香料のヘアリキッドで整髪し、髪が額にかかることもない。黒縁の眼鏡を時折、右手の中指で上げて、真行寺をそれとなく観察しているようにも見える。

死刑判決が予測される事件で、秋元は十分な証拠固めを行っていることを真行寺に伝えるためなのか、真行寺が椅子に座ると、三つのファイルを寸分の誤差もなく横一列に並び替えた。

さらに野木信、松下大介の二人の検察官も席に着いていた。二人とも三十代半ばといった年齢だろうか。

三角裁判長が検察官席に座る秋元に視線を向けた。

「証明予定事実記載書面と証拠調べ請求書の提出にはどれくらいの時間が必要ですか」

検察側に提出に必要な時間を尋ねた。

秋元が答えた。

「二人の殺人、死体遺棄、保険金詐取と重大かつ悪質な事件です。準備には三週間ほどいただきたいと思います」

「ではゴールデンウィーク明けの五月十日までに提出ということでよろしいですね」

公判前整理手続はまず検察官が検察官請求証拠を裁判所に求め、弁護人に開示することから始まる。証明予定事実記載書面は、検察官が主張する事実、つまり大鷹明日香が犯した罪の具体的事実と、量刑に影響する犯行動機、殺害方法、被害の程度など情状事実が記され、どのような証拠によって証明されるかを記載した書面だ。

証明予定事実記載書面と開示された検察官請求証拠を二つ揃えると、大鷹明日香が犯したとされる殺人、死体遺棄、詐欺事件を検察官がどのように立証していくかがわかる。

証明予定事実記載書面は、物語式と事実構造式の二つの書式があり、一般的には物語式が多く採用されている。

検察官が事件の概要を物語形式によって明らかにするもので、大鷹明日香と小山田秀一、大鷹寿美夫の関係、二人の殺害に至る背景や動機、殺害状況、保険金詐取の実態、犯行後の大鷹明日香の状況などをわかりやすく述べ、書面右側に事実が記載され、それを立証する証拠が左側に記載されている。

「弁護人の方から何かありますか」三角が真行寺に視線を向け、確かめた。

「証明予定事実記載書面と検察官請求証拠と同時に提出されると理解してよろしいのでしょうか」

真行寺が三角に尋ねると、三角は秋元に視線を送った。即座に「はい、そのつもりです」と秋元が答えた。

「では五月十日までにということで進めます」

第一回目の「打ち合わせ期日」はそれだけで終わった。

検察官請求証拠が開示された。

大鷹寿美夫殺人及び死体遺棄に関する証拠調べ請求書は以下のようなものだった。

大鷹寿美夫発見報告書、検視調書、死体の見分調書、死亡診断書、大鷹寿美夫の除籍謄本、司法解剖立会報告書、写真撮影報告書、司法解剖に関する鑑定書、解剖執刀医からの事情聴取報告書、供述調書、検証調書、現場撮影報告書、死体検案報告書、犯人割出過程での証拠書類、裏付け捜査報告書、着衣等の見分調書、取調べメモ、目撃証人等の供述調書、取調べ状況記録書面、O生命保険契約証書、被告人の診療記録、被告人の身体に関する報告書。

また、父親の小山田秀一に関しても同様の証拠が記載されていたが、これらに加えて、KM共済保険契約証書、SS自動車保険契約証書、事故目撃者の供述調書、写真撮影報告書（路面の擦過痕、事故車両の破損物、被害者の所持品、着衣の散乱状況）、路上遺留品（血液）の採取報告書、路上遺留品（血液）の保存状況に関する報告書、路上遺留品（血液）の鑑定書、車内遺留品（血痕、毛髪、着衣）の採取報告書、車内遺留品（血痕、毛髪、着衣）の保存状況に関する報告書、車内遺留品（血痕、毛髪、着衣）の鑑定書、小山田秀一の写真撮影報告書、死体の検分調書、死体検案書、死亡診断書などが挙げられ、さらにこれらの証拠を再鑑定した「小山田秀一死亡に関する意見書」が追加されていた。

真行寺は必要と思われる証拠をコピーした。

送られてきたのは物語形式で記載されていた証明予定事実記載書面で、検察官請求証拠と合わせて要約すると、検察側の主張内容は以下のようなものだった。

　被告人大鷹明日香は一九八四年一月一日、東京都新宿区大久保で、父小山田秀一、母恵美子の長女として生まれている。これまでに前科はない。

　夫の大鷹寿美夫に対する殺人及び死体遺棄、詐欺未遂等の容疑での逮捕が先行するが、事件の全貌を明確に説明するために、父親の小山田秀一（死亡当時六十五歳）の殺人について最初に明らかにする。

　明日香の母親は一九八九年、明日香が五歳の時に自殺している。父親は定職につかず、暴力団組織の構成員だった。明日香は母親の実家が埼玉県だったことから、母の自殺後、埼玉県のM児童養護施設に入所した。

　一九九七年、中学二年生になり、素行に問題があるためN児童自立支援施設に移っている。そこで中学を卒業するまでを過ごした。この間に父親と再会したのは、本人の記憶によれば数回程度だった。

　中学卒業後、年齢をいつわり風俗営業の店で働き、生活の糧を得ていた。客とのトラブル、風俗嬢との喧嘩による傷害、薬物使用などで、二回ほど赤城女子少年院で矯正教育を受けている。

　二〇〇四年一月、二十歳の時、指定暴力団飛龍組組員の大鷹寿美夫と結婚し、入籍手続を行った。大鷹寿美夫とは、明日香が新宿に出てきた十代の頃から付き合いが始まっている。しかし、結婚生活は長くはつづかず、夫は家には寄り付きもせず別居状態に陥った。

被告は、その後もキャバクラを転々としながら生計を営んできた。

二〇一〇年、キャバクラから現在働いている川崎堀之内のソープランド・ハイソサエティに転職するきっかけは、父親の出所だった。

傷害罪で服役していた父親の小山田秀一が刑期満了で出所した。一人暮らしの明日香の家に転がり込んだ。懲役で身体を壊し、すぐには働けそうにもないと小山田秀一は娘の明日香に説明した。

明日香は、風俗の不規則な仕事で十分なケアができないと思い、万が一入院でもした時のために、付き添い婦を雇う足しになればいいと、掛け金が安いKM共済保険に加入した。

父親といっても一緒に生活した記憶もなく、明日香は健康を回復するまでという条件で同居を許した。父親はまだ六十歳だったがいっさい働こうとせずに、明日香の収入をあてにする生活を始めた。

ホステスの収入だけでは、父親と二人の生活が成り立たなくなってしまった。父親は明日香から現金を奪い取ると、その金は競輪、競馬に注ぎ込んでしまった。

父親という実感も明日香にはなく、次第にうとましく感じるようになった。それでもたった一人の父親だと思うと、同居を拒むわけにもいかずに、五年ほど父親と同居をつづけた。しかし、折り合いが悪く、親子喧嘩が絶えることはなかった。

一方、夫の大鷹寿美夫の所在はわからず、明日香は真剣に離婚を考えた。特別な好意を抱いた男性ができたわけではないし、中学卒業後、風俗の世界で生きてきた自分がまともな結婚ができるとも思っていなかった。ハイソサエティに通ってくる客の中には、妻と死別した熟年の男性もいて、風俗から足を洗えば、妻に迎えると言った客もいた。

それを真に受けたわけではないが、どこにいるのかもわからない夫と、いつまでも夫婦でいるのは不自然で、一日も早く離婚したいと思った。

夫の寿美夫の所在がわかったのは、二〇一二年に傷害罪、覚せい剤取締法違反で逮捕された時だ。東京拘置所に行き、離婚するように迫ったが、寿美夫から「今度こそ立ち直るから見捨てないでくれ」と懇願され、離婚は思いとどまった。

一軒家とはいえ、そこでいつまでも父親と同居しているわけにもいかずに、二〇一五年一月、川崎市に安いアパートを父親のために明日香は借りた。そこに父親を転居させた。

二〇一五年八月一日午前零時頃、ハイソサエティの仕事を終えて戻ると、自宅に電気が点いていた。父親が勝手に上がり込み、明日香を待っていた。父親の家賃は明日香が管理会社に振り込み、生活費は一週間ごとに手渡していた。一度に渡せば、ギャンブルにすぐに使ってしまうからだ。

三日前に五万円を渡したばかりだった。生活費を要求する父親と激しい口論となった。仕方なく五万円を渡し、終電車も終わっていることから、午前一時頃、車で送って行くことになった。

首都高速一号線の大師インターから入った。次の浜川崎インターで下りるが、走行距離は四キロ足らずだ。

明日香は軽乗用車のダイハツタントだった。父親は助手席に乗り、シートベルトを付けずに、リクライニングシートを倒した。

このまま父親にたかられるような生活をつづけていれば、いつまで経ってもまともな生活はできないと将来に対する不安が、突然こみあげてきた。

父親が死亡した場合、五千万円の保険金が給付される。

浜川崎インターの下り口は追い越し車線の右車線から一般道に下りる側道に入る。その分岐点はコンクリートブロックで、車両が激突しないように警告灯が数本立てられているだけだ。

助手席では、明日香が帰宅するまで酒を飲みつづけていたためか、父親は熟睡している。追い越し車線に入った明日香はアクセルを思い切り踏み込んだ。あっという間に加速し、スピードメーターは百二十キロに達していた。

自分のシートベルトが締まっているのを確認した。午前一時五十分頃、速度を落とさず、分岐点のコンクリートブロック目がけて、助手席側フロント部分が激突するように床までアクセルを踏み込んだ。

一瞬だった。身体が前のめりになり、フロントガラスに頭を打ち付けられるような衝撃を受け、同時に身体が宙に浮いたような気がした。そこから先の記憶はなかった。

負傷した小山田秀一、大鷹明日香は川崎市G総合病院に搬送されたが、小山田秀一は八月一日午前二時四十分頃、頭蓋骨陥没骨折、脳挫傷、急性くも膜下出血、脳内出血等によって死亡した。

川崎臨港警察署は、現場の状況から単なる交通事故死と判断した。

被告本人もろっ骨を折り、頭部に裂傷を負い、身体の至るところに打撲傷を負っていた。

明日香の入院は一ヶ月に及んだが、八月末に退院している。

被告人明日香は、小山田秀一の交通事故死によって、KM共済保険から二千万円、SS自動車保険から三千万円、合計五千万円の保険金を得ることに成功した。

交通事故死として当時は処理されたが、川崎臨港警察は、同種の軽乗用車にダミーの人形を乗せ、実験を繰り返した。

小山田秀一の写真撮影報告書、死体の検分調書、死体検案書によって、「約四センチメートル四方の範囲にわたって頭蓋骨を欠損、陥没させ、脳硬膜を破壊して脳の一部が飛び散るほど」の負傷を負っているのは明らかだ。

当時の報告書、検分調書、被害者の写真、車内の写真などから鑑定を鑑定人に依頼したところ、小山田秀一の頭蓋骨の一部が陥没するほどの負傷は、交通事故によるものとは考えられないという結果が出ている。頭部受傷が交通事故によるものであれば、頭部から出血したはずの血痕、頭部の肉片、骨片が車内の衝突した箇所に必ず存在するが、そうした形跡は車内には残されていない。鑑定人は丸型の鈍器で殴打した時の傷に酷似していると分析した。

車内からは被害者の血が染み込んだニット帽が回収され、ニット帽からは脳の一部も検出されている。しかしニット帽には衝突による損傷は見られない。助手席ヘッドレストからも被害者の血液が検出されている。こうしたことからも被害者は助手席に座った段階ですでに死亡していたと考えるのが合理的だ。

よって小山田秀一に関しても殺人罪を適用するのが妥当と考えられる。

一方、大鷹寿美夫が刑期満了で出所するのが二〇一五年五月だった。退院したばかりの明日香は、寿美夫に二度と覚せい剤に手を染めない、まじめに働くということを条件に、二〇一五年九月、本羽田の家に戻ることを認めた。出所した寿美夫もなかなか仕事が見つからなかった。毎日、仕事を探してくると言っては、お昼頃から外出し、戻るのは深夜だった。

職探しに奔走しているとばかりに思っていた大鷹寿美夫は、毎日パチンコ三昧の生活を送っていただけで、まじめに働く気持ちはもうとうなかった。それどころか父親の死亡保険金が妻に出たことを知ると、遊興費を明日香から奪うようにして、パチンコだけではなく競輪、競馬、競艇場に通うようになってしまった。

父小山田秀一死亡によって保険金五千万円を得た明日香は、一向に働かない夫と離婚しようとはせずに、計画的な保険金詐取を考えた。

九月十五日、インターネット契約でO生命保険に被保険者を大鷹寿美夫にして、五千万円の死亡保険に加入した。これは死亡した時にのみ支払われる保険だ。定職に就いていないことに不安を抱いたのか、健康診断書の提出を求められた。しかし、服役していた三年間は覚せい剤もアルコールもいっさい口にしていない。規則正しい生活を送ってきたために、寿美夫は健康そのものだった。契約から三ヶ月間は免責期間で、何ごとがおきても保険金は支払われない。しかし、三ヶ月が経過し、十二月十五日に免責期間は終了した。

五千万円の保険金は、十二月末までにそのほとんどが明日香の遊興費に消えていた。

正式に離婚するのは到底無理、離婚話を持ちかけようものなら、痣が残るほど暴力をふるわれる。別れるためには再び夫が罪を犯し逮捕されるか、あるいは夫が死亡するしかない。そう考えた被告人は夫を殺す計画を綿密に計画した。

大鷹寿美夫は神奈川県茅ケ崎市で生まれ育った。そのために唯一の趣味が釣りだった。本羽田の家で同居するようになり、最初に向かったのが釣り道具屋で、海釣りの道具を一式揃えた。翌日は早速釣りに付き合わされ、これまでに何度も扇島を訪れている。

明日香は中古だったが保険金で、NV350キャラバンというワンボックスカーを購入した。これには釣り道具が納められる。

二〇一六年一月十八日月曜日午後から明日香はかねてから考えていた通りに、夫の寿美夫殺害を決行した。

父親が出所し、同居していた頃、父親といってもその実感はまったくなく、どのように対応していいのかわからなかった。不眠症に陥り、Pクリニックで心療内科の診察を受けた。そこでハルシオンをしばらくの間処方してもらった。その時の薬がまだ大量に残っていたのだ。

ハルシオンはゴマスリの鉢で完全にすり潰し、粉末状にしたものをウィスキー、スポーツドリンク、ミネラルウォーター、冷蔵庫の製氷機水タンクに混入させておいた。

効き目があるのかどうかわからなかったが、大鷹寿美夫が食べるすべての食物にその粉末を混入させた。

　夕方に起きてきた寿美夫は、前の晩に飲んだ酒で二日酔い状態だった。しばらくはぼんやりとテレビを見ていた。喉が渇いたのか、冷蔵庫に保管してあるスポーツドリンクを、喉を鳴らしながら飲んだ。

　食事は簡単なものでいいからとお茶漬けを好んで食べていた。たき上がった白米にも、そしてお茶にもハルシオンを混入させた。

　食事が終わると、寿美夫はテレビを点けて、再びぼんやりとした表情で見ていた。ウィスキーと氷、ミネラルウォーターを持ってくるように言われ、テレビの前のサイドテーブルにそれらを並べた。

　さらに一時間もすると、寿美夫は居眠りを始めた。熟睡する前に、計画を実行に移す必要があった。明日香はセックスをしようと浴室に寿美夫を誘いだした。ゆらゆらしながらも、寿美夫は脱衣所に向かい、先に浴槽につかっていた。

　明日香はさらに眠りを深くするために残っていたハルシオンの粉末をウィスキーに混入させ、大鷹寿美夫に口移しで飲ませた。それでも不安だった明日香は、汗をかきはじめた寿美夫にさらにハルシオン入りの飲料水を飲ませた。

　湯船の中で完全に目が覚めない状態になったことを確認し、寿美夫の上半身が浴槽につかるように、明日香は両足を引っ張った。寿美夫は手を水中の中で、四、五回ほどばたつかせた。

慌てた明日香は寿美夫の胸に座るように乗った。風呂の水が浴槽からあふれ出た。水道の栓をひねり、湯を注ぎ足した。寿美夫の動きはすぐにやんだ。

それでも明日香は寿美夫の胸に乗ったまま、浴槽につかりつづけた。二十分以上は湯船につかっていただろうか。明日香も汗だくになっていた。

午後十一時過ぎ、被告人は計画通りに実行した。浴槽の水を抜いた。浴槽の中には嘔吐物が混じっていた。浴槽をきれいに洗い流し、それまで着ていた夫と自分の衣類と洗濯物を入れ、洗濯機を回した。

浴槽から夫の両手を引っ張り、脱衣所に引き出し、そこで予め用意していた衣服に着替えさせて、脱衣所前の廊下に敷いておいた羽毛布団の上に載せた。羽毛布団の端をつかんで、居間のガラス引戸付近まで運んだ。借家の駐車場は本来洗濯物干し場に使っていたスペースだが、そのスペースが駐車場になっている。軽乗用車を止めるには十分なスペースだが、ワンボックスカーを止めるにはぎりぎりで、運転席ドアから運転手が乗るのが精いっぱいで、助手席ドアや左側後部ドアから乗ることはできない。ワンボックスカーによって視界が遮られ、隣近所からは家の方は何も見えない状態なつている。

ガラス引戸を開けると、そこにはスライド式ドアが開いたままのＮＶ３５０キャラバンが止められていた。後部座席にいち早く明日香は乗り移り、寿美夫を後部座席に引っ張り入れ、横に寝かせた。

そのまま運転席に移動し、家の駐車場を出たのが、一月十九日午前零時二十分頃だった。向かったのは扇島Ｗ公園で、午前一時頃に到着した。

予め決めておいた進入禁止区域に入り、岸壁ぎりぎりに車を止め、後部左側ドアを開け、後部座席で横たわる寿美夫をそのまま海に遺棄した。

さらに車を百メートル移動させた。そこはかつて寿美夫が釣りをしていて、埠頭を管理している会社のガードマンといざこざを起こした場所だ。そこに被告人は釣り道具を並べ、すぐに扇島Ｗ公園駐車場に車を入れた。そこで十五分ほど過ごし、釣り場に歩いて戻り、夫がいないと、同日午前一時二十五分に１１０番通報したのだ。

被告人が夫を保険金目的で殺害したのは明らかだ。

大鷹寿美夫は司法解剖の結果、溺死であることが判明している。両方の肺に入った水は海水で、その海水から発見されたバクテリアなどの微生物も、扇島Ｗ公園近くの埠頭から採取された海水とまったく同一だった。

しかし、被害者の血液から検出されているアルコール血中濃度の濃さと、ハルシオンの血中濃度の高さから一人で歩ける状態ではなかったと推定される。また肺に残された海水は遺体発見現場の海水と一致するが、被害者の肺からはそれ以外のものも検出されている。

それは海からは絶対に検出されないものだ。被害者の肺に残っていたのは、入浴剤の成分と色素だった。同じものが大鷹の家の浴槽からも、そしてその入浴剤容器がバスルームに残されていた。

犯行現場は自宅の浴槽であることはこうした証拠から明らかだ。

自宅の浴槽で溺死させ、扇島W公園近くの埠頭から夫の死体を遺棄し、保険金を詐取する方法を思いついたのは、半年前の「交通事故」で保険金をまんまと詐取したことが引き金になっている。

証明予定事実記載書面には、詳細に事実関係が記載されていた。これらの事実を証明する証拠も質的にも量的にもかなり揃っているように思える。

大鷹寿美夫の肺から、遺体発見現場と同じ海水が出てきたことは、裏を返せば予め自宅の浴槽に海水を用意していたことになる。強い殺意と計画性をうかがわせる。

父親の死亡については、「丸型の鈍器」が凶器になったとしているが、凶器は発見されていない。大鷹明日香に有利に働きそうなのは、その一点くらいしか真行寺には思いつかなかった。

第二回目の「打ち合わせ期日」は、五月十七日に裁判所と弁護側二者で開かれた。三角裁判長は、概略でかまわないから弁護側の主張内容を知りたいと言ってきた。しかし、検察側から開示された証拠をすべて検討している時間的余裕はなかった。類型証拠開示請求の手続きもこれからで、詳細な回答は無理と答えた。

大鷹寿美夫殺人に関しては、公訴事実は認める方向で検討、小山田秀一についてはは検討中と答えるにとどめた。三角は裁判の争点を知りたがっているのだろう。

真行寺は反射的に大鷹明日香のふくよかな顔を思い浮かべた。まるで他人事のようで二人の殺人について罪の意識もなければ、反省の様子もない。事実に向き合うどころか、真行寺にも心を開こうともしない。裁判のなりゆきにもまったく関心がない様子で、相変わらず平然としている。

しかし、ここからは何もしなければ、待ったなしで死刑判決に向けてひた走ることになってしまう。

接見で明日香は夫殺しを認めている。父親は心中のつもりで殺人ではないと主張しているが、それも殺人罪として問われるべきものだ。冤罪事件などではない。

こうしたケースで争うとしたら、殺意の有無や計画性、あるいは責任能力の有無で、量刑をどうするかに焦点が絞られる。被告の反省の度合いも、判決に加味される可能性があるが、明日香の投げやりな態度を考えると、反省の度合いを深めているなどという弁護はできそうにもない。せいぜい情状酌量を訴える証人を法廷に立たせることができるかどうかで、今の段階では具体的な方針など何もない。秋元に何もかも見透かされているような気分になってくる。

弁護側は証明予定事実記載書面を受け取り、検察官請求証拠の開示を受けて、弁護方針を決めることになる。この二つが手元に揃う前に、明日香から可能な限り事実関係や情状事実を聞き出したかったが、肝心な話になると明日香は、真行寺には曖昧な態度を取りつづけた。

第三回目の「打ち合わせ期日」は五月二十三日だった。

三角裁判長は真行寺に、予定主張記載書面の提出時期を聞いた。しかし、二人の被害者が出ている。類型証拠開示も一回で済むとは到底思えない。

「弁護人からの類型証拠開示の請求にはどれくらいの時間が必要でしょうか」

大鷹明日香からの聞き取りは、実際何も進んではいない。それを考えると、一ヶ月以上ほしいが、裁判の進行を遅らせるような印象をもたれる可能性もある。

「類型証拠の請求、入手、検討に費やす時間が少なくとも三週間、弁護側の主張をまとめるのにも二週間ないし三週間をいただきたいと思います」

通常二週間程度といわれている検察官請求証拠開示にも三週間がかけられた。

「検察官、何かご意見はありますか」

三角が秋元に視線を送った。

「弁護人から開示請求があった段階で可能な限り速やかに開示していきたいと考えております。類型証拠開示に止まらず、裁判を迅速に進めるためにも、任意で開示できるものも含めて、検討したいと思います」

秋元は自信のほどをうかがわせた。弁護側が必要な証拠は何でも開示する、実の父親、そして夫を金目当てに殺した毒婦など、生きている価値はないんだと言わんばかりに、一瞬だが、鋭い視線で真行寺を睨みつけた。

真行寺は何気なく秋元に目をやった。秋元は神経質なのか、三つのファイルを何度も指で位置を直しながら、少し微笑んだように見えた。

その笑みが「暴走族上がりの弁護士が、こんな大事件を引き受けて大丈夫かよ」と言っているように思えた。

秋元は自信を示すように三つの分厚いファイルを指で揃えながら答えた。何度も同じ動作を繰り返し、三つのファイルの位置を少しずつずらしていた。

——これだけの証拠が揃っているんだ。死刑は確定したようなものだ。

「では、第一回目の公判前整理手続の期日ですが、七月十二日でよろしいでしょうか」

三角が双方に確認を求めた。

「はい、大丈夫です」と秋元が答えた。
「はい」真行寺も同意した。

7　公判前整理手続

三回目の「打ち合わせ期日」を終え、大鷹明日香と接見したが、結果は同じで、指示をしていたことは何一つしていなかった。呆れ果てて、そのまま帰ろうとすると、

「借家はどうなっているのかしら」

裁判とはまったく関係ないことを聞いてきた。

借主が逮捕されてしまったのだから、オーナーは困りきっているだろう。

「家賃はきちんと毎月振り込まれるように、パソコンで設定してあるから、口座に残金がある限り問題ないけどさ、このままずっとムショ暮らしになるみたいだから、総長、解約してもらえない」

大鷹明日香は自販機のジュースでも頼むかのような口調で言ってくる。

「委任状を送るからサインして返送してくれ。ところでその家賃が引き落とされる預金口座はどこにあるんだ」

保険金詐取が容疑に挙げられているのだ。すべての預金通帳は川崎臨港警察署によって押収されている可能性がある。明日香はがまんしきれないのか微笑が唇に滲み出る。

「何がおかしい」

「検察官に保険金を何に使ったのか聞かれてさ、皆ホストクラブや遊興費で散財したっていったら本気にしていたよ」

「実際はどうなんだ。ホストクラブに使ったんじゃなかったのか」

「ホストクラブに後輩のソープ嬢を連れて行ったことはあるけどさ、五千万円も費やすほどバカじゃないよ」

「俺にはそれ以上のバカに見えるけど、おまえは」

真行寺は思っていることを明日香に告げた。

明日香は薄ら笑いをやめて、空洞の開いた強化ガラスに口を近づけて、小声で言った。

「三百万円はホストクラブ、六百数十万円は中古車の購入に使い、四千万円はそっくり残っているんだよ。そこから弁護に必要な金と、契約解除に必要な金はその口座から取ってもらってもいい」

「預金口座やキャッシュカード、印鑑は警察が押収しているだろう。すぐには取り戻せないぞ」

「総長、口座はここに入っているんだよ」

明日香は右手の人差指で、こめかみをつついて見せた。

「いい、メモしてくれる」

真行寺は言われた通りに手帳を広げた。

「銀行はR銀行のインターネット支店、だから通帳はないの」

メモをしながら、真行寺は思わず明日香の顔を見つめた。これまでに見たこともない真剣な表情をしている。

「まずユーザーIDを言うね」

ケニア、アメリカ、ニッポン、ニュージーランド、アルジェリア、コーリア、オーストリアの六つの国名を挙げた。

「今言った国の頭文字だけを抜き出してみて。その次を言うね」

びっくりマーク、あめ、イカリング、ごもくそば。明日香が何を伝えようとしているのか、真行寺にはまったく理解できない。それでも言われた通りにメモした。

「びっくりマークはゼロ、あとは文字数を数字に置き換えて」

つまりR銀行に登録されている大鷹明日香のユーザーIDは「kannako0255」ということになる。かんなこ、神流湖で埼玉県の湖の名前だ。

「きちんとメモしてよ。どれ一つ違っていてもアクセスできないからね。次はログインパスワード」

イングランド、マレーシア、インド、びっくりマーク、チョコレートパフェ、酢、桃とアンズ。「ｅｍｉ０９１６」がログインパスワードらしい。ｅｍｉは母親の名前、恵美子から取ったようだ。

「最後に暗証番号、すべて数字だからね」

アイス、つけチョコ、チーズ、パイノミ、酢、ファンタオレンジ、ラーメン、アーモンドグリコ。「３５３４１８４８」

数字はすべて食べ物だった。

「何でこんな面倒くさいことをするんだ。この面会室には俺とおまえの二人しかいないんだぞ」

「赤城女子少年院では、連絡先を教え合うのは禁止されていたんだ」

女子少年院を出た後、連絡を取り合えるように電話番号を教えるのだが、教官に知られないように暗号化して伝え合っていたのだ。彼女たちは出院したら最初に食べたいものを話題にしているように見せかけて、互いの電話番号を相手に教えた。

「院内では名字も教えられなくてさ、行ってみたい国を話題にしているようにして、自分の姓を相手に伝えた。だからいろんな国名を覚えたよ」

大鷹明日香は、学校での教育をまともに受けてきたとは思えないが、知的水準は意外と高いのかもしれないと、真行寺は思った。

「それと口座名は私の名前ではなく、旦那の名前だからね」

川崎臨港警察が大鷹明日香の口座をすべて洗い出しても、これでは保険金がどこへ流れたのかは追えないだろう。

「高い金出して買ったワンボックスカーだけど、どうなるの？」

「証拠として押収されているはずだけど」

「殺人事件に使われた車なんて誰も買いたいとは思わないだろうからさ、もしイヤでなかったら、寄付するから大田区の動物愛護センターで使ってもらうようにしてよ」

言いたいことを一方的に話して、その後はいつもの明日香に戻ってしまい、いくら言って聞かせてもげんなりとした顔をしている。

「たいしていい女でもないんだ。その仏頂面はやめろ」

「総長はそう言うけどさ、私と寝た男はそうは言わなかったよ。キャバクラでもソープでも、皆、私に会いたくてさ、意気揚々として通ってきたよ」

それ以上、説得する気は真行寺にはなかった。しかし、義務教育を受ければ当然持っているはずの教養も一般的な知識もなく、ただ三十過ぎまで過ごしてきた女ではなさそうだ。それがわかっただけでも、その日の接見は意義があったと思うしかない。

検察官請求証拠が開示され、証明予定事実記載書面が秋元から届き、初公判に向けて着実に進行している。時間の許す限り真行寺は横浜拘置支所を訪れた。

明日香は長く伸びた髪を後ろで束ねて面会室に現れた。五月に入り、過ごしやすい気候になり、綿の淡いブルーのスウェット上下を着ていた。面会に来てくれる家族もなく、手紙のやり取りをしている外部の友人もまったくいない様子で、真行寺の顔を見ると明日香は恋人と会うような笑みを浮かべた。

しかし、真行寺は挨拶もせずに、椅子に座った。

「どうしたのよ、総長、そんな怖い顔をしてさ」

「前回も言った通り、すでに裁判は始まっていると思え。いいか、ここからは待ったなしの冗談抜きだ。俺に適当なことを言った段階で、死刑が確定したと思ってくれ」

真行寺はいつもとは違って緊張した固い表情をしているのが自分でもわかった。

「命を取り合うような喧嘩が始まるっていう顔つきをしているけど」

「その通りだ。ただし俺の命ではなくおまえの命がかかっている」

「私みたいなどうでもいい人間の命なんて……。総長、そんなにマジにならなくてもいいって」

水が油をはじくように裁判に無関心だ。分厚いファイルを神経質にいじくりまわす秋元の顔が一瞬脳裏をよぎる。

「いいか、よく聞けよ。検察官からおまえの罪状を記した書簡が届いている。これに対してどう防御していくかを考えるが、まずは事実経過を話すから、違う点は、説明している最中でもいいし、最後でもいいから言え」

明日香は「わかったよ」といかにもうんざりといった顔をした。それでも真行寺は冷静に検察官の主張を明日香に伝えた。説明を始めると、明日香は両手を祈るような格好に組んで、目を閉じたまままいっさい口を挟まなかった。検察官の物語形式の書面は、明日香にもわかりやすかったようだ。

「それは違うだろうって、何か言いたいことはあるか」

「あるよ」

閉じていた目を大きく見開き、真行寺を凝視した。

「まずオヤジの件から言うね」

真行寺はボールペンを握り手帳を広げた。

「オヤジにたかられ、いつまで経ってもまともな生活ができないから殺したとかなんとか言ってたけどさ、それはまるっきりウソ。私はこれまでまともな生活なんてしたことがないし、十代の頃から亭主になった大鷹寿美夫に貢がされていたから、どういう生活がまともなのかわからない。総長に以前話した通り、もう生きているのが面倒なんで、この際オヤジと死んじまおうと思って、コンクリートブロックに突っ込んだんだよ」

「自殺しようと思ったということだな」

「そうさ。たまたま私が運良く助かっただけで、私が死んでオヤジが助かったことだってあっただろうし、二人とも死んでしまったことだってあったと思う。保険金目当ての事故だなんて、できっこないじゃん」

明日香は父親への殺意を否定し、あくまでも心中目的の事故だったと主張した。

「保険金目的で殺したようなことを言ってるけどさ。よく考えてみろって、私が死んでたかもしれないいんだよ、よくそんな主張ができるもんだ」

明日香は開いた口が塞がらないよといった様子で真行寺を見つめた。

「ヘタこいてこっちが死ねば、死に損で旦那に三千万円が転がり込んだかもしれないのに……」

「おまえは生命保険に入っていないのか」

「そんなもんに入るかよ」

小山田秀一、大鷹明日香の二人が死ねば、小山田秀一の保険金五千万円、自動車保険から給付される明日香の死亡保険金三千万円、二人分合計八千万円の保険金が大鷹寿美夫に相続された可能性もあった。

やはり明日香はただ単に無教養なソープ嬢ではないようだ。殺意を声高に否定するのではなく、論理的に事故だったと真行寺に伝えている。

「検察官は『丸型の鈍器』で殴っただろって、しつこく聞いてきたけど、そんなの検察官の作りだよ。私にはまったく理解できない」

父親の小山田秀一は事故前にはすでに死亡していたという、検察側の主張は否定した。

「鈍器でオヤジを殴ったことなんてないよ。それにオフクロが自殺する原因は、今で言うＤＶで、今でこそ年取ったけど、腕力は強く、鈍器で殴りかかろうものなら、間違いなく私が殺されていたよ」

「丸型の鈍器」で父親を殺害したという点は明確に否定した。凶器は発見されていない。裁判員裁判でも大きな争点になるだろう。

「では、亭主殺しの方では何かあるか」

大鷹寿美夫に関しては、遺体が収容され司法解剖も行われている。

「旦那の血液からハルシオン、アルコールが出てきたっていうし、いつまでも黙秘していても仕方ないと思って、事実は認めたよ」

「一月十八日夕方からハルシオン漬けにしたのは事実なのか」

「ああ」

悪びれる様子は微塵も感じられない。明確な殺意を持って夫を溺死させているのは明らかだ。

「何故殺そうと思ったんだ」

明日香が主張する通り、保険金目当てなら、五千万円ではなく数社と契約すれば、一億円、二億円の保険金詐取も可能になったはずだ。しかし、明日香はそれをしていない。

「ろくでなしだけどさ、普通に働いてくれれば、私はそれでよかったのさ。でも働く気はもうとうなくこのままずるずる行けば、オヤジが死んで給付された保険がすべてギャンブルに消えるのは目に見えていたからね。こっちもいい年齢でさ、いつまでもソープ熟女をやっていられないからね。保険金で小さなスナックでも開こうと考えていたんだ。旦那はもう邪魔なだけ」

「離婚すればすむ話だろう」

明日香の亭主殺しの動機が今一つ不鮮明というか腑に落ちない。

「それはまともな夫婦の話、ヤクザにはそんなのは通用しないんだよ」

「そうか。で、殺したというわけか。まず浴槽の海水はどうやって運んだんだ」

「ハイソサエティの帰りに、扇島W公園によって石油用の二〇リットル用ポリタンクに入れ、数回に分けて運んだんだ」

運んできた海水は九〇リットル用のポリ袋に入れて保存し、台所の床下に隠しておいた。

「旦那が熟睡している間に風呂に移しかえたけど、浴槽の半分くらいしかたまらなかった」

夫に海水を吸わせて溺死させるには、寝かせるようにして身体すべてを浴槽につけなければならない。明日香には熟睡している夫を一人で浴槽に移しかえる体力的な自信はなかった。

「それで仕方なく湯を足して浴槽をいっぱいに満たしたんだ」

うとうとしはじめた寿美夫を、浴室でセックスしようと誘い出し、計画通りに溺死させることには成功した。肺に海水が入り込んだが、ガス湯釜の底に残っていた水には、以前使用していた入浴剤が混じっていて、それが浴槽の中に流れ込んできた。

入浴剤の成分、色素が寿美夫の肺から検出され、それが決め手となって自宅の浴槽が犯行現場と判明したのだ。

「素人考えでも、水を飲み込んで胃や肺に入るのはわかるでしょ、それでわざわざ海水を運んで来たというのにさ、ついていないというか、悪いことはできないというか……」

歯をむき出しにして、明日香は無邪気に笑った。明日香には夫を殺したという実感がまったくないようだ。台所に現れたゴキブリをスリッパで踏んづけて殺したように、夫の殺害について語っている。

「ハルシオンと酒で、亭主は熟睡していたんだろう。扇島W公園に運んで、そこで海に投げ入れればすむのに、わざわざ何故浴槽で殺したんだ？」

「自宅から移動している間に、薬が切れて目を覚まされたら逆にこっちが殺されるという恐れもあったし、旦那は茅ケ崎で生まれ育っているんで、海で泳ぐのが達者なんだ。万が一、冷たい海で、目を覚まして泳いで岸に上がられでもしたら、やっかいなことになる。それで完全に始末しようと考えたのさ」

殺害方法は極めて計画的で残虐だ。ただ、検察側が主張するように、殺害動機が保険金目的というのにも、どこか不自然な気がした。


すでに証明予定事実記載書面と検察官請求証拠のコピーは真行寺の手元にある。これを受けて真行寺は類型証拠開示を求めることになる。

類型証拠開示を受けた上で、真行寺は大鷹明日香と十分に協議し、裁判でどのような主張を展開するのか方針を決める。その上で必要な証拠があれば、さらに主張関連証拠開示を請求する。証拠開示には三段階の手続きが踏まれるが、第一段階は終了したことになる。

真行寺は大月弁護士と協議しながら、類型証拠の開示を検討した。

大鷹寿美夫殺人、小山田秀一殺人、いずれについても、証拠物、捜査報告書、実況見分調書、検証調書、被告人と被告人以外の検察官面前調書、警察官面前調書、鑑定書で、検察官請求証拠で開示された以外のものすべてを求めた。被告人調書に関しては取調べ状況を録画したＤＶＤも含めて開示を請求した。

また大鷹寿美夫殺人に関連して、携帯電話の通話履歴、大鷹明日香使用のパソコン、スマートフォンのアクセス履歴の開示も併せて要求した。

小山田秀一に関しては、写真撮影報告書、車内遺留品採取報告書、車内遺留品の保存状況報告書等で、検察官請求証拠で開示された以外のものを同様に請求した。

これに対して検察側は弁護側の類型証拠開示請求に応じた。


第一回目の公判前整理手続は七月十二日に開催された。

横浜地方裁判所近くの駐車場に車を入れ、裁判所に向かったが、足取りは重く感じられる。これまで何度も被告人と接見しているが、弁護の方針どころか、二人の殺人事件の全貌すら明日香からは正確に聞き出せていない。証明予定事実記載書面で検察側の主張はおよそ把握できる。しかし、検察側の主張する事実に沿って弁護したところで、明日香に死刑判決が下るのはほぼ間違いないだろう。本人が裁判と向き合おうとしないのだから、どのように防御するか、方針が立てられるはずがない。

前回と同じ部屋に入った。すでに秋元が検察官席に座り、真行寺が入ってきたのがわかると、立ち上がり小さく会釈した。

「よろしくお願いします」

真行寺も挨拶を返した。

すぐに三角、堀井、小金井の三人も会議室に入ってきた。

「本日は大鷹明日香被告の第一回公判前整理手続ですね。揃ったようなので、大鷹明日香に対する殺人、死体遺棄、詐欺事件の公判前整理手続を始めたいと思います」

三角が部屋に響く声で言った。

「検察官、起訴状の通りでよろしいですか」

「はい。夫の大鷹寿美夫の殺人と死体遺棄ならびに詐欺未遂、父親の小山田秀一の殺人及び詐欺を立証したいと思います」

「検察官の証明予定事実に対する認否は、現段階ではどのようなものになるのでしょうか。弁護人は公訴事実を争われますか」

「大鷹寿美夫の殺人と死体遺棄については犯人性を争いません。小山田秀一の殺人に関しては一部否認します。小山田に関連する詐欺については現段階では保留、大鷹に関する詐欺事件については否認いたします」

「わかりました」三角が言った。

秋元はこの日も机に置いた三つのファイルを指でいじりながら、位置を調整している。保険金詐取は、二人の殺人の動機に大きく関連する。検察側は大鷹明日香の殺意を立証するために保険金詐取を最大限利用するだろう。

公判前整理手続には、被告人の出席も認められている。本来であれば、法廷の雰囲気に慣れさせるためにも、明日香も出席させたいが、三人の裁判官に悪い印象しか与えないのははっきりしている。とても出席させられるような状態ではない。

検察側、弁護側が双方の主張を展開し、争点を明確にしていく作業に入る。公判前整理手続はおそらく十五回から二十回近く開かれるような雰囲気だ。裁判の長期化を避けるのも、裁判員裁判が導入された一つの理由だが、最近では公判前整理手続に一年以上かかるケースも出てきている。裁判所としては長期化を避けるために、公判前整理手続の短縮化を迫られているのが現実だ。

八王子にあるブラジル料理の店、ＮｏｓｓＡに野村悦子を呼び出した。大鷹明日香の口からは、情状酌量を訴えてくれそうな友人の名前は挙がってきそうにもない。愛乃斗羅武琉興信所に調査を依頼するしかない。

「被告はそんなに愚かなの？」

真行寺の話を聞いた野村が不思議そうに聞いてくる。

「わからん」

死刑か無期の判決を受けたら、刑務所でテレビは見られるのかと間の抜けた質問をしてくるかと思えば、女子少年院では法務教官を手玉に取るようなことも考えついている。

「保険金も用意周到に、自分が殺した亭主の口座に移動させている」

真行寺はR銀行に明日香が開いた夫名義の口座について説明した。

父親死亡で給付された保険金は、大鷹明日香名義の掛け金引落口座に振り込まれる。そこから数百万円単位で、R銀行に移している。

「その流れを警察は把握しているの」

「検察官請求証拠の中には、保険金が振り込まれた口座は入っているが、R銀行口座は入っていなかった」

「ということは、警察も検察も、被告人が保険金をパァッと使ってしまったと思い込んでいるわけね」

「予想されるのは、保険金をすべて使い果たし、ヒモ同然の夫を殺して、再び保険金をせしめようとしたっていう、保険金殺人のストーリーを裁判員に聞かせるつもりなのだろう」

「それなのに四千万円はそっくり残っているっていうことね」

「R銀行口座から引き出されている金の流れを見ると、ホストクラブで使っていると思われる金が三百万円、その他に百万円ずつ七回にわたって引き出されている。その七百万円が、犯行に使われた中古のワンボックスカーの購入代金だと思われる」

「結構、お金にはしっかりしているのね」

「ああ、ハイソサエティというソープランドで働いた貯金も、数百万円くらいはあるみたいで、その通帳は警察に押収されているようだ」

「ただ単に愚かな女っていうわけでもなさそうね」

「大バカのように見える時もあるし、何か企んでいるようにも思える時もある。実際、得体の知れない女だよ、あいつは」

「わかっている情報を事務所に送っておいて。すぐにスタッフ総動員で調べてみるわ」

　大鷹明日香に少しでも有利になるような情報を集めるしか、今の段階ではすべきことが見つからない。

8　調査開始

　愛乃斗羅武琉興信所の野村悦子代表は、真行寺弁護士の依頼で大鷹明日香の身辺調査することにした。逮捕されるまで働いていたのは川崎堀之内にあるソープランド、ハイソサエティだ。男性なら客を装って店に入り、ソープ嬢から大鷹明日香について話を聞き出すこともできるが、愛乃斗羅武琉興信所のスタッフは全員女性なのだ。

　ハイソサエティの中町支配人に理由を説明すると、正午に店に来てくれれば、時間が割けるという返事だった。野村は一人で川崎堀之内に向かった。真っ昼間のソープランド街を歩いていると、客引きが野村に声をかけてくる。

「どの店で働くの？　うちに来ない、いい条件提示できるよ」

　野村が働く店を探しているソープ嬢に見えるらしい。

「ハイソサエティを探しているんだけど」

　勧誘してくる客引きに聞くと、

「やめなよ、あんなシニア相手の大衆店。うちみたいにさ、芸能人がこっそり来るような高級店の方が儲かるよ。あなたなら一週間でトップになれるって」

　相手にしないでいると、ハイソサエティの場所は教えずにしつこくついてくる。

「私、働く気はないから」

　ようやく諦めたかと思うと、次の客引きがついてきた。なんとかハイソサエティを探しあて、入口を入ると男性従業員が驚いた様子で野村を凝視している。

「中町支配人と正午にお会いする約束になっている野村ですが……」

　客ならば、待合室にすぐに案内するのだろうが、女性をそこで待たせるわけにもいかなかったのだろう。受付でしばらく待っていると、中町がやってきた。五十代の温和な管理職といった印象を受ける。

「こちらに来ていただけますか」

　言葉遣いも丁寧だ。経営者は客受けのする人材を支配人に据えているのかもしれない。

　中町は廊下を通り、オフィスに野村を導いた。途中にあった待合室には、六十代と思われる男性数人が週刊誌を読みながら順番待ちをしていた。

　オフィスはいちばん奥の部屋で、机、そしてその前にソファ、窓はあるが数メートルの空間があるだけで隣にも同じソープランドのビルが建ち、光は差し込んでこない。換気はしているが、室内は湿気がかすかに立ち込めている。

　中町はソファに座るように野村に勧めた。かなり年期の経っているソファのようで、真ん中が窪んでいるような座り心地だ。

野村の前に中町も座り、「明日香の弁護士さんの依頼で調査しているというお話でしたよね」と確認を求めてきた。

「そうです。黎明法律事務所の真行寺弁護士が、大鷹明日香被告の弁護をするようになり、それで委託を受けて調査しています」

野村は名刺を差し出した。中町はその名刺に視線を落としながら言った。

「警察が来られて、こちらもうんざりするくらいにいろいろ聞かれています。警察から聞いていただくのが最も正確なんですが……」

「警察や検察が捜査した内容はいずれ法廷で出てきます。私が知りたいのは、彼女が何故あのような犯罪を起こしてしまったのか、少しでも減刑につながるような事実というか、情状酌量を法廷で訴えられるような証言なんです」

「夫と実のお父さんまで保険金目当てで殺してしまったと報道されていますが、本当なのでしょうか」

「殺害したのは間違いないようですが、保険金目的かどうかはまだはっきりしていません。このお店で働いていた時の彼女はどうだったのでしょうか、二人を殺すような片鱗をうかがわせるようなトラブルってあったのでしょうか」

「このような商売ですから、ここで働く従業員、あるいは女性もほとんどがいろんなものを背負っているというのが実情です。私自身も、いくつか居酒屋を経営していましたが、立ちいかなくなり、ここで働かせてもらっています」

中町の周囲に漂う和やかな雰囲気は、やはり一朝一夕に培われたものではなかった。中町だけではなく、従業員からもどことなく同じような雰囲気を野村は感じた。

「明日香さんと個人的に親しくお話ししたという経験はありませんが、シニア層にファンが多く、常にトップ５に入る売上を上げていました」

「客とのトラブルなどはなかったのでしょうか」

「客の中にはサービス料を出し渋ったりする客がいて、私どもが間に入りお支払いするようにお願いしたことはありますが、大きなトラブルは彼女にはありませんでした」

「彼女が仲間を連れて、ホストクラブで飲み歩き、父親死亡で得た保険金を散財してしまったとニュースでは流れているのですが、彼女と一緒にホストクラブで飲んだという仲間って誰なのか、わかるでしょうか」

「この店で彼女が稼ぐ金は多い時は月に百万円くらい、少ない時でも五、六十万円は堅かった。ブランド品に身を包むという贅沢もしていなかったし、通勤に乗っていた車だって中古の軽乗用車でした。金目当てに父親を殺したというのがどうしても私には理解できません。ホストクラブ通いも報道で知ったくらいで、何人かに聞いてみましたが、彼女にホストクラブに連れていってもらったというソープ嬢が、一人いただけです」

「その女性の方に会わせていただけますか」

「今日は出勤してきていませんが、彼女本人に確かめてみないとなんともいえません。私の方から会えとはいえないし、彼女も警察に呼ばれて根掘り葉掘り聞かれたようです」

「まだ裁判は始まっていませんが、二人を殺害しているのが事実であれば、死刑判決が下る可能性もあります。私たちは少しでも彼女の罪が軽くなるようにと調査を進めていると、支配人からその女性に説明してもらって、私が会いたがっていたと伝えてください」

野村はもう一枚名刺を取り出して中町に渡した。

「彼女に渡してください」


翌日の夜十一時過ぎだった。

「あの……、野村さんでしょうか」

どこか怯えたような口調だ。

「はい、野村ですが……」

「元レディース紅蠍の総長だった野村さんですか」

「はい、紅蠍の総長をしていたのはずいぶん昔ですが」

「私、ハイソサエティで明日香さんと一緒だった高崎美由紀です。中町さんからお話を聞いて電話しなければと思って……」

「ありがとう。できることなら直接お会いして、お話を聞かせていただければと思っていますが」

「明日、お店がお休みなので、午後からなら時間はありますが、野村さんは大丈夫ですか」

「では、明日、川崎駅前のＪホテルのロビーでコーヒーでも飲みながら、お話ししましょう」

　翌日午後三時ちょうどに野村はＪホテルに着いた。フロントは二階にあり、ラウンジも二階にある。ラウンジに入ろうとする野村に、フロント前のソファに座っていた女性が野村に話しかけてきた。

「私、高崎ですが、野村さんですね」

　高崎は野村の顔を知っている様子だ。

「私、どこかでお会いしたこと、ありますか」

「いいえ、初めてです。でも友人が愛乃斗羅武琉興信所にお世話になったことがあり、野村代表のお話を聞いています」

愛乃斗羅武琉興信所には、なんとかして薬物と手を切りたいという依存症の女性患者、ホストクラブに金を注ぎ込み、強引な取り立てを受けている女性、ストーカーから逃れようとしている風俗嬢などの相談が多数持ち込まれる。その中の一人に高崎の友人がいたのだろう。

野村は高崎をラウンジに誘った。高崎はまだ二十代後半と思われるが、退院してきたばかりの患者のようで、覇気が感じられない。

「あなた、体調が悪いの」

心配になり、野村が尋ねた。

高崎は無理に作ったような笑みを浮かべながら答えた。

「皆から病みあがりみたいってよく言われますが、そんなことはありません」

高崎は月に一度、ハイソサエティから義務付けられている健康診断を指定病院で受けているようだ。性風俗の世界で働くということは、貴重なものを代償にして金銭を受け取る仕事なのかもしれない。

「中町支配人から話は聞きましたが、私はどんなことをお話しすればいいのでしょうか」

野村はこれから始まる裁判について説明した。

「大鷹明日香被告は圧倒的に不利で、このままだと死刑判決もありうるの。それで少しても彼女が有利になるような証言を探しているところなの」

　野村の目的を高崎は理解したようだ。

　注文したコーヒーが運ばれてきた。テーブルの上にコーヒーが置かれ、ウェイトレスが去っていくと、野村はコーヒーを高崎に勧めながらつづけた。

「警察、検察は、明日香被告が、父親を殺して得た保険金を、ホストクラブなどの遊興費にすべて使い果たし、それに味を占めて夫も保険金目当てで殺害したというシナリオを描いています」

　野村の説明を聞き、高崎の顔色がすぐに変わった。

「私、とんでもないことをしてしまったのかも……」

　中町が言った通り、高崎は三度ほど明日香に連れられて、横浜のホストクラブに通った経験があった。支払いはすべて明日香が現金ですませていた。

　二人の関係は、どこのソープランドでも断られた高崎が、ハイソサエティで働くようになった時から始まった。高崎はキャバクラで働いた経験もなかった。最初に経験した風俗の仕事がソープ嬢だった。

「ブスだし、男の人と話も上手にできないから……」

　男に抱かれるだけの仕事だと思って、いくつかのソープランドの門を叩いたようだが、高崎はすべて断られた。

「風俗の世界って、美人かブスか、若いかそうでないかで価値が決まってしまうの。私はどこへ行っても最低ランクだから、年齢的にはまだ他の店でも働けるけど、この顔だし……」

ハイソサエティはシニア層をターゲットにした大衆店で、客の年齢層も高く、料金も他の店より安く設定されていた。

「お客にどんなサービスをするのかを教えてくれたのが、明日香さんでした」

明日香ほどではないにしろ、高崎にも特定の客がつくようになった。年金を節約したり、孫に与えるはずの小遣いを工面したりして、高崎のサービスを受けに来るシニア層が増えていったのだ。

「美人ばかり揃えたお店は競争が激しいし、客層も若い人、経済的に余裕のある客が多い。サービスも当然過激なものになっていきます。でも、ハイソサエティのようなシニア層対象の店は、二時間穏やかな時間を過ごして満足してくれるお客さんもいるし、一ヶ月間の報酬も、地道に働けばそれなりの収入が得られるんです。それを教えてくれたのが明日香さんでした」

高崎は明日香に心から感謝していた。男性と恋愛した経験もほとんどなく、男性に臆病な高崎に、居酒屋で酒を飲んだ時、もっと積極的になるように高崎をけしかけていたようだ。

去年八月、ハイソサエティに出勤してきた高崎は、明日香が大事故を起こし、川崎市G総合病院に入院したことを知らされた。仕事を終えると、真っ先に病院に駆けつけた。重傷を負っていたが、生命に別状はなく、高崎は涙を流しながら喜んだ。入院中の明日香の世話や下着類の洗濯、自宅で明日香の帰りを待っているペットの世話を高崎が引き受けた。

明日香のケガも回復し、退院することになった。ハイソサエティに通う客の中には、明日香の復帰を待ちわびている者も多数いた。明日香が復帰した日から五日間は予約で埋まるほどの盛況ぶりだった。

「ひと段落した頃、明日香さんが世話になったお礼だと言って、私をホストクラブに誘ってくれたんです」

全快祝いの礼にホストクラブに誘う明日香の考えが、野村には理解できなかった。

「いつまで経っても男性に対して引っ込み思案の私を見ていて、ホストクラブで派手に遊び、男を顎で使う経験をすれば、少しは私の性格が変わるかもしれないって、明日香さんはそう言って中華街で食事をしてから、ホストクラブに連れていってくれたんです」

高崎がホストクラブで遊ぶのはそれが最初だった。福富町にあるブルーライトという店だった。明日香と高崎の周囲にホストが三人集まってきた。明日香は何度か来たことがあるらしく、ホストを指名していた。高崎が気に入りそうなホスト二人を両サイドに座らせた。

ディスカウントショップで購入しても五、六万円ほどするシャンパンを注文し、五人で乾杯した。高崎の横に付いたホストが、高崎が飲みそうなカクテルを勧めた。二時間ほどその店で過ごした。

会計をすると、請求代金は九十四万円になっていた。ホストクラブの料金の高さは、高崎も噂では聞いていたが、これほど高額だとは思っていなかった。慌てていると、明日香は財布から帯のついたままの百万円の札束を取り出し、テーブルの上に置いた。すぐにお釣りの六万円と領収書がトレイに乗せられて運ばれてきた。明日香は三万円ずつを高崎の隣に座ったホストに与えた。

「次来た時も、この子にきちんとサービスしろよ」

明日香が酔って呂律の回らない口調で言うと、二人は「わかりました」と店内に響くような声で答えた。

「明日香さん、私にはチップはなしですか」

不満そうに小声で言った。

「なに？　不満でもあるのか、マサト」

明日香が指名したホストはマサトという名前だった。マサトはすぐに黙り、「また来てください」とにこやかな声で答えた。

「最初に行ったのが十月で、一ヶ月に一度の割合で、十一月、十二月と連れていってもらいました」

年が明けた一月には、夫の溺死殺人、扇島W公園付近の海への死体遺棄事件が起きている。

「どれくらいお金は使ったのかしら」

「残りの二回も百万円くらい、明日香さんは現金で支払っていました」

明日香がホストクラブに費やした金額は今のところ三百万円程度だ。

「あなたの他にも、ブルーライトに連れていってもらった方っているのかしら？」

「ああいう商売ですから、自分のことを知られたくないと思っている人が大部分。だから従業員同士で付き合うというのはあまりありません。多分あんなに親切にしてもらったのは、私だけだと思います」

「何故、明日香さんはそんなに親切にしたのかしら」

野村の問いかけに高崎は首を横に振った。高崎は冷たくなりかけているコーヒーを口に運んだ。

「私の勝手な想像でもかまいませんか」

「ええ、聞かせてくれる」

「多分、私の境遇と明日香さんの生い立ちが似てたからじゃないかって、私、勝手に思っているんです」

高崎は両親が離婚し、二人とも行方がわからなかった。高崎自身は祖父母に育てられたが、祖父母が他界し、小学校五年生の時から児童養護施設で生活してきた。高校卒業まで、そこで生活することは可能だが、勉強もそれほど好きではなかった高崎は、中学を卒業すると児童養護施設を出て自立の道を選んだ。

「明日香さんは、赤城女子少年院に収容されているけど、あなたもそうして施設に入った経験があるの」

高崎はこの問いにも首を横に振った。

「明日香さんのことが新聞や週刊誌に載り、それで彼女の過去を知りました。明日香さん自身が自分の生い立ちを明かしたことは一度もありませんでした。あまりにも私がネクラで無愛想で、ブスで、ハイソサエティでも最初の頃は客が付きませんでした。それでサービスのやり方を教えてもらった後、居酒屋で食事をしている時に、私はそれとなく自分の境遇を話したんです。それからは、客からひどいことを言われ、落ち込んでいる時には励ましてくれたし、気難しい客の扱い方もいろいろ教えてもらいました。私にとっては姉さんみたいな存在でした」

高崎美由紀の証言が、どれほど明日香の弁護に役立つかはわからない。しかし、すべて遊興費に費やしてしまったという検察側の主張に、疑問を抱かせる一つの証拠にはなりうるかもしれない。

「これは弁護士が決めることだけど、今私に聞かせてくれた話を法廷でしてほしいと頼んだら、証言台に立って証言してくれますか」

高崎は冷たくなったコーヒーをテーブルに戻し、答えた。

「もちろんです。私の証言が明日香さんのためになるのなら、法廷に立ちます」

高崎から約束を取り付けた。

「一つ聞いてもいいですか」

「私でお答えできることであれば」

「明日香さんがかわいがっていた猫のフレディーはどうなったのでしょうか」

「ああ、あの猫ね。大田区の動物愛護センターのスタッフの家で大切にされています」

「よかった。私たちもフレディーも似たようなもので、本当に信頼できる人間が回りにあまりいないのよね、というのが明日香さんの口癖で、それでフレディーを大切に育てていたから」

高崎はフレディーが愛護センターのスタッフに飼育されているのを聞き、安心していた。

野村悦子は横浜市福富町にあるホストクラブ、ブルーライトのホスト、マサトから明日香の情報を聞き出すことにした。

こういう調査に力を発揮するのが、愛乃斗羅武琉興信所スタッフのユーコだ。渡部裕子は千葉県の資産家の家に生まれた。両親は離婚し、長男と長女は父親と暮らすことを選択、母親はまだ幼かったユーコを連れて家を出た。

母親は家事、育児よりも、父親と同様に事業に関心があった。離婚時の財産分与で得た資金を元手に、スーパーマーケットを始めた。主婦の目線で品ぞろえを充実させ、低価格で商品を提供し、大手スーパーと並ぶ売上高を上げていた。

長男、長女の結婚式には、ベンツをそれぞれ結婚祝いに贈ったほどだ。経済的には恵まれた環境でユーコは育ったが、育児はお手伝いさん任せで、ユーコは母親の手料理を一度も食べたことがなかった。高校生の頃から繁華街を徘徊し、高校は退学になり、母親から渡されたクレジットカードを使って西新宿のホテルを泊まり歩き、ホストクラブにも頻繁に出入りしていた。

ユーコは一時期覚せい剤にも手を出したが、野村が紹介した自助グループで覚せい剤とは完全に手を切り、愛乃斗羅武琉興信所の調査スタッフの一人として現在は活躍している。かつての経験が調査に役立ち、ホストクラブでの情報収集はユーコの出番なのだ。

野村はブルーライトで聞き出すべきことをユーコに伝えた。

その夜のユーコは高級ブランドで着飾った。

ホストクラブというところは、美醜よりも金の匂いにつられてホストが客に群がってくる。それをユーコは知りつくしている。時計はカルティエのミスパシャ、リングはカルティエパンテールラカルダ、そしてプラダの黒を基調にしたワンピース。これだけで五、六百万円はかかっている。

野村は真行寺のポルシェを借りてユーコをブルーライトの店の前まで送り届けた。

ポルシェから降りたユーコはブルーライトの入口ドアに向かって歩き出した。ユーコを目ざとく見つけたドアボーイがユーコを迎え入れた。通い慣れた店のように、ユーコは店に入り、案内されたソファに深々と腰を沈めた。

「いらっしゃいませ」

ホストがユーコの両隣に座った。二人のホストはドアボーイから、ユーコがポルシェから降りたと聞かされているのだろう。自分の客にしたいと額に書いてあるかのように、ユーコに視線を送ってくる。ホストが飲み物を尋ねようとする前に、ユーコが言った。

「マサトを呼んで」

二人は初めて来店した客だと思ったようだが、マサトの名前を出した瞬間、同時に席を立った。マサトについている客だとわかったのだろう。しかし、ユーコはブルーライトに入るのは、その時が最初だ。店内に入ってきた時からのユーコの仕草一つひとつが、遊び慣れているようにホストには映ったのだろう。

入れ替わりにマサトがユーコの隣に座った。

「ご指名をいただきありがとうございます。どなたのご紹介でしょうか」

マサトは初めて接客するユーコを、自分についている客の紹介で来店したと思っている。ユーコが身に着けている装飾品をそれとなくマサトは観察している。十分に品定めをさせたところで、

「誰の紹介かあててみな」

ユーコはそう言いながらドンペリニョンのロゼを注文した。

すぐにドンペリニョンが運ばれてきた。マサトが慣れた手つきでシャンパングラスに注ぎ、グラスをユーコに手渡した。

「乾杯する前に、お名前をお聞きしてもよろしいですか」

「ユーコだよ」

「ではユーコとマサトの出会いに乾杯」

マサトが恥ずかしげもなくグラスを掲げた。

ユーコもマサトも一気にグラスを空けた。すぐに二つのグラスにシャンパンが注がれる。

ユーコは紹介者の名前を告げないまま、マサトのプロフィールを聞き出した。ブルーライトに在籍して二年目、その前は新宿歌舞伎町のホストクラブで働いていた。先輩ホストと客の取り合いでトラブルを起こして、歌舞伎町に嫌気がさしていた時に横浜のホストクラブにスカウトされたというふれこみだった。

しかし、ユーコはその話を最初から信じていなかったし、興味もなかった。ユーコがマサトに興味を抱いていると思わせるために聞いただけだ。頃合いを見計らってユーコが聞いた。

「私が誰の紹介でマサトを指名したか、知りたい」

「差し支えなければ教えてください。こんど来店された時にお礼を言わなければなりません」

「その必要はないわ」

「どうしてですか」

「もうこの店には来ないから」

「私、何か嫌われるようなことをその方にしてしまったのでしょうか」

マサトの口調はいつも丁寧で、そしてしたてに出てくる。それがホストの会話術だと先輩ホストから叩き込まれているのだろう。

ユーコは笑みを浮かべたまま何も答えない。

「そんなにもったいぶらないで、教えてください」

「そんなに気にしなくても大丈夫よ。マサトを嫌ってここに来ないのではなくて、実際には来られなくなってしまったんだから」

「エッ」

マサトには思いあたるふしがあるのか、少し緊張した面持ちに変わった。

「あててみな」

「わかりません」

マサトはシャンパングラスを口に運んだ。

「明日香の紹介だよ」

マサトが咳き込み、シャンパンを吐き出しそうになった。

「何故そんなに驚いているんだよ」

「明日香って、大鷹明日香のことですか」

「そう、その明日香だよ」

「先日、川崎臨港警察署の刑事が来て、さんざん聴取されました」

「何を聞かれたっていうのさ」

「ユーコさんは、明日香さんの友人なんですか」

「まあね」

「それなら明日香に伝えてくださいよ。何であんなデタラメを警察に言うのかって」

マサトは川崎臨港警察署に呼ばれ、任意だったが長い時間聴取を受けていた。いつから大鷹明日香がブルーライトに来るようになったか、ブルーライトで費やした金額や、明日香との関係、個人的に明日香から得た収入をくどいほど聞かれた。

ブルーライトで明日香が使った金額は二年間で約五百万円。

「ハイソサエティのユッキーとかいう女と一緒に来て、一晩で百万円使ったのには驚きました。だって、それまでは一晩せいぜい二、三十万円が最高だったから」

明日香が自分の金で遊んだのが、どうやら二年間で二百万円程度だったということらしい。残りの三百万円は保険金から支払ったようだ。ユッキーというのは、野村代表が会って話を聞いた高崎美由紀のことだろう。美由紀を誘ったのは、保険金が入ってから後だった。

「警察では、私が明日香から数千万円もの金を巻き上げたから、それが夫殺しにつながったと言われました。亭主は指定暴力団組員で、いずれおまえも東京湾に浮く運命だって、脅かされましたが、私は彼女から金なんてもらっていません」

「まあ、組員にそう説明でもしてみるんだね」

ユーコは指定暴力団組員の関係者のような口ぶりで言った。マサトは警察で新聞報道以上の話を聞かされ、強引な聴取を受けているのだろう。

「私はホントに彼女からそんなお金をもらっていません」

「あんたも警察から聞いているだろう。消えた金の金額を。組員が命を取られ、おまけに金が消えてしまったでは、組の面子が立たないからね」

ユーコは報復をほのめかした。

「あんた、明日香と寝たの？」

マサトは沈黙した。

「寝たんだ。それじゃあ何が起きても仕方ないね」

ユーコはさらに脅迫した。

「もらったのは十万円だけ。それは熱帯魚を飼うので、海水が必要だと言われ、朝眠いのに呼び出され、扇島に連れていかれ、海水をポリタンクに入れ、彼女の自宅まで運ばされた」

「その話を警察にしたの」

「しました。そうしたらようやく解放されたんです」

大量の海水が大鷹の家の浴槽に注がれた理由が、警察にもわかったのだろう。

「その十万円っていうのは、海水の運び賃だったの」

　マサトはまた口をつぐんだ。

「やっちゃったんだ。十万円はセックスのご褒美か」

「まさか旦那がいたなんて知らなかったんです」

「でも、いい気持ちにさせてもらったんだろう」

「冗談じゃありませんよ。あんなヒステリックでドSな女。だからソープの女はイヤなんだ」

　ソープ嬢に限らず、風俗で働く女性がホストを相手にセックスをすると、日ごろ客の無理な要求に応じている反動なのか、ホストに過激な要求をする者は多い。

「自宅にポリタンクを何度も運ばされ、真冬だっていうのに汗だくになった。それでシャワーを使っていいといわれ、二人でシャワーを浴びているうちに、向こうがその気になって誘ってきたんだ」

　セックスは明日香の方から誘ったようだ。

「ベッドに入り、首からネックレスを外してやろうとしただけなのに、急に怒り出した。それも尋常ではない怒り方で、慌てましたよ。金で値段の張るネックレスのようにも見えたけど、それを奪う気なんてないし……。それになんだか得体の知れないお守りのようなものが吊り下がっていて気味が悪かった」

「何よ、そのお守りって」

「わかりません」

「そのネックレスをしたまま、じゃあ明日香をいい気持ちにさせてあげたんだ。ご苦労さま」

ユーコがからかうように言った。

「警察にも言った通り、彼女からもらったのはその十万円だけです」

「まあ、そう言ってはおくけどさ……」

ユーコは会計を頼んだ。伝票を持って会計に向かった。後ろからマサトがついてくる。

財布から帯付きの束を出し、二十五万円を支払った。

「マサト、また来て指名するから、この店を辞めようなんて考えないことだよ。いいね」

こう言っておけば、マサトがブルーライトを去ることはないだろう。裁判が終わるまでは、マサトから聞き出さなければならない情報が出てくるかもしれない。

9　赤城女子少年院

赤城女子少年院は、前橋駅から車で三十分ほど走った赤城山山麓の西側に位置する。関越自動車道高崎インターで下り、赤城女子少年院に向かった。

この矯正施設に大鷹明日香は二度ほど収容されている。二〇〇〇年には度重なる窃盗で短期処遇、二〇〇一年十月にも再び収容されている。この時は窃盗、傷害、覚せい剤の使用と売買で、二年間の長期処遇となっている。

赤城女子少年院の根岸清光院長には予め連絡を入れて、真行寺は面会を求めた。根岸は個人情報保護法のために、以前にもまして情報提供が困難になっていると真行寺に告げ、院長の裁量権の範囲で協力すると言ってきた。

大鷹明日香の実父、夫を保険金目的で殺害したというニュースは、各マスコミが「稀代の悪女」「毒婦」とセンセーショナルに報道していた。赤城女子少年院にも各社の取材班が殺到したのだろう。赤城女子少年院での矯正教育が、大鷹明日香にどれほどの意義があったのかと、疑問視する記事も中には見られた。

玄関前の駐車スペースに車を止め、受付に急いだ。二分ほどで約束の午後二時になる。黎明法律事務所の真行寺と告げると、「お約束の方がお見えになりました」と館内電話で根岸院長に連絡した。

真行寺は二階にある院長室に案内された。

院長室に入ると、根岸は窓際に立ち、外を見ていた。五月晴れのグラウンドで十代の女性十数人が、ブルーの体育着を着て走っているのが見えた。

白髪を整え、六十代で定年間際といった年齢に見える。根岸の性格がそのまま表れているのか、眼鏡の奥の瞳はやさしさを感じさせる。

「失礼ですが、真行寺さんは少年院に入られたご経験はありますか」

「いいえ、残念ながらありません」

根岸は真行寺が元暴走族だったという経歴を知っているのだろう。

「では、ここに来て見てください」

根岸は施設を取り囲む塀を指差した。

「何かお気づきになりますか」

「逆になっていますね」

「さすがですね。暴走族時代の経験は決して無駄ではありませんね」

「今になって思うのは、一度入っておいた方が良かったかなと……。その方が少年の弁護を引き受ける時に、役立ったかもしれません」

根岸が真行寺に見せたかったのは、塀の忍び返しが外に向けられていたことだった。

刑務所などは脱獄を防ぐために、忍び返しは中に向いている。しかし、女子少年院の忍び返しは外に向けられ、脱走よりも、外部からの侵入を警戒しているのだ。

「大鷹明日香は二人を殺し、それは本人も認めています。厳しい判決が予想されます。情状酌量を訴えるべき何かが、明日香の生い立ちの中にあればと思って、いくつの施設を回って調査しています。当時の彼女の記録、あるいは担当した教官のお話が聞ければと思っているのですが」

「大鷹明日香の赤城女子少年院での公的な記録は、検察庁に渡っているので、真行寺さんが検察側に開示を要求すれば見られると思います。当時、彼女を担当した女性教官が、他の女子少年院から異動でたまたまこちらにいますので、彼女から当時の話を聞くことは可能です」

「是非、その教官と会わせてください」

「彼女も法務教官に就任したばかりの頃で、明日香のことは鮮明に記憶しているようです」

根岸はソファに座るように、真行寺に勧め、自分は机の上の電話を取った。

「私ですが、黒田君に私の部屋に来るように言ってくれますか」

そう言って電話を切り、根岸はソファに深々と腰を下ろした。すぐに四十代くらいの女性の教官が院長室に入ってきた。

「黒田聖子教官です。大鷹明日香が、短期、長期処遇でここにいた当時、彼女が担当しました」

　真行寺弁護士は、大鷹明日香の弁護を引き受けていると、黒田に伝えた。

「彼女を弁護するために、身上、経歴を生い立ちから遡って調査しているところです。二人も殺した彼女の性格がどのように育まれてきたのかを知る必要があり、調査しています」

「真行寺さんのお名前は、ここに収容されているほとんどの者が知っているでしょう。私も彼女たちから真行寺さんのお話はうかがっています」

　伝説の暴走族、紅蠍の元総長が弁護士になったという情報は、暴走族の間に瞬時に拡散していった。

「少しでも少年の更生に昔の体験が生かせればと思っているのですが、私に依頼すれば、少年院送致を回避できると思い込んでいる連中も多く、困ることも多々あるんです」

　黎明法律事務所の評判を聞きつけ、飛び込んでくる親の中にそうした依頼者が少なくない。

「大鷹明日香は、母親が自殺、父親も暴力団組員で、家庭と呼べるものは、彼女にはありませんでした。私が担当した頃は、ホントに手に負えませんでした。私も教官になって数年が経った新人の頃で、あの子にはずいぶんとやり込められました」

黒田はW大学教育学部で学んだ。志を持って法務教官の道に進んだ。法務教官になって間もない頃に、荒れた生活を送っていた大鷹明日香を担当した。それだけに明日香の印象は強烈だったようだ。

「最初の日から、彼女とは取っ組み合いになってしまいました」

黒田が苦笑いを浮かべながら言った。学生時代には柔道で身体を鍛え、黒田は二段の実力だった。赤城女子少年院は矯正教育施設であり、他の収容者にケガを負わせるようなことはあってはならないし、収容者の自傷行為、自殺にも警戒しなければならない。一部屋に二人から四人が入り、共同生活を送ることになる。部屋に持ち込む所持品には目を光らせておかなければならない。

「首にネックレスをかけていて、それを取り外すように言ったのですが、彼女はこれくらいいいだろうと、外そうとはしませんでした。それを取り上げようとした瞬間、私の手に噛みついてきて、今でもその痕が残っています」

黒田は右手の人差し指を笑いながら、真行寺に見せた。第一関節に歯が食い込んだ痕が小さなケロイド状になって残っていた。

「ネックレスですか……」

真行寺が訝りながら聞いた。

「ゴールドのチェーンに、どこかの宗教を信仰していたのか、チェーンに吊るされていたのは、お守りのようでした」

結局、ネックレスは取り外され、彼女の所持品として保管され、赤城女子少年院を去る時に、彼女に返還された。

しかし、一年もしないうちに二度目の入所。大鷹明日香が長期処遇で赤城女子少年院に戻ってきたというニュースは、すぐに収容されていた少女たちに伝わった。大鷹明日香は赤城女子少年院に収容されるのが二回目とあって、他の収容者から注目される存在だった。

「今から思うと、知的にも優れていた女性だったと思います。でも、当時の私には、ただ生意気でひねくれた不良にしか見えませんでした」

黒田が他の収容者の前で、明日香にやり込められ、恥をかかされたのは、売春をテーマに議論した時だった。

「何故、売春がいけないかなんて、私は最初から法的にも、倫理的にも認められないと、理屈抜きでそう考えていました。こんな当たり前のことに理由なんていらないだろうって思っていました」

赤城女子少年院には、風俗産業で働いていた女性どころか、援助交際、売春をして送致されてくる女性も決して少なくない。

黒田は、そうした少女に自分を大切にしなさい、売春は法律で禁止されている行為としか説明できなかった。それで十分伝わると考えていた。しかし、明日香が手を挙げ質問してきた。

「黒田先生、自分を大切にするって、どういうことなの」

「自分の人生を大切にすることです。荒んだ生活を送れば、父や母を悲しませるし、愛している人を苦しませる結果になります」

黒田は決まり切ったセリフを、いかにも知った風に彼女たちに語りかけた。

「私には母はいません。父親はどこにいるかもわからないし、居場所がわかるのは、刑務所に入った時だけ。私が何をしても悲しむ人はいません。私が何をしようと、勝手ではないでしょうか」

黒田はその迫力に押され、すぐには返答できなかった。

「あなたには好きになった男の人はいないの」

「たくさんいるよ」

「本気で愛し合っている男性なら、あなたが売春をするのを決して快く思わないはずだけど」

「そんなことないよ。私が売春して稼いでくると、私が惚れた男は皆喜んでくれたよ」

教室からは失笑が漏れる。黒田を嘲笑する笑い声だ。黒田は焦った。W大学で学んだ知識など、女子少年院ではまったく役には立たなかった。

「せっかく健康に親が産んでくれた肉体を売るなんて、人間として最低な行為です」

「売春しても、誰も傷つく者も悲しむ者もいない。先生、私が知りたいのは、本人が納得しているのに、何故、売春したらいけないのかっていうことなんだけど……」

「自分の身体を売るなどという行為は、倫理的にも認められません」

「先生、私、美容院に行く金がなくてさ、ずっと伸ばしていたら、髪の毛を売ってくれという人がいて、カツラを作る会社の人だった。その人に髪の毛を売ったけど、それもいけないことなの。髪の毛も身体の一部でしょう」

「髪の毛は、時間が経てばまた伸びてくるでしょう」苛立ちながら黒田はそう答えた。

「もう一つ質問があります」

明日香は献血を持ち出してきた。

「駅で輸血する血液が不足しているので協力してくれって、献血を訴える人がいて、それで献血した経験があるんだ」

献血が終わった後、善意の献血でお金は支払われないことを明日香は知った。

「私の血が必要な患者に輸血される時、その患者はただで輸血してもらうのかって聞いたら、病院はお金は取るって答えたよ。金をもらってさ、セックスであそこを時間限定でレンタルするのはダメで、ただでやった血液なのに、患者から金を取るのはいいんだ。髪の毛にしろ、血液にしろ、身体の一部で商売してるのにさ、何故法律で罰せられないの」

「髪の毛も、血液も、時間が経てば再生します」

「あそこは再生しないけど、黒田先生より少しくらい多く使ったからって減りはしないよ」

教室からドッと笑い声が湧き上がった。

「短期処遇、長期処遇、二年以上、彼女と付き合いましたが、彼女が心を許して、この法務教官と話をしたということはなかったと思います」

退所後、就職が少しでも有利になるように手芸、洋裁、パソコン技能などの職業訓練が入所中に行われる。

「彼女にやりなさいと指導すると、やりましたが、熱のこもったものではありませんでした。とにかく施設を退所できるまではおとなしくしていようと、それは徹底していましたね」

自由時間になると、図書室の本を片っ端から読みあさっていた。好きな作家の小説を読むとか、ノンフィクションを選んで読むとか、系統立てた読書ではなく、まさに乱読だったようだ。

「パソコンの操作テクニックなどは、夢中になっていたので、出所後のことを考えているのかなと思った時もありました」

授業の時だけは、パソコンでインターネットは接続可能になる。教官がちょっとでも目を離そうものなら、外の情報をパソコンで収集していた。

「実際、何を考えているのかわからないところがあって、不気味に思ったことも何度もあります」

二年間の間、大鷹明日香は誰にも心を許すことなく、長期処遇を受けて退所していった。その間に内省を深めるために、収容された少女たちには日記をつけさせたり、テーマを与えて作文を書かせたりしている。

「これは当時の彼女の日記です」

黒田は大学ノートを真行寺の前に差し出した。

「ここで読んでもらうのであれば、問題はありません」根岸が言った。

真行寺はノートの最初のページを開いた。

「私は、一瞬でいいんだよ、バッと咲いて、パッと散りたいんだ。そこら辺の連中みたいにプスプス不完全燃焼で、煙だけしか出ない人生なんていやなんだ。燃える時も一瞬、激しく燃えて、残った灰は風が吹いたら、もうそこには何も残っていない。それが私の人生だ」

その後は、男の名前が記され、その男とセックスに至るまでの経緯とセックスの感想が、横B罫線の行幅六ミリメートル内に、細かい文字で二行ずつ記されていた。男の名前は百人を超えていた。二回目に入所した時、明日香は十七歳だった。この時にはすでに百人以上の男性経験があった。

「こうした少女たちに大学を卒業して二、三年しか経っていない私たちが、セックスのモラルや、売春をしてはいけないなどと説教したところで、彼女たちの心に届くはずがありません。今ならそれがわかりますが……」

黒田が後悔を滲ませながら言った。

「矯正教育の場にも、真行寺弁護士のような人材が入ってきてくれるのが望ましいのですが、日本の社会は一度ドロップアウトした人間に厳しくて現実的にはそうはいきません」

根岸が黒田の言葉に付け加えた。

アメリカなどでは、非行歴のあるスタッフを矯正教育の現場に採用して、効果を上げている。

男性遍歴でノートの半分が費やされている。それが終わると、「青春」というタイトルがついた文章があった。

「どんなに勉強ガンバっても大学教授になれるわけがない。スポーツの世界で、一生懸命になってどんなに汗を流しても一流選手にはなれっこない。そんなカッコ悪いことするより、自分がカッコいいと思うことをバシバシやればいい。どうせ人生なんて一回こっきり。青春なんて短いもんだ。やるだけやってしまわなければ、死の時に必ず後悔するって。

ナンパされて、男と寝て……。シャブやっても、アンパンやっても、人に迷惑かけるわけでもない。テメエでテメエの身体、壊しているんだから、私は誰にも文句言わないし、誰からも何も言われたくないね。

それなのに、赤城に送致された。赤城は二度目だ。バカバカしくてまじめにやってられるかよ。

まだ若い、やり直せるって、教官が言う。バカ言うなって。あんた本気でそんなこと思っているのかよ。学校に行ったからって、端から落ちこぼれ扱いにされるだけじゃん。一流大学を卒業した教官にはわからないって。それに拾ってくれる学校なんてありゃしないって。これからも好きにバンバンやっていくさ。なるようにしかならないんだ。戻れないんだよ。

努力だって、そんなかったるいこと、このトシしてできるかよ。

将来、何だ、それ。

希望、誰も教えてくれなかった。

愛、きっと身近にあったんだろうよ。私がバカだから、気づかなかっただけなのかも……。そう、その通りさ、私がきっとみんな悪いんだ。でも、ホントの真っ暗闇って、何も見えないって知ってるか。

堕ちるところまで、堕ちてそれでもいいよ。社会のゴミ、クズ、それが私。そういう生き方しか知らないし、もう染まっちゃったんだ。ほっといてくれ」

頽廃的な言葉が連なっている。

そうかと思うと、見開き二ページに「帰りたい」「自由にしてくれ」という文字がびっしりと書き込まれているだけの記述が八ページくらい連続で続く部分もあった。

「つらい一日」というタイトルにはこう記されていた。

「スミオの子供を妊娠した。自分の身体をいためて、新たな生命を断ちきっても、スミオのことが忘れられない。それくらい私はスミオに惚れていた。子供をどうするかって、スミオともめた。

おろせと言われた。ケンカになり、殺されそうになった。スミオに殺されるのならそれでいいと思った。でもあいつには私が殺せなかった。あの時、殺されていれば、こんなにつらい目に遭わずにすんだといつも思う」

スミオは大鷹寿美夫のことだろう。この記述の後を追った。三ページ後に「ＰＳ」と記された項目があった。

「新たな命が失われる時くらい、スミオにそばにいてほしい。たった一人でベッドに身を横たえているなんて、私にはできそうにもない。この命が失われたら、私の心も身体も全部バラバラになって壊れてしまいそう。だから、お願い、すべてが終わるまで、私の見えるところにいて、最後の頼みだよ」

それ以後は、これに関する記述はいっさい見られなかった。スミオの名前もなく、行きずりとしか思えない男とのセックスがまたつづられていた。

読みながら、大学ノートの余白には、国名と食べたい食品名が数ヶ所に記されていた。それが赤城女子少年院で知り合った友人の名前と電話番号だと、真行寺はすぐに悟った。

「このノートのコピーは許可してもらえるでしょうか」

根岸は首を横に振りながら答えた。

「大鷹明日香という女性を知る上でお役に立てばと、読んでいただきましたが、コピーを許可するわけにはいきません」

真行寺はスミオが登場してくる記述を何度も読み返し、頭に叩き込んだ。

「では、ここに出てくる食べたい食品名を写すのだけは認めていただけますか、接見する時に、彼女に差し入れてやろうと思います」

根岸は静かに微笑みながら答えた。

「それくらいはかまわないでしょう」

五ヶ所の余白に食べたいものリストが記されていた。それを手帳に書き写した。食品名の下には、訪れてみたい国の名前も羅列してあり、その頭文字も同時に書いた。

――NAOKO、TAKEKO、JYUNKO、YOKO、MAYUMI。

真行寺は手帳を閉じ、大学ノートを黒田に戻した。

「食べたい食品名に目が行くなんて、さすが暴走弁護士ですね」

根岸が冷やかすように言った。真行寺は無言で頭を下げた。根岸は、食品名も国名も、収容された彼女たちの間で用いられている隠語だというのを、十分承知の上で、書き写すのを認めてくれたのだ。

「こうした施設にいると、どうしようもない矛盾にぶつかるものです」

施設から退所する日、彼女たちは院長室で誓約書を読み、それにサインをする。それには家族の下に帰り、法を守って暮らすという誓いの言葉が記されている。

「普通の家庭であれば、それでいい。しかし、現実はその家庭がまったくなかったり、あっても家族がその機能を果たさない家庭だったりする。父親がヤクザ、母親が薬物依存症などという家庭も珍しくない。ここから出るためには、そこに行って暮らせと法律的には宣誓させる。内心では、そんなところには戻らず、犯罪以外なら何をしてもいいから、一人で生きて、なんとか幸せになれと、ここを出る少女に言いたくなる時もあります」

根岸は本音を真行寺に語った。真行寺なら、現場の苦悩を理解できるだろうと思っているのかもしれない。

「退所手続が終了すると、私は院長室で二人だけになり、彼女たちと本音で話すようにしています」

明日香のように誰とでもセックスする女性は、真行寺自身、これまでに何度も見てきている。決して珍しくはない。薬物依存症と同じ病理メカニズムで、現在はラブアディクション（恋愛依存症）と呼ばれている。心の枯渇感をセックスで満たそうとする嗜好行動だ。

「年上でも、年下でも、本当に君の幸せを考えている男だったら、たとえその男がヤクザであっても、結婚を申し込まれたら結婚しなさい。一ヶ月でも、二ヶ月でもいいから、自分は幸せだという実感を味わってみなさい。それが今後の君には必要だ。ただし、その男が真剣に君のことを思っているかどうか、脳味噌が溶け出して、耳の穴から流れ出してくるくらいに、よく考えなさい。もし、その結婚がダメになったら、新たな恋をすればいい。赤城にいたことを負い目に思う必要はない。後ろを見ないで前だけを見て進みなさい」

退所してきた娘に風俗営業で働くことを強要する父親や、その金を奪って酒や薬物を購入する母親と暮らすよりは、根岸はその方が彼女たちの更生につながると真剣に考えていた。

「ご協力に感謝します。大鷹明日香のために、可能な限りの弁護をするようにします」

礼を述べて、真行寺は東京に戻った。


黎明法律事務所に戻った真行寺は、明日香が大学ノートに書き留めていた日記を、可能な限り再現し、パソコンに入力した。

手帳に書き写した食品名の文字数を数字に置き換えた。

ＮＡＯＫＯ、ＴＡＫＥＫＯ、ＪＹＵＮＫＯ、ＹＯＫＯ、ＭＡＹＵＭＩの電話番号がわかると、そこに電話を入れた。タケコ、ジュンコ、ヨーコの三人の電話番号は使われていなかった。

マユミの電話番号はすぐに相手が出た。年老いた女性の声だった。

「マユミさんはご在宅ですか」

「どなたですか」

相手の問いに、大鷹明日香の弁護人だと告げた。それでも相手は不安げな声で、聞き返した。

「二人を殺した、あの大鷹明日香ですか」

真行寺は、マユミさんに直接話を聞きたいと告げた。

「マユミと明日香がどのような関係なのか知りませんが、それは無理です。マユミは五年前に自殺してしまいました」

電話に出ていたのは、どうやら母親のようだった。

もう一人はナオコだった。

大鷹明日香の弁護人だと伝えると、ナオコはすぐに聞き返してきた。

「大鷹明日香って、赤城で一緒だった明日香さんね。テレビに映った顔が、昔の明日香さんにそっくりだったから……」

ナオコは、大矢直子で、彼女も長期処遇で赤城女子少年院で二年間過ごしていた。

「ご承知の通り、大鷹明日香が置かれている状況には厳しいものがあります。弁護する上で、当時の彼女について知りたいのですが、会ってお話を聞かせてもらえますか」

大矢は二つ返事で会うことを了承してくれた。

10　院卒

少年院に収容された経験を持つ者を、非行に走った連中は院卒と呼ぶ。社会的には、少年院に収容された経験など自慢にはならないが、そうしたグループの中では勲章になる。しかし、院卒の多くは、成長するにつれて、その過去を自慢するどころか、当然のことだが隠そうとするようになる。

大矢直子が今どのような生活を送っているのか、まったくわからない。家庭を持っていれば、赤城女子少年院に収監されていた事実などを明かしたくないと思うだろう。

大矢直子は東京都東村山市で両親と一緒に暮らしていた。両親が経営する居酒屋を手伝っていた。居酒屋は東村山駅の近くにあり、開店準備を始める午後五時前であれば、いつでも時間は取れるという返事だった。

西武線東村山駅近くの居酒屋で、大矢直子とは午後三時に会う約束をした。立川からもそれほど遠くない。駅近くのコインパーキングに車を止め、指定された居酒屋「一丁目」に向かった。

「一丁目」は東村山駅前商店街の中にあった。暖簾はまだ出されていなかったが、入口に立つと、自動ドアの引戸が開いた。奥のカウンター内に調理場があり、店内には六人が座れるテーブル席が多く、わりとゆったりできる間隔で並び、勤め帰りのサラリーマンや地元住民が飲みにくる店といった風情の居酒屋だ。

カウンター内で洗い物をしていた女性が大矢直子だろう。

「真行寺先生ですか」

大矢はカウンターからすぐに出てきた。真行寺が名刺を渡すと、

「お店の方ですみません。自宅でも構わないのですが、両親が近くにいると話しにくいこともあると思って……」

四脚の椅子が置かれたテーブルに座った。

「明日香さんが本当に二人を殺したんですか」

大矢は大鷹明日香が父親、夫を殺したとは信じられない様子だ。大矢からは流行っている店の従業員といった溌剌とした雰囲気が漂い、歯切れのいい口調で真行寺に話しかけてくる。

「本人は二人の殺害を認めています」

真行寺がそう答えると、

「何故、あれだけの人がそんなことを……」

大矢は絶句した。

「裁判はこれからですが、厳しい判決が予想されます」

真行寺が強い口調で言うと、ハッとしたような顔に戻り、

「それって、死刑もありっていうことですか」

と聞いた。

二人の殺人、死体遺棄、殺人の目的が保険金詐取であれば、検察側は死刑を求刑するだろう。

「赤城では、明日香さんには世話になっているので、私のできることであれば協力させてもらいます」

「ありがとう」

真行寺はそう答えて、大矢直子の電話番号を知った経緯を説明した。

「根岸院長は知りませんが、黒田聖子教官はよく覚えています。また、赤城に戻ってきているんですか」

「黒田教官を覚えているんですね」

「覚えているも何も、私はずいぶんあの教官に怒られて、その様子を見ていた明日香さんが身体を張って私をかばってくれたんです。売春が何故いけないのかっていう話、黒田教官の方から話したんですか」

赤城女子少年院に明日香が収監されている時の話を聞くと、黒田は真っ先にその話を真行寺にした。

「ずいぶん成長したね、あのブラック聖子も」

黒田教官は、赤城に収監されていた少女たちから裏では「ブラック聖子」と呼ばれていたようだ。

「とにかく正論しか言わなかった教官です。今なら、黒田教官が言っていたことが正しいとわかりますが、赤城に入るような女の子たちには、正論なんてまったく意味がない。現実の世界では、時には正論なんかまったく役に立たないし、無力だっていうことに、ブラック聖子は気づいていなかった」

高い偏差値でW大学に合格し、大学でも優れた成績だったのだろう。使命感を持って法務教官という道を選択した。しかし、彼女の中にある非行についての豊富な知識は、教科書や本から得られたものでしかなかった。そうした知識だけでは、赤城女子少年院に収監されている少女たちに対応することは到底無理だった。自分たちの方が正しく、分があると考えた少女たちは、黒田をブラック聖子と揶揄していたようだ。

「今、明日香が君をかばったと言っていましたが、具体的にはどういうことなのか、話を聞かせてくれますか」

大鷹明日香被告は、実父、夫を保険金目当てに殺害する悪女として報道されている。法廷で主張できるかどうかはわからないが、情状酌量を訴えることのできる情報は喉から手が出るほど欲しかった。

大矢直子は一人娘で、大鷹明日香とは対照的に両親に溺愛され、経済的にも恵まれた家庭で育った。非行につながる要素は家庭にはなさそうに思えた。しかし、真行寺の家庭と同じように、進学に口うるさい家庭だったことは想像できる。

「私のわがままと言えばそれまでなんだけど、とにかく夜は一人でほったらかしにされ、それが原因で、親が帰るまでの時間、ゲーセンにはまっているうちに、いろんな遊びを覚えてしまった」

両親は居酒屋の経営に忙しく、夕方になると店に出て、帰宅は深夜だった。朝、大矢が学校に行く時間になっても熟睡していて起きてはこなかった。自分でトーストとミルクで朝食を摂ってから登校した。

「居酒屋に行って、メニューに出ている料理は全部食べたけど、家で母親が作る手料理を一度も食べたことがなかった」

中学に進んだ頃には、ゲームセンターで知り合った仲間と遊ぶようになり、都内の女子高に進むと登校しているように親に思わせて、新宿の繁華街を目的もなくふらついていた。同じような境遇の仲間に必ず出会えた。

親は商売に夢中で、事実を知るのは高校から呼び出しがかかった時だった。高校はすぐに退学処分になり、その後の呼び出しは、高校からではなく警察からだった。両親は直子の寂しさを埋め合わせる代償として、潤沢な小遣いを与えた。

喫煙、飲酒、深夜の徘徊で何度も補導され、親は小遣いを与えるのをやめた。

「それならいいよって、私は援交を始めちゃったのよ」

直子の援助交際は、金目当てというより、親に対する意趣返しだった。男の場合、それまで抑えられていた鬱憤が爆発すると、両親に向けた家庭内暴力になって表れる。しかし、女性の場合、極めて自虐的な行為となって親への不満や怒りが表面化する。援助交際をしている事実が、警察から告げられる。その事実に母親は泣き叫び、父親は絶句する。

「お父さんくらいの年齢のサラリーマンなんか、一万円でいいと言うと、もう喜んでさ、即行ラブホだよ」

警察に補導され、引き取りに来た両親に直子はこう言い放った。親は泣きながら、高校に再入学して、更生してほしいと訴えたが、直子は聞く耳を持たなかった。

結局、何度も同じ非行を繰り返し、鑑別所から赤城女子少年院に送致された。

「明日香さんより、私の方が数ヶ月遅く、赤城に入っていたと思う」

院内では少女同士のトラブルも時には起きるが、問題行動を起こせば、それだけ退所が遅れるため、ほとんどの者は貝が蓋を閉じたようにして沈黙した。

新任教官として赴任してきた黒田が、少女たちの退所後の進路指導にあたることになった。黒田は援助交際や売春が法的にどのような罪になるかを語り、自分を傷つける行為だと語った。

「あの頃の私、援交というか、もう自暴自棄になっていて、家には帰れないし、帰りたくもないので、一晩一緒に過ごしてくれる男がみつかれば、そいつのアパートにも行ったし、金をくれればラブホで一晩過ごした」

黒田は大学で学んだ知識なのか、あるいは法務省に入省した時に、過去のデータから知ったのか、援助交際や売春した揚句に本人が自殺したり、家庭が崩壊したりしたケースを得々として語った。

「ブラック聖子もまだあの頃は若かったんだろうね。自分の目の前にいる女の子たちが、その渦中にいるっていうのを実感できなかったんだろうと思う」

黒田教官の話に、情緒不安定だった直子は感情失禁を起こしたように号泣してしまった。

「それを見ていて、手を挙げて、ブラック聖子に質問したのが、明日香さんでした」

二人はその日から言葉を交わすようになった。しかし、矯正施設であり、入所者が自由に話をできる施設ではない。様々な制約の中で会話をする程度で、親しい仲になったということではなかった。

真行寺はＴＡＫＥＫＯ、ＪＹＵＮＫＯ、ＹＯＫＯ、ＭＡＹＵＭＩについて尋ねた。熊谷竹子、大泉順子、中島真弓だとわかった。

「真弓と明日香はホントに仲がよかったんだよね。あの二人は自由時間によく話し込んでいたから」

しかし、中島真弓は自殺したと、母親と思われる女性から聞いた話を直子に告げた。直子は赤城女子少年院を退所してからは、そこで知り合った女性とは、結局誰とも連絡は取らなかった。

「明日香さんも含めて、出た後、皆で会おうってこっそり話し合っていたけど、退所時期もそれぞれバラバラだし、誰からも連絡は来なかったたし、私も誰にも電話はしなかった」

自由のない閉ざされた施設の中にいる時は連帯感も生まれるが、自由になった瞬間にそうした連帯感は消えてしまうものなのかもしれない。

「真弓は自殺してしまったんだ……」

直子によれば、中島真弓は無口で、性格の暗い印象を周囲にふりまく女性だったようだ。直子も部屋替えで半年ほど同じ部屋で寝起きを共にしたことがあった。

「真弓は就寝時間になり、ベッドに入ると、布団を顔に押し付けてシクシク泣いていた。それが毎晩なので、結構気になって眠れなくて、私、やはり同じ部屋で寝ていた明日香に聞いたことがあるんだ。真弓の泣き声って気にならないって」

明日香は気になるとも、うるさいとも言わなかった。

「本人だって泣きたくないのに、涙が出てきちゃうんだから、こっちも布団かぶって寝るしかないよ」

そう言われて、直子も直接真弓に注意することはしなかった。翌日、真弓から「私の泣き声で迷惑かけていたみたいで、ごめんなさい」

真弓本人から直子に謝罪の言葉があった。明日香が遠まわしに注意してくれたのだろうと直子は思った。

「その時に真弓が夜泣いている理由を聞きました」

真弓は高校生の時に出産していた。学校も退学し、結局相手の男性とも別かれる結果になってしまった。生まれた子供は両親が引き取って育てていた。

「真弓の子供も、今頃高校生になっていると思うけど、それなのに真弓は自殺してしまったんだ」

赤城女子少年院を退所後、直子のように更生し、働いているというケースはそれほど多くないのが現実なのだろう。

「真弓と明日香が自由時間に何を話していたのか知らないけど、もしかしたら……」

と言って、直子は急に口をつぐんだ。

「もしかしたらって、何か思いあたることでもあるの？」

「本人に聞いたわけではないから……」

直子は話をするのを躊躇っているように思えた。

「最初に話した通り、大鷹明日香には厳しい判決が予想される。だから彼女の性格がどのように形成されたのか、子供の頃に何があったのか、弁護する上で少しでも役に立ちそうな話があれば知りたい」

「赤城でいくら仲良くなっても、面と向かって聞けないこともあるからね」

収監される理由は、窃盗、傷害、覚せい剤取締法違反、売春などおおよそ想像がつく。仲間同士で話す分にはそれほど抵抗はない。

赤城女子少年院では、更生の一つの手段としてロールプレーが行われている。覚せい剤を打とうしている子供、それを制止しようとする母親、家を出ていこうとする娘、必死で引き留めようとする父親といった場面を想定し、娘と母親、娘と父親、それぞれの役割を少女たちに演じさせ、問題行動やそれを解決する方法を様々な立場で考えさせ、更生に役立てようとするものだ。

そこではかつて彼女たちが、親から浴びせられた罵声の言葉が飛び交う。

「家の金を持ちだしてまた覚せい剤を買ったのね。もうお母さんの手には負えない。警察を呼ぶからね」

母親役が叫ぶ。

「勝手にすれば」

娘役が答える。

家出しようとする娘に、父親役が怒鳴る。

「お前なんか娘でもなんでもない。とっと出て行け。援交でも売春でも好きなだけやってろ。その代わりに二度とこの家に戻ってくるな」

こうしたロールプレーによって、収監されている少女たちの家庭環境を、それぞれが知ってしまう。援交、売春と聞かされたくらいで、それで動揺する者はいなかった。

「ただ、十六、七で子供を産んだという子はやはり少なかったと思うんだ。本人からは何も聞かなかったけど、真弓は、明日香も子供を産んだ経験があるから、私の気持ちを理解してくれたって……。でも、これがホントかどうか、私にはわからないけど、こんな話を一度だけ真弓から聞いたことがあったよ」

「それはいつ頃、真弓から聞いたのでしょうか」

「もうその頃は私が入って一年くらい経っていたと思うんだ。真弓はその頃赤城に入ってきたばかりで、産んだ赤ちゃんのことを思い出してシクシク泣いていた」

明日香と真弓がどのような話をしていたのか、真弓が自殺してしまった以上どうすることもできない。

熊谷竹子、大泉順子の消息を、直子はまったく知らなかった。

「この二人も、私と同じで、赤城で一緒だった明日香と大鷹明日香が同一人物だなんて、想像もしていないと思う」

赤城女子少年院で、黒田教官の講義を受けた時、直子をかばう発言を明日香がしていた事実を証言台に立って述べてくれるか、真行寺は聞いた。

「私で役に立つのなら、いくらでも証言します」

直子は一度切れかかった家族との絆を完全に再生したのだろう。直子の表情には自分の足で地に立ち、生きているという自信があふれていた。更生した大矢直子の証言は裁判員の心に響くかもしれない。


中島真弓の退所後、母親は真弓から明日香の話を何か聞いてはいないだろうか。どんな些細な話でもいい。少しでも明日香の情状酌量を、裁判員に訴えかけられる材料が欲しい。

中島の実家は都内にある。事情を説明して母親に面会を求めた。母親の中島カヨは、山手線田端駅からそれほど遠くない都営住宅に孫の真一と二人で暮らしていた。昼間は食品加工会社で働いているので、夜八時過ぎなら自宅に戻っているようだ。

約束の時間にアパートを訪ねると、高度成長期に建てられたような都営アパートの二階で中島一家は暮らしていた。

中島カヨは五十代前半といったところだろうか。部屋は２ＤＫで、奥のキッチンで真一が食事をしている最中だった。

「孫もたった今、コンビニのアルバイトから戻ってきたところなんです」

カヨは自分の部屋に真行寺を招いた。小さなテーブルを挟み、差し出された座布団に座った。

「大鷹明日香被告の弁護を引き受けたのですが、先日、電話でお話しした通り、厳しい状況で困り果てています」

「娘が生きていてくれれば、何かその方のお役に立てたのかもしれませんが……」

真行寺は赤城女子少年院、大矢直子から聞いた話をカヨに伝えた。

「真弓の口からはあまり赤城での話は出てきませんでしたが、明日香さんの名前は時々聞いていたので、それで覚えていたのですが、新聞やテレビで騒がれている大鷹明日香だとは想像もつきません」

襖がそっと開き、真一がペットボトルのお茶を二つ運んできて、テーブルの上に置いた。

「真弓の長男です」

真一は都立高校に通う二年生だった。

「おまえもここにいて、知っていることがあったら弁護士さんに教えてあげてくれる」

カヨと真一が親子だと言っても、不思議に思う人はいないだろう。

「大鷹明日香、以前は小山田明日香という名前だったけど、お母さんからこの人について何か聞いたことはなかったかい？」

真一は祖母の隣にあぐらをかいて座った。

「オフクロが荒れて赤城に収監されていた頃、この明日香という人にずいぶん世話になったという話は聞いたけど、会ったことはないよ」

真一はジーンズに長袖のTシャツというラフな格好をしていた。母親が自殺している家庭で育った割には、暗い影を感じない。真行寺が紅蠍の総長をしていた頃、周囲に集まってきた連中とはまったく異なる雰囲気を醸し出している。

「私も明日香という方に会ったこともないし、赤城でどんなふうに世話になったかもわかりません」カヨが言った。

中島真弓の生活が荒んだ理由は父親のアルコール依存症が原因だった。職場の人間関係でトラブルを起こしては酒を飲み、家族に当たり散らし、カヨや真弓に暴力をふるった。長男の誠がいたが、誠は高校を卒業すると同時に自立し、家には寄り付かなくなった。

真弓も家出を繰り返し、高校の同級生の子供を妊娠した。その事実を誰にも打ち明けられずに、カヨが気がついた時には、もはや出産するしかない状況になっていた。

激しい叱責を父親から受けた。しかし、出産後、父親から暴力的な虐待を受けると、真弓も暴力で父親に対抗するようになった。

「真一を守ろうと、真弓なりに必死だったと思います」カヨが当時を振り返った。

生まれたばかりの子供は、カヨが抱きかかえて、家の中を逃げ回った。真弓は出産後高校を中退し、窃盗、傷害事件を何度も起こし、結局、赤城女子少年院に送致された。

真弓が戻ってきた時には、真一は四歳になっていた。父親はその頃は酒で身体を壊し、真弓が退所して二年目にはアルコール性肝硬変で死亡している。真弓も退所後、懸命に働いたようだが、父親と同様に職場での人間関係につまずくことが多く、結局、五年前に真一を残したまま自殺してしまった。

「オフクロとその明日香さんは、赤城を退所した後も、同じ院卒ということで、付き合いはあったと思うし、多分、オフクロは明日香さんから借金もしていたと思う」

小さいアパートで、今真一が使っている六畳間が二人の部屋だった。明日香と思われる女性と真弓との携帯電話でのやり取りを真一は聞いていた。

「明日香さんという女性は水商売かなんかの仕事をしていたでしょう」

真一が記憶している会話の内容は、真弓が仕事の紹介を明日香に依頼している電話だった。

「オフクロは中卒で、仕事といってもコンビニやスーパーのレジ係でも不採用っていうことが何度もあった。採用される仕事といえば、深夜のビルの清掃とか、駅構内のトイレの掃除とかに限られてしまう。それでは思ったような収入も得られない。そこで明日香さんに相談したようだけど、絶対に仕事は紹介しないってきつく言われたみたいだ」

真弓が深夜、泣きながら懇願している電話を、布団にもぐり寝ている振りをしながら真一は聞いていた。

「それからしばらくしてオフクロに、いくらあったのか知らないけど、現金書留の封筒が送られてきた」

真弓は明日香から仕事の紹介を断られ、懸命に働いたようだが、人間関係に何度もつまずき、結局、将来を悲観して自殺してしまった。カヨと一人息子の真一、二人で真弓を見送ったようだ。

二年前、真一は高校に進んだ。四月の終わり頃、死んだ真弓宛に一通の現金書留封筒が届いた。

「もう封筒は処分してしまってないけど、差出人は明日香さんだったと思う」

封筒には十万円と、真弓宛の短いメッセージが添えられていた。

――お借りしていたものお送りします。長い間ありがとうございました。真一君、高校に入学されたんでしょう。おめでとう。うらやましいわ。

「確かこんな内容だった思う」

真一によれば、経済的に困窮し、真弓は明日香に金を無心する電話を自殺する直前までしていたようだ。しばらくするとその金が、真弓の口座に振り込まれてきた。その合計金額がいくらになるかは、真一はまったく知らなかった。

「返済できるような状況ではなかったから、借りっぱなしだったと思う」

「それなのにどうして現金書留が送られてきたんですか？」

真弓の自殺後に、逆に「返済」すると明日香から現金が送られてきている。

「僕の想像だよ。だから事実かどうかわからない。明日香さんはなんらかの方法でオフクロが清掃していたビルの屋上から飛び降り自殺してしまったのを知って、それで僕が高校に進んだ春に、お祝いのつもりで送ってきてくれたんだろうって……」

「何故、君にそんなに親切にしてくれたと思う？」

「わからないよ。ホントにわからない。ただ……」

「ただ、何だい。何か思いあたるふしがあるんだったら、聞かせてほしい」

「オフクロが、明日香さんのところはどうなのって、聞いていたような記憶があるんだ。仕事の紹介を依頼したり、借金を頼んだりをしょっちゅうしていたから、明日香さんの収入を聞いているのかと思ったんだ」

裁判が始まれば、マスコミが書きたてる。いずれは真一も事実を知ることになるだろう。

「明日香被告は、キャバクラやソープランドで働いていたんだ。それで君のお母さんにはそうした風俗の仕事は紹介できないって断わっていたのかもしれない」

「やはりそうか。オフクロの話しか聞こえなかったけど、なんとなくそんな気がしたんだ。その仕事に引け目を感じていたんじゃないのかな、明日香さんは」

「どういうこと」

訝りながら真行寺が聞いた。

「いつもはオフクロが慰められていたのに、一、二度だけオフクロが逆に明日香さんを励ましていた時があったんだ」

「励ます?」

「そう。『いつかきっと会えるよ』とオフクロ自身も涙声になって、激励していた」

「会えるって、誰に?」

「それは僕にもわからない。ただ、オフクロとのやり取りから感じたのは、明日香さんにも、僕と同じような子供がいるんじゃないかって、その頃は僕もまだ小学生だったから大人の事情はわからないけど、そんなふうに思ったのは記憶しているんだ」

赤城女子少年院でも、大矢直子には、明日香と中島真弓の二人は特に親しいように見えた。収監される少女たちは、大なり小なり家庭的な問題を抱えていた。その上、二人には出産した子供がいた。それがより強く二人を結びつけていた。考えられないわけではないが、それが事実なのかどうか、真行寺には想像もつかない。真一の勝手な想像ということもありえる。

「オフクロや僕にまでやさしくしてくれた人が、二人も殺したなんて、信じられない」

真一が言った。

しかし、明日香が二人を殺したのは紛れもない事実なのだ。

11　施設職員

大鷹明日香は新宿区で生まれているが、父親の小山田秀一は刑務所を出たり入ったりの生活をつづけ、五歳の頃は母親恵美子の実家がある上尾市に住んでいた。母親が自殺し、埼玉県のM児童養護施設で明日香は暮らすようになった。

中学二年生になると、非行が目につくようになり、同じ県内にあるN児童自立支援施設に移されている。

明日香がM児童養護施設で生活していたのは二十年以上も前だ。明日香のことを覚えている職員が果たしているものだろうか。M児童養護施設は埼玉県北部、群馬県との県境に近い場所にあった。立川を出たのは午後四時過ぎだった。関越自動車道の花園インターで下りて、M児童養護施設に向かった。荒川を見下ろす高台に目的の施設はあった。少し上流には長瀞がある。

マスコミも大鷹明日香が二度赤城女子少年院に収監されている事実を把握し、根岸院長からも取材を試みている。しかし、それ以前の彼女の生い立ちまでは追い切れていないのか、これまでの報道ではM児童養護施設もN児童自立支援施設も出てきていない。

真行寺はアポイントメントを取らずに訪問した。M児童養護施設には三階建ての小さなマンション思わせるビルが二棟並んでいた。玄関前の駐車場に車を止めた。窓から一斉にそこで暮らす子供たちが身を乗り出して、真行寺の車を指差しながら見ている。学校から子供たちにはすでに戻ってきているのだろう。

玄関で来客用のスリッパに履き替えた。玄関横は職員室で、ドアを開けると、学校の職員室のように机が向き合うように並び、様々な年齢の職員が慌ただしく動き回っていた。椅子に座りパソコンのキーボードを叩くスタッフも多い。

真行寺は最もドアに近い机で仕事をしていた若い女性に、「園長に会いたいのですが、取り次いでもらえますか」と名刺を渡した。

「お約束はあるのでしょうか」

「いいえ。実はこちらの施設出身者の弁護を引き受け、当時の様子を知る方がいれば、お話を聞きたいと思ってやってきました」

女性は名刺を取り、「少しお待ちください」と言って、椅子から立ち上がり、職員室の奥の方にあるドアを叩いた。ドアの上部に掛けられたアクリル製の室名札には園長室と書かれている。

若い女性はすぐに園長室から出てきて、自分の席に小走りで戻ってきた。

「お会いになるそうです」

校長室のような部屋を想像していた。しかし、園長室には窓際にひと際大きな机が置かれ、部屋の中央に会議室のように机がコの字型に並べられていた。

部屋に入ると、園長は名刺を一枚持って、「そちらへどうぞ」とコの字に並ぶ机を指した。園長は箱根幸久で、五十代半ばといった年齢だろうか。

「M児童養護施設の出身者の弁護を引き受けておられると聞いたのですが……」

箱根園長は不安げな表情を浮かべながら、真行寺の真ん前に座った。

大鷹明日香がかつてここで暮らしていた事実を箱根に告げた。

「エッ、あの父親と夫を金目当てに殺した女性が、こちらで暮らしていたんですか」

箱根は腫れものにメスでも刺し込まれたような顔をした。

「真行寺先生は、あの大鷹の弁護を引き受けていらっしゃるんですか」

箱根はもう一度真行寺の名刺を取り、まじまじと見ている。

「ええ、新聞、テレビで報道されているように、かなり厳しい状況に置かれています。弁護人としては、事実関係で争えない以上、少しでも彼女の情状を酌んでもらえるような事実や、彼女の生い立ちに何か問題はなかったのか、それを調査しているところです」

N児童自立支援施設に移される中学二年まで、五歳から明日香はここで暮らしていた事実を告げ、当時の彼女を知る職員はいないかを聞いた。

「今現在、当時ここで働いていた職員は、転勤や退職で一人もいません。職員の交流会名簿はあるので、調べることは可能ですが、相手の意向もあるので、少しお時間をいただけますか」

箱根は名簿を頼りに、当時の職員を探すと約束してくれた。聴取に応じてくれるかどうかは、その職員しだいだが、明日香のことを記憶している職員がいるのかどうかも不明だ。

その日は、同じ道を通り黎明法律事務所に戻った。

箱根から連絡があったのはその翌日午前十時だった。

「少しでも早い方がいいと思って、あれから何人かに聞いてみました。一人だけ、やっぱりあの明日香ちゃんだったのかと言う職員がいました」

小池淑子は、明日香が入所した時から三年間担当したらしい。小池は出産を機に退職し、専業主婦となっていた。

「小池さんは小学校二年生の秋くらいまでの明日香を担当したようです。真行寺さんの質問に答えられるかどうかはわかりませんが、お会いするという返事でした」

小池は結婚し、二児の母となり、埼玉県飯能市で暮らしていた。真行寺は住所と電話番号を聞き、手帳に記した。箱根との電話を切ると同時に、小池に電話を入れた。

箱根園長からすでに詳細を聞いていて、小池はすぐに時間を割いてくれた。西武線飯能駅から十分ほど歩いた閑静な住宅街に小池の家はあった。小池の夫は埼玉県の公立中学校の教師で、昼間は駐車スペースが空いているのでそこに止められるという。ポルシェが入ってきたのがわかったのだろう。小池が玄関から出てきて、真行寺を迎えた。

「きれいなお庭ですね」

駐車場の横には小さな花壇があり、バラ、アヤメ、アマリリスが咲いていた。

「子供が独立し、時間があるので庭いじりが趣味になってしまって……」

小池が微笑みながら言った。

長女も教員の道を選び、長男も春から教員として一歩を踏み出していた。典型的な教員一家だ。

応接室に通された。ソファに腰掛けると、小池はキッチンからコーヒーを運んできてくれた。

「箱根園長から連絡をいただき驚いています。まさかあの明日香ちゃんがこんな事件を起こすなんて……」

小池にも、明日香が二人も殺害したとはにわかに信じられないのだろう。

「本人も殺害の事実は否定していません。死刑判決も当然考えられる事例です」

「そうでしょうね。最近は少年でも大人と同じ刑事裁判で裁かれ、死刑判決が出ているくらいだから」

　こう言いながら小池はコーヒーを勧めた。コーヒーを半分ほど飲み、真行寺がつづけた。

「大鷹明日香の生い立ちに同情できるところや、あるいは彼女の人格形成に何か不幸な点はなかったのか、情状酌量を訴えられるものはないか、それを当時の関係者から聞いて回っています」

　それを聞き、小池は大きなため息を一つついた。

「私が知っているのはM児童養護施設に入ってきた五歳から八歳くらいまでの三年間だけで、特にあの子だけが職員の手を煩わせたということもなかったと思います」

　従来は保護者のいない子供を保護し、子供に適した生活環境を提供する施設だが、最近では家庭における虐待などで保護された子供が入所してくるケースが増えている。

「覚えているのは、泣かない子供だったということです」

　児童養護施設に入所したばかりは、年齢にもよるが慣れない環境に戸惑い泣き始める子供がほとんどだ。しかし、まだ五歳だった明日香は泣きもしないで、割り当てられた部屋に入っていった。

「性格が強いから涙を見せないというのではなくて、泣くことを忘れてしまったというか、泣き方を知らないと言ったらいいのか、何に対しても無表情でした」

無表情なだけではなく、いくら職員が話しかけても明日香は無言だった。母親が自宅で首を吊って自殺、第一発見者が明日香だった。ＰＴＳＤ（心的外傷後ストレス障害）を負っているのは明らかだった。

Ｍ児童養護施設を担当する心理カウンセラーが対応にあたったが、思うような改善は見られなかった。

明日香が初めて職員に涙を見せたのは、入所から一年が経過した頃だった。何気ない小池のひとことだった。

「おめでとう。明日から小学校一年生だね。お母さんも喜んでいると思うわ」

小池は、明日香から返事があってもなくても、顔を合わせた時には必ず話しかけるように心がけていた。手元にハンカチもティッシュも持ち合わせていなかった小池は、明日香と同じ視線に屈み込み、明日香の目からこぼれてくる涙を手で拭った。その瞬間、明日香はしゃくりあげるように泣き出した。小池は思わず抱きしめた。明日香は小池の胸でしばらく泣きつづけた。

「あの日からポツリポツリと、母親と二人暮らしだった頃の話をしてくれるようになりました」

明日香には父親との思い出は何もないのか、小池に父親について語ったことは一度もなかった。母親は病弱だったのか、働くことはできなかったようだ。

「聞いた話から想像すると、病弱というより夫との確執で心を病んでいたのかもしれません」

明日香に殺された小山田秀一は暴力団組員だ。最初からうまくいくはずのなかった結婚だった。明日香を連れて実家に戻ってきたが、家族からは受け入れてはもらえずに、上尾市で生活保護を受給して、二人はつつましい生活を送っていたらしい。

結局、母親は明日香を残して自殺してしまった。

「あの子のトラウマとなって残っているのは、母親が自殺する前夜の出来事だったのではと思っているんです」

前日、明日香は母親に手を引かれて近所にある神社を訪れていた。母親はそこでお守りを一つ購入している。

夜、寝る時間になり、明日香は母親から告げられた。

「このお守りをお母さんだと思ってね」

その後、ひとりごとのように、「ごめんね」とか「元気でいなさいね」と何度も繰り返していたようだ。

翌日、明日香は冷たくなっていた母親を発見した。

「五歳の子供だったけど、お母さんの気持ちをわかってやれなかった、助けてやれなかったと、あの子はそれをずっと後悔していたようなんです」

無理心中を図らなかっただけ、まだましなのかもしれないが、いくら心を病んでいたとはいえ、罪な母親だと真行寺は思った。五歳の子供にはあまりにも重すぎる荷を背負わせてしまったように思えた。

明日香はそのお守りを肌身離さずずっと身に着けていた。風呂に入る時、寝る時も、明日香が外すことはなかったようだ。

「どんなお守りだったのでしょうか」

お守りは細長い楕円形の金属で長さは約三センチメートル、「心願成就」と刻印され、上部に丸い穴が開けられていた。その穴にチェーンやキーホルダーが通せるようになっていた。

「明日香ちゃんは布製の紐に通して首にかけていたけど、とにかくお風呂に入る時も外そうとしなかったから、二年くらい経つとほころびてきて、それで高いものではないけど、もう使わないチェーンのネックレスがあったので、よかったら使ってとそのチェーンと交換してやったんです」

明日香は小池から贈られたチェーンにお守りを通し、うれしそうに首にかけていた。

「明日香ちゃんにとっては、あの小さなお守りが心のよりどころだったんでしょうね」

小池の話を聞き、取り外そうとした赤城女子少年院の黒田教官に噛みついた理由がなんとなく理解できた。

やがて小池がM児童養護施設を去る日がやってきた。子供たちは色紙にそれぞれがお別れの言葉を書いた。その色紙を小池は今も額に入れ、大切に保存していた。

その色紙を真行寺は見せてもらった。明日香は色紙の隅に、小学生らしい文字で「淑子先生、今までありがとう。いつかわたしもお母さんになりたいです。淑子先生からもらったチェーン、ほんとうにありがとう。大切にします。」と記されていた。

それから二十数年後、明日香は母親ではなく、二人の殺人者に変貌していた。

「今、聞かせていただいた話を、法廷で証言してもらうわけにはいかないでしょうか」

「法廷でこんな話をして、明日香ちゃんのためになるのでしょうか」

まだ公判前整理手続の最中で、争点が明確にはなっていない。小池の証言が情状酌量につながるかも不確かだ。しかし、小池の証言は、彼女が五歳の時に大きなトラウマを負った事実、母親を慕い、母親との思い出をずっと大切にしている彼女の心情を裁判員にアピールできる。

小池は即答を避けた。

「夫はある中学で校長をしています。子供たちも教師です。私が法廷に立つことによって、夫や子供たちの仕事に影響が出るような事態になっても困ります……」

インターネット上に小池淑子の証言が載れば、瞬時に拡散していく。二十年以上も前の児童養護施設での明日香について事実を述べたとしても、殺人鬼をかばうのかという書き込みがされるのは十分想像がつく。夫や二人の職場に悪影響を及ぼすこともありえる。

「それに……」

小池が言いにくそうに唇を噛んだ。

「私自身、証言台に立っていいものだろうかっていう気持ちも、正直に言うとあります。せっかく来ていただいたのに気を悪くしないでくださいね」

小池は十年ほどだったが、児童養護施設の職員として働いた。ほとんどの子供たちが、決して満たされない環境の中で生まれ、施設に保護される。

「明日香ちゃんがいろんな重荷を背負わされていたというのはわかるし、かわいそうだって思う気持ちもあります。でも、明日香ちゃん以上に大変な状況に置かれていた子供もたくさんいました。それでも皆頑張って、なんとか生きています。環境が不遇だからといって、罪を犯す人なんて、私の知る限りではほとんどいません。法廷に出て情状酌量を私が訴えていいものなのか、葛藤する気持ちもあるんです……」

児童養護施設の現実を見て、知っている小池だからこそ、そう思うのだろう。小池の思いは尊重しなければならないと真行寺は思った。

証人の申請は公判前整理手続の段階で裁判所に求めなければならない。裁判が始まってからでは、「やむをえない事由」がある場合を除いて認められないルールになっている。

真行寺は、明日香の母親が自殺する前夜の話とお守りについては、小池に証言台に立って証言してほしいと頼み込み、諾否についてはなるべく早く結論を出すように依頼して、小池の家を辞した。

N児童自立支援施設で暮らしていた頃の大鷹明日香についての調査は、愛乃斗羅武琉興信所の野村悦子代表が担当した。埼玉県坂戸市小沼を東西に越辺川が流れている。その川沿いの田んぼの真ん中にN児童自立支援施設があった。

児童自立支援施設は現在、全国に五十八ヶ所ある。一九九七年の児童福祉法改正にともない、翌年四月、「教護院」から「児童自立支援施設」と名称が変更され、入所する子供たちも〈従来の不良性のある児童〉だけではなく〈家庭環境その他の環境上の理由により、生活指導等を要する児童も対象とし、その自立を支援することを目的とする施設〉となった。

明日香がM児童養護施設からN児童自立支援施設に移されたのも、名称が変更された頃だった。家庭から入園した子供や、明日香のように児童養護施設や家庭裁判所から送致された子供もここで暮らしいる。高い塀もなければ、厳しい監視態勢もない。行動を法的に制約されることもない。三階建ての本館前にも裏手にも花壇があって、赤や黄色の花が咲いていた。本館裏手には、体育館と男子寮二棟、女子寮一棟が建っていた。寮で生活し、本館に設けられた学校に登校する。

本館一階の職員室にある受付で用件を女性職員に告げると、困惑した表情を浮かべた。その横を通り過ぎた三十代くらいの若い男性職員に視線を送り、

「大鷹明日香の話を聞きたいと、こちらの方が来られているんですが……」

と言った。

「マスコミの方ですか」男性職員が野村に聞いた。

野村は弁護人から依頼されて、大鷹明日香の生い立ちを調査していると告げた。

「それなら園長から直接お聞きになるのがよろしいかと思います」

そう言って、男性職員は野村の名刺を受け取ると、園長室に野村を案内した。野村は園長室の前で五分ほど待たされた。部屋から出てきた男性職員が言った。

「園長が会うそうです。それと私にもう一枚名刺をいただけますか」

野村が名刺を渡すと、「ここで教員をしている石塚といいます」と挨拶し、野村を園長室に導いた。

藤岡康彦園長はソファに座って、野村を待っていた。野村は失礼しますと言って、

藤岡の真正面に座った。

「事情は石塚君から聞きました」

藤岡は二年間、N児童自立支援施設で明日香が過ごした事実を認識していた。

「川崎臨港警察の刑事がやってきて、当時の大鷹明日香の生活態度について聞かれました」

弁護側としても、明日香の成育歴を知る必要があると説明した。

「私もこの施設に赴任してきて三年目で、昔のことは記録に残っていることしかわかりません」

川崎臨港警察は当時の記録をコピーしていった。藤岡はコピーを渡すわけにはいかないが、概略を伝えると、当時の資料を広げた。

「弁護側にとっては決して有利になるとは思えない情報ですが、よろしいでしょうか。記録から見る大鷹被告はこの頃から問題を起こし、非行はずば抜けていたようです。結論から先に言いますと、男性職員と問題を起こし、その職員は懲戒解雇処分になっています」

大鷹明日香がN児童自立支援施設に入園したのは一九九七年四月だった。彼女は中学二年生になっていた。M児童養護施設から移ってきた理由は、同じ入園者の所持品を盗むことだった。

藤岡によると、高価な品物を盗むというのではなく、入園者の親、あるいは家族が面会に来た時に、みやげに持ってきた菓子類に黙って手を付けてしまったようだ。明日香にはそうしたものを送り届けてくれる家族、親戚は一人もいなかった。

注意を受けると、入園者を脅して欲しいものを手に入れたり、M児童養護施設から離れたコンビニやスーパーに出向き万引きを繰り返したりするようになった。

「それで当施設で生活指導を行った方がいいだろうということで、こちらに移ってきたと当時の記録ではそうなっています」

しかし、明日香の生活態度はN児童自立支援施設に来ても変化は見られなかった。

「記録を見る限りでは、さらにひどくなっているのがうかがえます」

中学三年生の二学期になり、明日香は職員を巻き込んだ大問題を起こすことになる。大学を卒業して五年目の教師が赴任してきた。N児童自立支援施設の中に併設された小、中学校は、地域の小、中学校の分校という扱いになる。

施設内中学の国語の教師と明日香はトラブルを起こした。

「あってはならないことですが、その国語教師と明日香は、施設外で肉体関係を持つようになっていたのです」

肉体関係ができると、明日香は金銭を要求し、当時急激な勢いで流布していた携帯電話を買わせ、料金をその教師に支払わせていたのだ。

「記録から察するに、この若い国語教師が中学三年生だった明日香に手玉に取られていたといった印象を受けます」

明日香は土曜日、日曜日に外出すると、教師に金を要求し、その金で好きに遊んでいたようだ。事実が露見するきっかけは、携帯電話の料金が高額になり、教師が勝手に解約してしまったことだった。

「明日香は携帯電話を元に戻すように要求したのですが、教師はそれを拒みました。その報復として、明日香は園長ではなく、県の教育委員会と福祉部宛てに、教師からレイプされていると手紙を書き送ったんです」

相手はまだ中学生だ。教師は携帯電話を諦めるだろうと高をくくっていた。しかし、事実関係の詳細を記した手紙に教育委員会と福祉部は密かに調査を開始した。当時の園長と教師が県庁に呼ばれ、事実関係を追及された。

教師は携帯電話の使用料が高額であることを明日香に理解させるために、請求書を明日香に渡していた。契約者はその教師の名前になっている。請求書のコピーも同封され、二人が入ったラブホテルの名前と日付までが手紙には書かれていた。

「マスコミには知られずにすんだようですが、国語教師は懲戒解雇処分になり、園長も戒告処分になっています」

藤岡は教師の名前と当時の園長の名前を明かそうとはしなかった。

「これを見る限りでは、明日香という女性はこの頃から大物のワルになる片鱗を見せていたということでしょうか。むしろ教師の方が、中学三年生の女の子にいいように利用されていた印象を受けます」

　事実関係は藤岡が説明する通りなのだろう。しかし、中学三年生の女子生徒に脅迫されて、金品を与え、携帯電話を貸し与えていたと釈明したところで、ラブホテルに入り、肉体関係を持った以上、教師に同情する者はいないだろう。結局、教師はN児童自立支援施設から姿を消した。

「その後、その先生はどうされたのでしょうか」

「教職を解かれた以上、そこから彼がどうなったのか、私どもは知らないし、知る必要もありません」

　藤岡は、当時の彼女の成績についても言及したが、どの教科も最低の成績だった。大鷹明日香の中学三年とも思えない悪辣ぶりを聞かされ、野村は重い足取りで、吉祥寺にある愛乃斗羅武琉興信所に戻った。

　その夜、自宅に戻り、風呂から上がってゆっくりくつろいでいる時だった。携帯電話が鳴った。着信番号には見覚えがない。

「野村悦子さんですね」

　電話の相手は男性だった。

「私、N児童自立支援施設の石塚です」

石塚は園長室まで案内してくれた教師だ。

「明日香君の弁護を暴走弁護士、真行寺さんが担当されると新聞で読みましたが、その調査を野村さんが手伝っていると理解してよろしいのですね」

石塚は大鷹明日香被告を「明日香君」と呼んだ。親しかった間柄なのだろうか。

「そうですが……」

「藤岡園長からは余計なことはするなと強く注意されているので、N児童自立支援施設の教師としてではなく、一個人として連絡していると思ってください」

石塚はそう前置きした。

「私は明日香君より一歳年下ですが、二年間だけあの施設で彼女と一緒でした」

石塚も様々な事情があって、N児童自立支援施設で暮らした経験があるようだ。

「藤岡園長から、明日香君の当時の非行歴について聞かされたと思います。記録に掲載されているのは事実ですが、背景を理解してほしくて連絡しました」

石塚が何を伝えようとして連絡してきたのか、野村には想像もつかない。

「明日香君が、あの牧原道介という教師とセックスしていたと知ったのは、彼女が中学三年生の夏休みが終わった頃でした」

「大鷹明日香と肉体関係があったのは国語の教師だったとは聞きましたが、名前は教えてもらえませんでした」

「牧原という男は、どうしようもない男で、N児童自立支援施設にいるかわいい女子には、他の教員や職員に知られないようにして、園から連れ出そうとしていました。その魂胆を見抜いて明日香君が牧原を手玉に取っていたのは事実です」

「携帯電話の話を園長からお聞きしました」

牧原の名前で携帯電話を一つ設け、それを明日香が自由に使用していた。料金はすべて牧原に支払わせていた。

「その電話は私も使わせてもらったし、他の入園者も使わせてもらっています」

N児童自立支援施設で暮らす間、わずかだが小遣いも支給される。しかし、何に使うのか、N児童自立支援施設の担当責任者に使途を説明し、了解を取り付けなければ小遣いは支給されなかった。

「電話をするにも許可が必要で、知られたくない友人に連絡する時に、明日香君のところに行けば、その電話を貸してくれたんです。それだけでなく、グリコのポッキーとかポテトチップスなんかを小学生が欲しがると、明日香君はよく買ってきて、皆に分け与えていました。それを買う金がまさかあの牧原とセックスした代償だったなんて、誰も想像していませんでした」

大鷹明日香の事実を暴露する手紙が埼玉県の教育委員会、福祉部に届き、事実は露見した。牧原の行為は弁解の余地がなく、懲戒解雇となった。しかし、その一方で教師、職員から明日香にも非難が集中した。マスコミには事実は漏れなかったが、N児童自立支援施設内では、セックスの代償に牧原から金を巻き上げていた事実が公然と囁かれるようになった。

「さすがに彼女に、直接売春婦とひどい言葉を投げつけた職員、教師はいませんでしたが、裏に回れば、それはひどいものでした」

事実を知った石塚は数人の有志と一緒に当時の三浦園長に事実を伝えた。しかし、問題の拡大を恐れた三浦は話を聞くだけで、すべてを握りつぶした。半年もすれば問題児の大鷹明日香はN児童自立支援施設を離れる。

「どうして殺人なんか犯してしまったのかわかりませんが、N児童自立支援施設にいた頃の明日香君は、私たちのマドンナ的な存在でもあり、姉さんのような存在でもあって、人殺しをするような悪人ではありませんでした。本当にやさしい人でした」

石塚はやさしい人という言葉にひと際語気を強めて言った。

明日香は職員、教師からひどい誹謗、中傷をされてもそれほど気にしている様子も見られなかった。強い性格だと石塚には思えた。しかし、一度だけ明日香が人目もはばからずに泣いていたのを石塚は目撃している。

一年に数回、外部から講師を招いて中学生を対象に講演会を開いている。卒業式のシーズンが目前に迫った二月頃だった。

「看護師さんだったと記憶しているんですが、確か種村泉という名前だったと思います」

「命の授業」というタイトルで、産婦人科に来る未成年の女性や乳児院に保護される新生児について、種村は講演した。二歳未満の乳児が保護されるのが乳児院だ。それ以上の児童は児童養護施設で保護される。

種村は妊娠のメカニズムや避妊の具体的な方法をわかりやすく説明した。さらに避妊しないまま中学生がセックスし、不本意に妊娠してしまい仕方なく中絶したり、あるいは出産したりした具体的な例を、種村はN児童自立支援施設の中学生に語って聞かせた。

「種村先生は、そこら辺の教師より非行に走る女の子の家庭環境を熟知していて、極めて実践的な話をしていました」

「実践的？」

「そうです。種村先生がまさかあんなに具体的な話をすると思っていなかったのか、教師も職員も目を白黒させていたのを覚えています」

種村はコンドームを取り出し、装着の仕方まで教えたのだ。

〈ここで私の話を聞いた皆さんは、決して過ちを犯すことはないと思いますが、万が

一、妊娠したり、妊娠させたりしてしまい、周りに相談する人もいなくて、赤ちゃんが生まれてしまったとしますね。育てる自信がないからといって、捨てたり、殺したりしては絶対にいけません。そんな時は、乳児院に駆け込みなさい。いいですね、乳児院ですよ、各県に必ず一つはあります。直接、事情を説明することができなければ、冬なら暖かくして玄関に置いてきなさい。そして、電話をして玄関に赤ちゃんがいることを伝えなさい。赤ちゃんを育てられるまでの間、そこで預かってくれます。いいですね、どんなことをしても赤ちゃんの命は守ってやらなければなりません〉

石塚の記憶に残る種村の講演はこのようなものだった。

種村の講演に、裏では「売春婦」と囁かれていた明日香が、肩を上下させ泣いていた。その明日香と、二人もの人間を殺した明日香とがどうしても結びつかないと言った。

「石塚さん、あなたから今聞かせていただいた話を法廷でしてもらうことは可能ですか」

野村は「立つ」という返事を期待しながら質した。

「立てません」

石塚は固い決意を込めて答えた。

「立って証言したいとは思いますが、証言すれば二人を殺した殺人犯の擁護をしていると、おそらく厳しい批判にさらされると思います」

野村は落胆のため息を漏らしそうになった。

――こいつも保身しか考えない教師か。

「批判も非難もそれはかまわないのですが、そのことが影響して異動させられてしまうと、今、N児童養護施設で担当している子供たちのケアができなくなってしまう。それは避けたいんです。それで……」

「それで、何か手立てでもあるのですか」

「当時、あの施設で暮らしていた仲間と連絡を取り合っています。ヤクザな世界に入ってしまったヤツもいれば、いいオヤジや、母親になっている者もいます。少ないけれど署名を集めようと言ってくれる仲間もいます。その中から証言台に立つのにふさわしい人間を真行寺さんにも入ってもらって、検討してほしいんです」

石塚の話はすぐに真行寺に伝えると答えて、野村は電話を切った。

12　争点

まだ梅雨が明けやらぬ七月に公判前整理手続が開始され、十一月二十二日に最後の公判前整理手続が開かれた。十七回目の公判前整理手続となった。関内駅から横浜地裁までつづくイチョウ並木は色鮮やかな黄色に紅葉していた。

九階の指定された会議室に午後二時少し前には到着した。検察側は秋元、松下、野木の三人がすでに席に着いていた。検察庁は横浜地裁の隣のビルにある。

「今日は暖かくなりましたね」

前日は晴れたものの十六度くらいまでしか気温は上がらずに、肌寒い一日だった。天気予報ではその日の最高気温は二十度前後になると伝えていた。

検察官の秋元が気さくに話しかけてきた。余裕の表れなのだろう。

大鷹寿美夫殺害については、殺害に至るまでの経緯には争う余地がない。争うのは動機で、検察が主張する保険金目的という動機は否認した。ソープランドに勤務し大鷹明日香には定期収入があった。しかも父親の死亡で五千万円が入り、一千万円は遊興費と中古車購入に費やしたが、残りの四千万円はそのまま残されていた。ソープランドで得た収入による蓄えもあった。経済的に夫を保険金目的で殺害しなければならない動機は、明日香には存在しない。

では何故寿美夫を殺したのか。裁判員は明日香の殺害動機に関心を寄せるだろう。明日香は自分の収入をあてにされるばかりで、このままではむさぼりつくされ、自分の人生は悲惨な結末になると思いつめ、犯行に及んだとしか主張していない。殺害の動機は極めてあいまいだ。

立証義務は弁護側にはないが、明日香の語る動機には真行寺自身が納得していなかった。いくら明日香を問い詰めても、答えは決まっていた。

「もううんざり。別れ時なのに、あいつは私の収入をあてにして別れようとしない。ストーカーみたいなヒモで、別れるには殺すしかなかった」

しかし、それならば離婚すればいい話だ。離婚を拒否するのであれば、家庭裁判所で離婚調停に入るなり、訴訟に持ち込むことも可能だ。寿美夫の暴力を恐れるのであれば、DVから女性を保護する施設も最近では充実している。

父親の殺害動機も同様で、自分と母親を捨てた父親の老後を看る気持ちはない。ましてやギャンブルの金を毎日のようにせびる小山田にも不満を募らせ、それが殺意に変わったともっともらしい動機を、取調べ段階から明日香は供述している。果たしてそれが無理心中を図らなければならないほどの動機になるのか、真行寺には合点がいかない。

父親については、生活保護を受給させ、明日香が面倒をみる必要などない。そのくらいの知識は明日香にもある。

それは検察官の秋元も同じなのだろう。だからこそ日ごろから抱いていた殺意に、保険金目的というもう一つの動機が加わり、二人の殺人が行われたと、秋元はシナリオを描いてみせた。それにも真行寺は納得できなかった。

大鷹寿美夫が死んでも、保険金請求すらしていない。詐欺は成立しない。

小山田秀一は無理心中で、二人とも死んでいた可能性があり、保険金目当てというには無理がある。一つ間違えれば、明日香自身が死亡していた。明日香が助かったのも偶然でしかない。

また、事故発生当時、単なる事故として処理された小山田秀一の死だが、再鑑定によってすでに殺害されていたか、瀕死の重傷を負った状態で明日香所有の軽乗用車に乗せられたとし、高速道路と一般道への分岐点にあるコンクリートブロックに激突して事故死を偽装したとされる。

凶器は「丸型の鈍器」と鑑定書の中に記されているが、しかし、凶器は発見されていない。小山田秀一殺害の現場がどこなのかも明確にはされていない。

「丸型の鈍器」による殴打を裏付ける物的証拠は何もないのだ。小山田秀一の死亡は、大鷹明日香の殴打による死亡と果たして断定できるのかどうか。合理的な疑いがあると主張可能だ。しかし、それは疑義をはさみ込むだけで、小山田秀一殺害の事実を根底から覆すものではない。明日香自身は、無理心中を図る目的でコンクリートブロックに軽乗用車で激突したと事実は認めているのだ。

真行寺はこのままでは、検察が描いたシナリオ通りに大鷹明日香の裁判は進行していくだろうと思った。二人の殺害の動機を、何度尋ねても、身体を張って稼いだ金をすべて吸い取られ、遊興費や薬物に消えていく、この悪循環から抜け出すには二人を殺すしかなかったと、同じ答えを繰り返すばかりだった。

検察の思惑通りに法廷での審議が進めば、おそらく明日香には死刑判決が下るだろう。死刑判決を回避するには、小山田秀一の死は無理心中で、保険金目的の偽装事故ではないと裁判員を納得させる必要がある。しかし、いくら明日香を説得しても、本人が裁判と向き合おうとしない以上、真行寺の弁護にも当然限界がある。

港南区役所に接するようにして、閑静な住宅街の中に、横浜拘置支所、横浜刑務所、横浜少年鑑別所が立ち並んでいた。横浜拘置支所は五階建てで、通りに面した窓にはすべて曇りガラスがはめ込まれ、中から外の様子は見えないようになっていた。

本来なら法廷に慣れるために、公判前整理手続にも被告人が出席する方が望ましいが、本人にはその気持ちがまったくない。

結局、明日香が公判前整理手続に出席することは一度もなかった。最初に黎明法律事務所を訪れた時の面影は見る影もなく、健康的な食事と運動不足のせいなのか、ふっくらとした体形というより明らかに肥満体形に変わっていた。

「公判前整理手続がすべて終了した」

「すぐに裁判が始まるの」

明日香があくびを噛み殺しながら聞いてくる。

「裁判所は今頃、裁判員の選定に入っていると思う」

裁判員に通知し、六人が選ばれるまでには二ヶ月くらいがかかる。

「初公判は来年一月くらいということね」

「おそらく三月には判決公判が開かれるだろう」

「それまでの命かな」

明日香は面会室の強化ガラス越しに探るような目で真行寺を見ている。

「多分そうなるだろうな」

真行寺は感情のこもらない事務的な口調で、突き放すように答えた。

「そうかあ、私、死刑になるんだ」

明日香も驚くでもなく、他人事のような反応だ。

「それでさ、借家の方はどうなった」

死刑判決の話をそれ以上したくないのか、借家の解約が順調に進んだかを明日香は心配した。

「解約は先方も望んでいたようで、問題なく処理できた」

「家具や冷蔵庫とか、テレビはどうなったの」

「専門業者に頼み、貸倉庫にすべて保管してある」

明日香は安堵したように微かな笑みを浮かべた。死刑になるのを覚悟しているかと思う一方で、家の中にあった荷物をしきりに気にしている。

「パソコンは警察に押収されて家になかった」

「パソコンまで持っていっちゃうんだ、警察は」

警察は明日香のメールはもちろんのこと、アクセスの履歴も徹底的に解析していた。

「パソコンとか、スマホがないと、今はソープの売上にも影響するからね」

パソコンやスマホを使って、明日香はハイソサエティのHPに書き込みをしていた。顔を出さずに、明日香は自分の裸体の一部をHPに掲載し、定期的に写真を変えていた。また、明日香を指名してくれた客が帰ると、指名してくれたことに感謝していると謝辞をアップし、楽しい時間を過ごせたと感想を数行書き込んでいた。指名客も明日香の書き込みをフォローし、その後につづけて明日香のサービスに感激したなどと書き込んだ。こうしたやりとりがリピーターの確保につながり、さらに新規顧客の開拓にもつながっていたようだ。

その他に、明日香は芸能情報に関心があるのか、インターネット上に流れている芸能人のニュースを見たり、ユーチューブで音楽を聞いたりしていたようだ。

「ここではテレビが見られないのがつらいよ」

裁判が目前に迫っているというのに、明日香はいまだに自分が置かれている状況を認識していない。

「俺なりに全力を尽くす。前にも言ったが、俺の弁護方針に絶対に口を挟むな。いいな」

真行寺は冷徹な声で言った。

「わかっているって。総長にすべて任せるよ。どんな判決が出ても文句言わないから安心してよ」

真行寺は弁護方針も告げることなく、面会室を出た。被告人本人が自分の防御に熱心でない以上、真行寺は自分で考えた弁護方針を法廷で貫くしかない。もう一人の弁護人、大月寛にも相談したが、真行寺の弁護に全面的に協力すると言ってくれた。

大鷹明日香が住んでいた借家の解約手続きは、明日香に委任状を書かせ、手続きは真行寺が進めた。解約手続きが終了し、荷物の運び出しには、愛乃斗羅武琉興信所のスタッフのユーコが立ち会って行われた。

電気、ガスは解約手続きが行われず、基本料金は明日香の口座から引き落としになり、電気もガスも止められることはなかった。

24型の録画機能内蔵型のテレビが部屋の隅に置かれていた。スタンバイを知らせる赤いランプが点いたままになっていたらしい。それがたまたまユーコの目に留まった。ユーコは電源を切るために、リモコンスイッチを探した。

ソファの上に転がっていたリモコンスイッチを手に取って、スイッチをONにした。すぐに録画リストの画面が映し出された。明日香は録画予約を設定していたようだ。録画されていた番組は、ワイドショー番組ばかりだった。部屋にあったテレビは、愛乃斗羅武琉興信所が尾行に使用する軽乗用車の後部座席にも十分納まるサイズだった。

ユーコは運送業者に言った。

「このテレビだけは、私が運ぶからこのままにしておいて」

その他の荷物は、トラックに積み込まれ、レンタル倉庫に業者が搬送した。黎明法律事務所からもそれほど遠くない八王子市高尾にあるレンタル倉庫に、明日香の荷物すべてが搬入された。レンタル倉庫の鍵を持って、ユーコが吉祥寺にある愛乃斗羅武琉興信所に戻ってきた。

ユーコは明日香の家から持ち出したテレビを事務所に運び入れた。

代表の野村悦子は自分の机でキーボードを叩いていた。モニター画面を見ながら、

「お疲れ様でした」とユーコに声をかけた。

ユーコはテレビを両手で重そうに抱えて野村の机に置いた。モニター画面の横にテレビを置かれた野村は、驚いてユーコの顔を見上げた。

「どうしたのよ、このテレビ」

「大鷹明日香の家にあったテレビを持ってきました」

ユーコは自助グループの中で覚せい剤依存症を克服した経験を持つスタッフだ。時々、野村にも予測不可能な突拍子もない行動を取ることがある。

「どうする気よ、被告人のテレビを持ち出してきて……」

ユーコは野村の声が聞こえていない様子で、空いているコンセントを探している。野村のパソコンを接続している電源タップに一つ空いているコンセントがあった。そこにテレビのプラグを差し込んだ。

「これって、真行寺先生に見てもらった方がいいと思って、テレビだけ持ってきました」

テレビは映ったが、アンテナに接続していないため砂嵐のような画面だ。ユーコがリモコンを操作して、録画リストの画面を映し出した。リストには録画日時、テレビ番組名が記されている。全部で十六番組が録画されている。

「日付を見てください。大鷹明日香が逮捕された翌日の番組まで録画されているんですよ」

二〇一五年七月から翌年一月までの間に放送された番組ばかりだ。ユーコは野村の入力中の仕事など無視して、番組を再生しはじめた。

十六もある番組を一つひとつ見ている時間の余裕はない。その点は、ユーコも心得たものだ。

「そんなに手間は取らせません」

ユーコはリモコンを操作しながら最初の番組を再生した。大手プロダクションと民放テレビが共催する国民的美少女コンテストという新人スカウト番組で、優勝した少女が映し出されている。タレントはまだ中学三年生の渋谷未希だった。最初の録画はまだあどけない少女が、優勝の感激を語っている様子を伝えるものだった。

ユーコは残りの十五の番組をすべて画面に映し出した。早送りにし、その少女が映し出された映像だけを、ユーコは再生し野村に見せた。国民的美少女コンテストの優勝者が登場する番組を、明日香は録画していた。

野村にもユーコがテレビを持ち込んだ理由がわかった。

「すぐＤＶＤに複写してくれるかしら」

ユーコに番組のコピーを作成するように頼んだ。ＤＶＤにすべての録画番組がコピーされると、それを受け取り、野村は立川に向かった。一刻も早くＤＶＤを真行寺に見せる必要があった。

事務局の三枝はすでに帰宅していた。真行寺もそろそろ帰宅しようと思っていた頃だった。愛乃斗羅武琉興信所の野村代表から連絡が入った。

「今、そっちへ向かっている」

真行寺は近くの寿司屋で食事をしようと誘ったが、事務所で見せたいものがあると、誘いを断ってきた。

電話から三十分もしないで、野村が到着した。事務所に入るなり、野村からＤＶＤを手渡された。

「あなたが小宮礼子さんから聞いたという、動物愛護センターで被告人がフレディーをもらい受ける時の話、覚えているでしょう」

「ああ、覚えている。警戒心の強いフレディーが明日香の膝の上に乗ったという話だろう」

「そう。それで明日香が泣いたって、小宮さんが言ってたあの話なんだけど……」

そう言いながら、野村はＤＶＤを再生するように促した。

「本羽田の借家に残されていた彼女のテレビに録画されていた番組をコピーしてきた。

ユーコの直感も最近は鋭くて、時々怖くなるくらいだわ」

真行寺はパソコンにＤＶＤを挿入し、再生した。渋谷未希の録画番組は十六本だが、彼女が出演しているのは、どの番組も二分から五分程度だった。

国民的美少女コンテストの歴代優勝者は歌手になったり、女優になったりして、歌謡界、映画界で活躍している。その活躍が渋谷未希にも約束されたようなものだ。野村も三枝の机から椅子を引き出してきて、真行寺と一緒にモニターを見つめていた。

渋谷未希の名前を目にするのはそれが初めてではなかった。真行寺は押収された大鷹明日香のパソコンとスマホの検索履歴、アクセス履歴の開示を請求し、検察側はそれらを提出していた。明日香はさかんに渋谷未希の情報を収集していた。

モニター画面の渋谷未希は泣きながら優勝の感激を語っていた。応募総数は二万人を超えていた。その中から選ばれ、栄冠を手にしていた。応募動機を聞かれ、涙を拭いながら答える渋谷未希を見た瞬間、真行寺は目の前に雷が落ちたような衝撃を受けた。

渋谷未希は今没頭していることを尋ねられた。インタビュアーは、憧れている歌手のライブに行ったり、歌のレッスンを受けたりといったコメントを期待していたようだが、彼女の答えは違っていた。

世田谷区の動物愛護センターで、遺棄されたり、飼育放棄されたりした犬や猫を保護し、飼育してくれる保護者を探すボランティア活動と答えた。

録画された最初の五本は、民放各社の取材に応じた優勝した時のものだった。残りの十一本はその後の活動を伝えるもので、すべてを見るのに一時間ほどかかった。

「被告人がこれだけ渋谷未希に夢中になるのは、ただ単にファンというだけではなさそうだけど……」

野村が話しかけてくるが、真行寺の意識の中に入り込んではいない。

「もう一度、小宮礼子に会う必要があるな」

真行寺はひとりごとのように呟く。

「公判前整理手続が終わる前に手を打たないとまずいでしょう」

野村のひときわ大きな声にハッとしたように、

「そうなんだ。すでに検察側、弁護側の証人申請の段階に入っているんだ」

真行寺が答えた。

録画番組を見た翌日、真行寺は野村と一緒に小宮礼子を訪ねた。大田区久が原にある三階建ての家だ。前回は彼女の部屋で真行寺と二人きりで話をしたが、今回は両親も同席してもらうように伝えた。

十月に入り、急に秋めいてきた。午後八時に真行寺は野村とともに小宮を訪ねた。小宮礼子が二人を玄関で出迎え、応接室に案内された。すでに夕飯をすませ、両親が応接室で二人の到着を待っていた。

小宮が真ん中に座り、両脇に両親がソファにゆったりと腰を沈めた。小宮礼子の膝の上にフレディーがすぐに乗った。家族にかわいがられているのが伝わってくる。三人にさし向かいで、真行寺と野村が座った。

真行寺が野村を紹介し、愛乃斗羅武琉興信所の野村代表とスタッフに、大鷹明日香の生い立ちを調査してもらっていると告げた。

「今日、ここに上がったのは二つの理由があります」

真行寺は公判前整理手続が大詰めを迎え、検察側、弁護側の証人申請をする段階に入っていると伝えた。

「私としては、フレディーにまつわる話を礼子さんに証言してもらいたいと思っています。裁判所が証人として認めてくれるかどうかはまだわかりませんが、認められた時は、証言台に立っていただけるでしょうか」

父親も母親も、真ん中に座る礼子に視線を向けた。

「明日香さんが大田区の保健所に来られてから、愛護センターに来てフレディーをもらっていくまでのお話でいいのなら、証言台に立ちます」

「すでにご承知かと思いますが、被告人は保険金目的で父親と夫を殺したと多くのマスコミが報道しています。証言することで、礼子さんを中傷する連中がいないとも限りません」

　証言後に予想されることについて説明した。

「私は証言台に立ちます」

　小宮礼子は毅然として答えた。

「多少の波風は立つかもしれませんが、礼子が立つと言うのであれば、私たちは礼子の意志を尊重します」

　本人が証言台に立つと言っても、親の立場になれば躊躇《ためら》っても決して不自然ではない。しかし、小宮礼子は大学生だが、すでに成人に達している。両親は礼子を信頼し、娘の決断を尊重しているのだろう。真行寺は三人に深々と頭を下げた。

「もう一つのお願いは、渋谷未希さんに取り次いでほしいのですが……」

　小宮礼子が訝る表情を浮かべている。

「驚かれるのも無理ありません」

　真行寺が渋谷未希と会ってみたいと、何故思うようになったのか。大鷹明日香が録画した番組の中で、渋谷未希は国民的美少女コンテストに応募した理由を詳細に語っていた。そのことについて本人から確認したい事項があるので、渋谷未希と面会したいと理由を告げた。

「未希は世田谷区の動物愛護センターに所属しています。隣接する大田区と共同で、キャンペーン活動をしたり、譲渡会を開催したりしていますが、未希と明日香さんには接点はなかったと思いますが……」

小宮礼子の抱く疑問はその通りだ。二人には接点はないかもしれない。

「そのことも含めて渋谷未希本人から聞いてみたいと思っています」

真行寺の真剣な眼差しに、「本人に確認してからでよろしいでしょうか」と小宮が言った。

「是非お願いします」

一時間ほど小宮の家に滞在し、二人は引き揚げた。

翌朝午前十時ちょうどに、真行寺は立川の黎明法律事務所に入った。すでに三枝が事務所の清掃をすませていた。

「さきほど小宮礼子さんという方から電話がありました。十時過ぎにもう一度電話が入ると思います……」

言い終わる前に電話が鳴り、三枝が受話器を取った。小宮礼子からだった。

真行寺は昨晩の礼を述べた。

「未希の件ですが、本人は真行寺さんと会いたいと言っています。でも国民的美少女コンテストに優勝してからは、堀坂芸能プロダクションの所属になっているので、一応事務所の確認を取るとのことでした」

　小宮からの連絡を受けてから三時間ほど経過した頃だった。近くのレストランで昼食を終えて戻ると、堀坂芸能プロダクションの堀坂光太郎から電話が入った。堀坂はプロダクションの創立者で、堀坂芸能プロダクションを六〇年代後半に立ち上げ、芸能界屈指のプロダクションに育て上げた。

　その堀坂が真行寺に直接電話をかけてきた。七十歳を過ぎているはずだが、年齢を感じさせない張りのある声だ。

「渋谷未希から連絡が入り、およそのことは聞きました。詳しい話を、本人とご両親を交えてしたいと思うので、弊社までご足労ですが、来ていただけるでしょうか」

　真行寺は二つ返事で了承した。堀坂はすでに両親の都合も聞いていて、会える日を三つ挙げた。一つ目は翌日午後六時だった。

「明日にしましょう」

　真行寺は、残りの二つの日程を聞かずに会う日を決めた。

13　証人

堀坂芸能プロダクションは、港区六本木に自社ビルをかまえている。真行寺は午後六時十分前には堀坂芸能プロダクションに着いていた。受付で名刺を差し出すと、受付の一人が出てきて、エレベーターホールまで導いた。

空いているエレベーターに乗り、最上階の九階のボタンを押した。

「社長室で皆さんお待ちになっています」

と告げてエレベーターを降りた。

九階に着くと、エレベーターホールには秘書と思われる女性が、真行寺を待っていた。

最上階はすべて社長用のスペースのようで、窓際に机が置かれ、その前にはコの字型に黒革のソファが設えてあった。

「真行寺先生がご到着になりました」

秘書が社長室に案内した。

「どうぞ、こちらに」

と堀坂がソファに座るように勧めた。センターテーブルを挟んで向かい合うように、渋谷未希とその両親が緊張した面持ちで座っていた。

　堀坂は七十代半ばといったところだろうか。スーツには皺ひとつなく、真っ白なワイシャツにブルー系統の年齢の割には派手なネクタイを締めていた。

　真行寺が名刺を渡すと、ソファから立ち上がろうとした。すぐに秘書が机の上から老眼鏡と名刺を一枚取り、堀坂に渡した。堀坂は今では珍しくなったべっ甲縁の眼鏡をはずし、手渡された老眼鏡に掛け直し、自分の名刺を真行寺に渡した。

「立川の方に事務所があるんですね」

　真行寺の名刺に目を落としながら聞いた。

「東京地裁立川支部に近いところがいいと思いまして、それで立川に事務所を持ちました」

　そう答えながら、渋谷未希の父親にも名刺を渡した。渋谷未希の父親も、「よろしくお願いします」と挨拶しながら、胸のポケットから名刺入れを取り出し、一枚を引き抜いて、真行寺に渡した。名刺には、「長谷川フーズ代表　長谷川一郎」と記されている。長谷川フーズは都内に居酒屋五店舗と、フレンチの高級レストラン二店舗を経営している。その隣にいるのが母親のリエで、渋谷未希は母親に寄り添うように座っている。

　父親の長谷川一郎も母親リエもまだ四十代後半といった印象だ。

「渋谷未希というのは芸名なのでしょうか」真行寺が長谷川の名刺に視線を落としながら聞いた。

「両方とも私の本当の名前です」

渋谷未希が真行寺の目を見つめながら言った。性格の強さを感じさせる視線だった。未希は袖口にレースの刺繍がほどこされた白のカットソー、濃紺のスカートに淡いピンクのパンプスという姿で、十代のファッション誌から、モデルが飛び出してきたような印象を受ける。

「それでは真行寺先生にはわからないでしょう」

母親がそうたしなめながらつづけた。

「私どもの話をさせていただく前に、真行寺先生が担当されている大鷹明日香さんについて、お話を聞かせていただけますか」

母親が渋谷未希の手を握りながら言った。

真行寺は小宮礼子から聞いた、大鷹明日香がフレディーをもらい受けるまでの話と、逮捕後、愛乃斗羅武琉興信所の調査によって判明した大鷹明日香の生い立ち、そして、明日香のテレビには渋谷未希が出演した番組が録画されていた事実を詳細に語った。

さらに赤城女子少年院に収監されていた頃の友人や、法務省の教官から聞いた話も、口外しないという約束で、真行寺はすべてを説明した。

「私も録画された番組を見ました。それで渋谷未希さんご本人に直接確かめたいと思う事実が浮かび上がってきました」

真行寺の話を聞き、長谷川一郎、リエ夫妻は、渋谷未希が国民的美少女コンテストに応募するまでを語った。話し合いは一時間ほどつづいた。

検察側の証人申請は六人だった。

篠原雅宏は捜査に当たった神奈川県警捜査一課の刑事だ。

池上正吾は、ホストクラブでマサトを名乗り、大鷹明日香に頼まれて、扇島W公園近くの海から海水をくみ上げ、本羽田にある明日香の家まで運んでいる。

杉並高志は浴槽で溺死した大鷹寿美夫の子分だ。大鷹は殺される直前の状況を、それとなく杉並に漏らしていた。

大鷹峰子は寿美夫の母親で、検察側は遺族感情を母親に語らせるつもりなのだろう。

上塚修は、Y大学医学部の教授で、大鷹寿美夫の司法解剖にあたった。

南兆一はK大学医学部教授で、小山田秀一の死について鑑定し、意見書を書いている。

すでに開示した証拠と、裁判員の前でこれらの証人が事実を証言すれば、秋元は大鷹明日香には死刑判決が下るだろうと、自信に満ちた表情をしている。松下、野木の二人も、誇らしげな秋元をまぶしそうに見つめている。

「神奈川県警一課の篠原刑事の証人請求については、弁護側としてはいかがですか」

三角裁判長が、静かな口調で聞いてくる。

争点はほぼ明確になった。

大鷹明日香が二人を殺害したという事実については、弁護側は争うつもりはない。否認するのは、保険金詐取という殺害の動機だけである。

「しかるべく」真行寺が答えた。

「では、次にホストクラブ勤務の通称マサトこと、池上正吾はどうされますか」

検察側はマサトを使って海水を運ばせ、夫殺害をかなり前から計画的に進めていた事実を明らかにするつもりなのだろう。

「しかるべく」

「次に杉並高志ですが、供述書のみというわけにはいきませんか」

三角裁判長は秋元に視線をやった。

供述書によると、大鷹寿美夫は殺されるかもしれないと、杉並に口走っている。やはり大鷹明日香の殺意を強く裁判員に印象付けたいという秋元の思惑なのだろう。

裁判の長期化を避けたい裁判所としては、供述調書のみで、法廷での証言を省略したいと考えているのだろう。

「杉並高志は、大鷹寿美夫の手足となって動いていた男で、殺される直前まで被害者のそばにいて、被害者の言動を最もよく知る男です。これまでの杉並の証言には、被告人の計画性、犯行の残虐性をうかがわせるものがあります。犯行の態様をより正確に知ってもらうためにも、証言は必要かと思っています」

三角は表情一つ変えずに、今度は真行寺に視線を向けた。

「弁護人はいかがですか」

大鷹寿美夫の手下をしていたという杉並だ。まっとうな仕事に就いているはずがない。覚せい剤の売人をしていた大鷹の前科を考えれば、杉並自身が叩けばホコリ組で、覚せい剤取締法違反、あるいは使用で前科があるかもしれない。

脛に傷を持っていれば、川崎臨港警察署の意向に沿った証言をしてくる可能性が十分に考えられる。しかし、真行寺は検察側の杉並高志の証人申請に異論は唱えなかった。

「しかるべく」

「では、杉並高志氏は証人としてお呼びすることにしましょう。で、次は被害者の母親、大鷹峰子ですが、やはり証言してもらう必要がありますか」

三角裁判長の婉曲な言い回しから、被害者の母親の証言はそれほど重要視していないという姿勢が垣間見えた。

供述調書には、一人息子を殺された母親の悔しさを大鷹峰子は縷々語っている。その一方で、小山田秀一死亡によって得た保険金、あるいは大鷹寿美夫死亡によって支払われる保険金は、慰謝料として自分が受け取るべきだという旨の供述もしているのだ。

「被害者の遺族感情を知る上で、母親の証言も必要ではないかと」

秋元はそう答えたが、大鷹峰子の証言にそれほどこだわってはいない。

「大鷹寿美夫殺害の事実については弁護側も争ってはいません。供述書のみで、証言の予定から外そう思いますが、どうですか」

「わかりました」

秋元はすぐに同意した。最初からそのつもりだったのだろう。長期化を避けたいと考える裁判所にも配慮しているという姿勢を、裁判官に示した格好になる。

上塚修教授の証言は裁判所も重要と考えている。

上塚医師はY大学医学部の教授でもあり、大鷹寿美夫の司法解剖にあたった。大鷹の死因は溺死であり、肺の中から検出されたのが海水だったこと、その海水が扇島W公園近くの海水と同一だったという事実を突き止めている。

上塚が優れているのはそれだけではなかった。被害者の肺に緑がかった色素がこびりついているのを発見し、それが入浴剤の成分だと看破った。この鑑定書によって、被害者は溺死だが、犯行現場は自宅の浴槽だと判明したのだ。

三角も鑑定書作成の医師の証言は重要と考えているのだろう。

「弁護人は何かご意見はありますか」

「しかるべく」真行寺も証人として呼ぶことに同意した。

上塚医師には反対尋問として、真行寺も聞いてみたいことがあった。

検察側はもう一人証人を申請していた。南兆一K大学医学部教授だ。南教授は、事故死したと思われる小山田秀一の死について意見書を書いている。南教授の意見書を元に、小山田秀一の直接の死因は、交通事故による死亡ではなく、「丸型の鈍器」による頭部打撃によって、事故の前には死亡している可能性が高いと判断していた。

南教授については、弁護側も証人として申請をしている。

「南教授にも裁判所に来てもらい、証言してもらうということでよろしいですね」

三角が秋元、真行寺双方から確認を取った。

真行寺が申請した証人は八人と、検察側より多い。

高崎美由紀には、父親死亡によって大鷹明日香が得た五千万円の保険金の使途について証言させるつもりだ。検察側はホストクラブで浪費してしまい、味をしめたので夫殺しを画策し、実行に移したと主張している。

大矢直子には赤城女子少年院時代の大鷹明日香について証言してもらう予定だ。彼女からは中島真弓がそれとなく呟いた話を法廷で引き出したい。

M児童養護施設の職員だった小池淑子にも証言台に立ってほしかったが、結局、彼女の協力は得られなかった。しかし、供述した内容を裁判所に提出することには同意してくれた。供述書は裁判所に採用されている。

N児童自立支援施設の教員石塚からは、当時を知る山根麻子を紹介してもらった。山根は証言台に立つことに同意し、他の女子入所者がある男性職員からの性的虐待に遭うのを防ぐために、明日香が盾になっていた事実を語らせるつもりだ。それだけではない。種村泉講師の「命の授業」を受けた時の明日香についての証言も極めて重要なものになる。

当時は乳児院の看護師だった種村は、様々な施設や学校に呼ばれ、十代の性について赤裸々な講演を行っていた。渋谷区にあるC乳児院の副院長を最後に定年退職した。最近の明日香について証言してもらうのは大田区動物愛護センターの小宮礼子だ。被告人は父や夫を殺し、冷酷非情で身勝手な女と思われているが、まったく違う一面があることを小宮は証言台で訴えてくれるはずだ。

もう一人は世田谷区動物愛護センターのボランティア長谷川未希だ。長谷川未希は国民的美少女コンテストで優勝した少女で、渋谷未希は芸名なのだ。この芸名には彼女の特別な思いが込められている。

高崎美由紀、大矢直子、山根麻子、種村泉には、明日香の生い立ちや人間性を証言してもらい、情状酌量につながる証言を引き出すのと当時に、明日香には更生の余地が十分にあると、裁判員に印象付けたいというのが真行寺の考えだ。

しかし、そのためには明日香の家から持ち出したすべての荷物を倉庫から引き出し、あるモノを発見しなければならない。明日香本人にありかを聞くことはできない。それを尋ねれば、裁判で明日香はすべての証言を拒否し、黙秘するのは明らかだ。

南兆一K大学医学部教授は検察側も証人申請しているが、弁護側も証人申請した。そしてもう一人、大鷹明日香が父親の小山田秀一を乗せて起こした事故の捜査にあたった神奈川県警交通部交通捜査課の籠山創だ。籠山の報告書からは、小山田秀一が「丸型の鈍器」で殴打されたなどという記述は見られない。二人からは、明日香が本当に父親を殴打したのかどうか、見解が分かれている事実を裁判員に突きつけられると考えている。

「弁護側の証人申請は八人ですか」

三角裁判長は人数の多さに表情を曇らせている。

「人数は多いですが、短い場合は十分程度で終わります。どんに長くなっても三十分程度を予定し、それより長くなるということはありません」

真行寺は先手を取るように言った。

「高崎美由紀さんは被告人と同じ職場ですね」

三角が確認するように真行寺に聞いた。

「そうです。この証人には、職場での被告人の人間性と、詐取したとされる保険金の使途について証言してもらいます」

「検察官はご意見は何かありますか」

「いいえ」三角が即答した。

検察側も高崎から被告人が派手にホストクラブで金を使っていた様子を証言させたいと思うはずだ。

「被告人の赤城女子少年院時代を知る大矢直子、それからN児童自立支援施設の友人、山根麻子、同施設で講演をした種村泉の三人ですが、いずれも供述書が証拠として提出され、検察側も同意されています。さらにM児童養護施設の元職員、小池淑子の供述書も同様です。証言台に立つ方を絞り込めないのでしょうか」

三角裁判長の疑問も当然だ。しかし、弁護側としてはどの証人も証言台に立ってもらわなければならない理由がある。

「被告人の人格形成がどのように行われてきたのかを知る上で、三人とも証言台に立っていただきたいと考えています」

「検察官はいかがですか」

三角が秋元の意見を尋ねた。三角は秋元が異議を唱えるのを期待していたのかもしれない。

「弁護人の方から、短い時間で終わるとの発言もございましたので、検察側としては異議はありません」

「そうですか」

三角の声には弱い落胆がこもっている。

被告人の生い立ちに同情すべき点があり、犯行の責任を一人明日香に負わせるには過酷ではないのかと、裁判員に訴えるのが真行寺の方針だと、秋元も考えるだろう。検察側がそう考えているのは明らかで、小宮礼子、長谷川未希の証人にも同意した。

南兆一K大学医学部教授、神奈川県警交通部交通捜査課の籠山創については、自動車事故の前に殺人が行われていたかどうかを、裁判員が判断する重要な証言になる。

三角からも秋元からも、何の意見も出てはこなかった。

十月から十一月にかけて頻繁に開かれた公判前整理手続を経て、検察側、弁護側の証人が決定した。

大鷹明日香の荷物は高尾山の麓にある南浅川町のレンタル倉庫に納められている。近くに首都圏中央連絡自動車道の高尾インターがある。引越業者に輸送を依頼したため、ベッドや冷蔵庫などの大きな家具、電化製品以外はすべて段ボール箱にしまわれている。中に何が入っているかは、開けてみるまでわからない状態だ。

最初はユーコ一人で倉庫に行ってもらった。倉庫は海上輸送用の二〇フィートコンテナで、ドアを開いたところから奥までぎっしりと段ボールで埋め尽くされていたようだ。さすがのユーコも、五箱開いただけで吉祥寺に引き揚げてきたらしい。それほど身長の高くないユーコは上の方に積まれた箱を下ろすだけで一苦労だ。

「アルバイトの男の子を雇ってもらわないと、私の事務所だけでは探すのは無理よ」

野村代表がそう伝えてきた。しかし、外部の人間にその仕事を手伝わせるわけにはいかない。

大月寛弁護士に相談すると、司法試験を目指している大学の後輩を呼んでくると言ってくれた。秋晴れの穏やかな日曜日を選び、日当一万円で、体力のありそうな学生を五人呼んでもらうことにした。アルバイトの学生には、段ボールをすべて外に運び出してもらい空き地に並べてもらった。

中身は、真行寺、三枝、大月弁護士、そして愛乃斗羅武琉興信所のスタッフ七人、総勢十人で調べた。

調べた段ボール箱はガムテープで封印され、コンテナに再び収納された。

高尾山の麓ということで、都内の気温より二、三度低いが、一時間もすると全員汗だくになっていた。

「さすがの真行寺先生でも、こればっかりは本人に確かめるのは難しいですね」

大月弁護士が汗を拭いながら言った。

「それができればベストですが……」

真行寺は歯切れの悪い返事を返した。

「発見できれば、被告人の死刑判決が回避できるんですよね」

ユーコは下着の入った箱を開け、ブラジャー、パンティーを一枚一枚、手で振りながら確かめている。

段ボールには一つの引き出しに入っていたものは、なるべく同じ箱に詰めるように引越業者には指示を出しておいた。明日香はそれほど整理整頓が得意ではないのか、化粧品や洗面道具と一緒に薬が入っている箱があったり、料理のレシピ本と同じ箱に靴下が入っていたりで、探す方は神経を使った。

近くにレストランはなく、愛乃斗羅武琉興信所のスタッフが、来る時に見かけたコンビニで弁当と飲み物を大量に購入してきた。昼休みは三十分程度で仕事を再開した。全部の箱、タンス、ロッカー、そして炊飯器の釜、トースターの中まで、倉庫の中にあるすべての中身を調べ終わったのは午後四時少し前だった。

結局、目当てのモノは見つからなかった。

「先生、どうしますか」

大月弁護士が途方にくれた様子で聞いてきた。しかし、真行寺にも次に打つべき手が見つからない。

「あなたの推理が正しいと仮定してよ、結構知能指数の高い被告人が、探せば見つかるようなところに保管しておくかしら」

野村の言う通りだが、どこにあるのかまったくわからない以上、手始めに引越荷物から手を付けていくしかないのだ。

保険金の残り四千万円も、夫の名前でネットバンキングに口座を開き、ユーザーID、ログインパスワードも独自の方法で記憶していた。

類型証拠開示請求ですべての銀行口座とその口座の出入金を請求した。明日香が開設した夫名義のR銀行の口座は含まれていなかった。保険金の流れすべてを検察側が把握しているわけではない。

「やっかいな被告人だわねえ」

黎明法律事務所の三枚もいささか呆れ返っている様子だ。

最悪の場合は、発見できないまま初公判が始まってしまうことも考えられる。

しかし、死刑判決を回避するには、父親の殺人が無理心中を図ろうとした結果だったと訴えるだけでは弱すぎる。明日香が生き残ったのは偶然だったのかもしれないが、本気で自殺する気だったのなら、父親の後を追って自殺するはずと、裁判員は考える。それなのに自殺どころか、明日香は保険金でホストクラブに通い、自堕落な生活をつづけていた。保険金を遊興費にあてていた事実に、ほとんどの裁判員は反感を抱くだろう。

明日香本人は否定しているが、「丸型の鈍器」で殴打したという検察側の主張を、凶器が発見されていないからと言って、根拠のない想像だと一蹴するわけにもいかない。南兆一教授は法医学の権威として知られている。

死刑判決を回避するためには、二人の殺人の動機を保険金目的ではないと立証するしかないのだ。そのためにはどうしても、明日香の荷物からそれが証明できるモノを発見するしかないのだ。

14　初公判

二〇一七年一月二十四日午前九時五十分に初公判が開かれる。晴れていたが気温は低い。真行寺は車で横浜地裁に行くのは避けた。立川から八王子に出て、横浜線で関内に向かった。大月弁護士も都内のマンションから直接横浜地裁に赴くようだ。

事件名は「殺人未遂等　事件番号平成二九年（わ）第一××号」で、横浜地裁四〇四号法廷で開かれる。

世間の注目をあびている裁判で、初公判の傍聴者は抽選で選ばれた。朝早くから横浜地裁前には列ができていた。真行寺は九時四十分には法廷に入った。五十人ほどの傍聴席はすでに埋まり、記者席でもノートを手にした記者が開廷するのを待っている。

書記官が席に着いた。真行寺は正面に向かって右側の弁護人席に座った。机の上にはモニターが設置され、正面の裁判官、裁判員席にもモニターが並んでいる。実況検分の写真、事故現場の見取り図など、裁判員にわかりやすく映像で状況を把握してもらい、審議を効率的に進めるための設備だ。真行寺が書類を机の上に並べていると、大月弁護士も到着した。

開廷五分前に左側の検察官席に、秋元、松下、野木の三人の検察官が着席した。地裁の隣の建物が検察庁で、彼らは書類を風呂敷に包んで入廷した。

弁護人席、検察官席の背後の壁には、ひときわ高い位置に傍聴席からも見えるように大型モニターがかけられていた。

開廷三分前になると、手錠をはめられ、腰紐を結ばれた大鷹明日香が、二人の刑務官に付き添われて法廷に入ってきた。大鷹明日香は真行寺に軽く会釈すると、弁護人席の前の茶色の長椅子に座り開廷を待った。

開廷一分前になり、刑務官が手錠を外し、腰紐を解いた。真っ正面の扉が開き、裁判長と二人の裁判官、六人の裁判員、三人の補充裁判員が入廷した。

「ご起立ください」書記官が告げた。

一段高い壇上に、三角裁判長が真ん中に座り、左側に堀井理代子、右側に小金井誠の陪席裁判官が席に着いた。裁判官席の左端から一番裁判員の順に三番裁判員までが着席し、三人の裁判官を間に挟んで、さらに四番から六番までの裁判員が席に着いた。裁判員の後ろに、二人と一人に分かれて補充裁判員が座った。

一番裁判員は四十代の男性で、見るからにビジネスマンといった雰囲気で、濃紺のスーツに、やはりブルーのストライプの入ったネクタイを締めている。二番裁判員は二十代後半から三十代前半といった印象の女性で、グレーのセーターにやはりスーツを着込み、法廷を意識しているのか、化粧はまったくしていないように見える。長い髪も後ろで束ねているだけだ。三番裁判員は六十代の髪の薄い小柄の男性だった。

　四番は五十代男性で、サラリーマンといった雰囲気はなく、Tシャツの上から黒いセーターを着込み、その上にブレザーを羽織っていた。今では少なくなってしまった町の商店街だが、下町にはまだ見られる鮮魚店の威勢のいい店主のような雰囲気を醸し出している。五番は二十代の男性で、パーカーを着て着席した。大学のキャンパスを歩いていそうな童顔の裁判員だった。六番裁判員も二十代のように見えるが、左手薬指にリングがはめられている。気の強さが、吊り上がった眉に出ているように感じられる。

「それではこれから大鷹明日香に対する殺人及び死体遺棄、詐欺罪について審理を開始します。被告人は前に出て証言台に立ってください」

　明日香は重い荷物でも背負っているかのように、ゆっくりとした調子で立ち上がり、証言台の前に立った。起立の姿勢を取っているが、左肩が少し落ち、睨みつけるように裁判長を見据えた。明日香はグレーのスウェットパーカーと揃いのパンツといった格好で、履いていたのはサンダルだった。髪も櫛を入れていないのか乱れていて、裁判員に与える印象は決してよくはない。

「被告人の名前は」三角裁判長が法廷内に通る声で聞いた。

「大鷹明日香」姿勢は相変わらず左の肩がさがり、首も少し左に傾げている。

初公判は型通りの人定質問から入っていった。

「職業は」

「サービス業」

ぶっきらぼうで不貞腐れているとしか感じられない口調だ。

「本籍地は」

「埼玉県上尾市本町×××番地」

三角は表情一つ変えずにつづけた。

「それでは現住所は」

「大田区本羽田◯─▽─×」

真行寺は検察官席の秋元に時々視線を向けた。分厚い三冊のファイルがあり、秋元はそれを開き、目を通している。明日香の人定質問などまったく聞いていないふうだ。

裁判長の人定質問が終わり、明日香が弁護人席の前の被告人席に戻った。

「では検察官、起訴状の朗読を」三角裁判長が促した。

秋元は席から立ち上がり、一番裁判員から六番裁判員一人ひとりに視線を送りながら、落ち着き払った口調で言った。

「被告人の大鷹明日香は、父親の小山田秀一、そして夫の大鷹寿美夫の二人を殺害しています。最初に小山田秀一殺害が行われ、次に大鷹寿美夫事件が起きています。検察官としては、便宜的に小山田秀一を第一殺人、大鷹寿美夫を第二殺人として、これからの法廷で事実を明らかにしていこうと考えています」

こう切り出してから起訴状の朗読を始めた。

「公訴事実。二〇一五年八月一日午前一時頃、被告人が働いて得た金を競輪、競馬等に費やす父親の小山田秀一を殺害するべく、かねてから用意しておいた『丸型の鈍器』状のもので、小山田秀一の後頭部を渾身の力で殴りつけ、頭部から大量出血している被害者を、自宅駐車場に止めてあった軽乗用車のダイハツタントの助手席に乗せ、交通事故に見せかけて殺害すべく、自ら同車を運転して、首都高速一号線の大師インターから入り、四キロ先の浜川崎インターを目指して時速百十キロで走行した。

一方、被告人は衝撃に備えて通常より固くシートベルトを着用した。

助手席のリクライニングシートは倒し、小山田秀一にはシートベルトは着用させず、浜川崎インターの下り口が接近すると、被告人はさらに加速し、時速百二十キロ以上の高速度で、高速道路と一般道への分岐点に設置されているコンクリートブロックに、午前一時五十分頃、同車両の助手席前部を衝突させ、搬送先の川崎市G総合病院で、同日午前二時四十分頃、頭蓋骨陥没骨折、脳挫傷、急性くも膜下出血、脳内出血等によって死亡させて殺害したものである」

大鷹明日香は最初覚せい剤取締法違反で別件逮捕され、次に夫の大鷹寿美夫殺害容疑で再逮捕、さらに小山田秀一殺害で再再逮捕されている。しかし、秋元は裁判員によりわかりやすくするためだろう、最初に起きた小山田秀一殺害を先に朗読した。秋元の朗読がつづく。

「本件偽装事故により、被告人本人もろっ骨を折り、頭部に裂傷を受けるなどの重傷を負ったものの生命に異常はなく、同病院に入院加療中に、KM共済保険川崎支社とSS自動車保険川崎営業所に対し、被告人が『丸型の鈍器』で殴打、その結果瀕死の重傷を負った小山田秀一をダイハツタントに乗せ、同車両を故意に分岐点コンクリートブロックに衝突させるなどして殺害したものであるにもかかわらず、これを秘し、小山田秀一が不慮の交通事故によって死亡した旨の虚偽の申告をして、KM共済保険から二千万円、SS自動車保険から三千万円を詐取したものである」

第一殺人についての起訴朗読は終わった。秋元は静かに息を吸い込み、第二殺人についての朗読を再開した。死刑判決が予想されると、裁判が始まる前からマスコミで騒がれていた。六人の裁判員は検察官の朗読に全神経を集中している。傍聴席も静まりかえっている。

「次に第二殺人の大鷹寿美夫殺害について述べます。被告人は、小山田秀一の交通事故死によって、合計五千万円の保険金を得ることに成功したが、刑期を終えて出所したばかりの夫大鷹寿美夫に保険金取得を知られてしまい、夫から遊興費を要求されるようになった。このままではすべての保険金を奪われ、一生たかられると考えた被告人は、夫に保険金を掛けて殺害し、保険金を詐取する計画を考えた。

　被告人は、一向に働かない夫と離婚しようとはせずに、二〇一五年九月十五日、インターネット契約で死亡給付金五千万円のO社の生命保険に大鷹寿美夫を加入させている。

　大鷹寿美夫は神奈川県茅ケ崎市で生まれ育った。そのために唯一の趣味が釣りだった。被告人は小山田秀一を死亡させて得た保険金の一部で、中古のNV350キャラバンというワンボックスカーを購入して、殺害の準備を整えた。

　二〇一六年一月十八日、被告人はかねてから計画していた夫殺害を実行に移した。家の中にある食べ物、飲料水、酒類にハルシオンを混入させ、夕方起床してきた大鷹寿美夫に、ハルシオン入りの食事を与え、ハルシオン入りの飲料水、酒を飲ませ、浴槽で溺死させるべく、性交渉を持とうと風呂場に誘い出し、汗をかく夫にさらにハルシオン入りの飲料水を飲ませた。

　異常に気づき、朦朧とした状態で浴槽から出ようとする大鷹寿美夫の足を払い、浴槽に沈め、夫の胸の上にまたがるような格好で座り、大鷹寿美夫の上半身を湯に二十分程度つけたままにし、午後十一時頃に、自宅浴槽にて夫を溺水による窒息死のため死亡させたものである。

夫の死亡を確認すると、嘔吐物を処理するために浴槽の水を流し、夫を浴槽から引き上げ、着替えをさせ、ＮＶ３５０キャラバンに乗せると、予め決めておいた扇島Ｗ公園近くの進入禁止区域に入り、後部座席で横たわる寿美夫をそのまま海に遺棄したものである。

大鷹寿美夫死亡による保険金請求の書類を取り寄せている最中に、第二殺人が発覚し、保険金の詐取にまでには至らなかった。

罪名及び罰状、殺人罪刑法一九九条及び二〇三条、死体遺棄罪刑法一九〇条、詐欺罪刑法二四六条及び二五〇条、以上です」

起訴状朗読が終わり、秋元が席に戻った。

三角裁判長が被告人に改めて証言台に立つように促した。

「被告人は証言台に立ってください」

明日香はサンダルを引きずる音を立てながら証言台に立った。

三角裁判長が黙秘権の説明をする。

「これから被告人の陳述に入りますが、それに先立って注意をしておきたいことがあります。いいですか、よく聞いてください」

法廷での被告人の態度、素振りは三角にも不遜に映るのだろう。

「これから法廷で審議をしていきますが、被告人は裁判官や裁判員、あるいは検察官や弁護人から様々な陳述を求められます。被告人には黙秘権があります。

つまり言いたくないことは言わないでよいという権利です。証言しないからといって、被告人が不利に取り扱われるということはありません。しかし、ウソを証言していいという権利ではなく、述べるなら事実を証言しなければなりません。または証言した以上、被告人にとって有利、不利にかかわらず、証拠として採用されることがありますから、その点は心得ておいてください」

「はーい」明日香は裁判長を小馬鹿にしたような、相変わらず横柄な口のききかただ。

「今検察官が読み上げた起訴状について、被告人の意見はありますか」

「あるよ」とひとこと言ってから、「オヤジを鈍器でなんか殴っていないし、心中するつもりでコンクリートブロックに突っ込んでいっただけ。保険金だって、保険会社から人が来て、サインしろって言うからさ、サインしただけです。旦那の方は、何も言うことはありません」

「弁護人からご意見はありますか」三角裁判長が聞いた。

真行寺が立ち上がり、裁判長に向かって答えた。

「被告人本人の証言通り、小山田秀一殺害と詐欺については一部否認します。大鷹寿美夫殺害については争いません。詐欺については否認します」

これで冒頭手続きは完了したことになる。

裁判は始まったばかりなのに、被告人が裁判員に与える印象は最悪だ。

「では、検察官、お願いします」

三角が秋元に冒頭陳述を促した。

「冒頭陳述に先だって、裁判官、裁判員にお渡ししてあるA3用紙に書いてある順に従って陳述したいと思います」

A3用紙が検察側、弁護側の壁面上部に掛けられている大型モニターに映し出された。

「1　被告人の身上経歴
2　犯行に至る経緯と犯行状況
3　争点」
裁判員は自分の前にあるモニターを注視した。

秋元は机に載った分厚い三冊のファイルを少し前に押しやり、A4用紙数枚を手にしながら冒頭陳述を始めた。

「被告人は一九八四年一月一日に、東京都新宿区大久保で小山田秀一、恵美子の長女として生まれた。父親と別居状態がつづき、母親は被告人が五歳の時に自殺している。母親の実家が埼玉県上尾市にあり、親戚の家に一時預けられたが、すぐにM児童養護施設に移され、そこで育った。中学二年生の時からN児童自立支援施設に移り、中学を卒業すると同施設を退所している。

二〇〇〇年に赤城女子少年院に短期処遇で収監され、翌二〇〇一年十月には同施設に長期処遇で再び収監され、二年間の矯正教育を受けている。

二〇〇四年一月、十六歳の頃から付き合っていた大鷹寿美夫と二十歳の時に結婚。

二〇一〇年十月、傷害罪で服役していた父親の小山田秀一が刑期を終えて出所した。

二〇一二年、ほとんど別居状態だった大鷹寿美夫が覚せい剤取締法違反で逮捕され、三年の刑に服し、二〇一五年五月に出所し、大鷹明日香が借りていた本羽田の家で九月頃から同居するようになった」

明日香のこうした生い立ちを聞かされれば、裁判員たちはどのように考えるだろうか。裁判員になるのは善良な市民で、身近なところには、罪を犯して服役した人間など一人もいないだろう。ところが被告人の父親も夫も、服役経験を持っている。

被告人が育った環境に同情する裁判員も中にはいるかもしれない。しかし、赤城女子少年院に二度も収監されている事実を、裁判員はどう思うだろうか。劣悪な環境で成長し、被告人自身も犯罪傾向を強めていったとしか受け止めないだろう。

秋元は犯行に至る経緯と犯行状況についての陳述を始めた。

「被害者の小山田秀一、被告人の実の父親ですが、刑期を終えて出てきた後、定職に就こうともしない被害者に苛立ちを募らせていた被告人は、自宅で『丸型の鈍器』で被害者の後頭部を殴打し、被告人が通勤に使用していた軽乗用車ダイハツタントの助手席に被害者を乗せ、首都高速一号線に入り、浜川崎インターの一般道へつながる側道分岐点のコンクリートブロックに助手席前部を意識的に衝突させ、交通事故を偽装した」

真行寺は、「自宅のどこで」とメモを記した。隣に座る大月弁護士も同じように自宅と書き、その横に?　マークを付けた。

秋元は公判前整理手続で述べていた主張をさらにわかりやすい言葉で説明した。

第二殺人に関連する冒頭陳述に入ると、熱が入るのか、秋元は時々語気を強めた。

「被告人の夫である大鷹寿美夫を殺すためには、睡眠薬で熟睡させなければと考え、家にある食品、飲料水はもちろんのこと、被害者が水割りや冷たい水を好んで飲む嗜好があるのを熟知していた被告人は、冷蔵庫の製氷機タンクの水にまでハルシオンを投入し、白米を炊く水にも同様に混入させていた。

被告人は夫を殺すために、本来なら出勤日であるにもかかわらず、その日はハイソサエティというソープランドを欠勤している。夕方から二日酔い状態で起きてきた被害者は、冷蔵庫の水を飲み、軽く食事を摂っている。その日、被害者が口にしたものすべてに、ハルシオンが混入していた。

熟睡する前に夫を殺してしまわなければと考えた被告人は、まどろみ始めた夫に浴室でセックスをしようと誘い出し、汗をかくように熱めの風呂に入れ、ハルシオン入りの水をさらに飲ませ、ついにいびきをたてて浴槽で眠ってしまった夫を水に沈めて溺死させた」

秋元は被告人がハルシオンを大量に処方してもらった経緯についても詳細に陳述した。父親と同居した頃から眠れなくなったと言って、ソープ嬢がよく訪れるPクリニックの心療内科で診察してもらい、ハルシオンを処方してもらっている。しかし、被告人は一錠も飲んではいない。すべて夫殺害のために蓄えていたのだ。秋元は大鷹寿美夫を保険に加入させた時から計画が進行し、ハルシオンは三ヶ月分がそのまま保存されていた事実を明らかにした。

被告人が計画的に、強固な殺意をもって犯行に及んだのが裁判員には伝わっただろう。

「夫殺害の目的は、父親同様、被告人の収入をあてにして一向に働かない夫に次第に殺意を抱くようになり、父親殺しで保険金詐取に成功したことに気を良くして、夫の殺害を実行に移し、同時に保険金詐取を目論んだものである」

秋元は手にしていたA４用紙を机の上に置くと、六人の裁判員の表情を確かめるように視線をやった。

「争点ですが、被害者の小山田秀一については、被告人は無理心中をはかったと自ら罪を認めています。無理心中と殺人とは違うのではと思われる裁判員もいるかもしれませんが、無理心中は殺人以外の何ものでもありません。幼い子供を道連れにした心中事件を想起してもらえれば、すぐに理解していただけると思います。死を望んでいない子供を道連れに心中しても、親が生き残った場合は殺人罪が、当然適用されます」

心中事件にも殺人罪が適用されることを説明した後、争点について陳述した。

「被告人本人は否認しているが、致命傷となったのは『丸型の鈍器』による殴打と考えられる。

事故直後は『心中による事故』とは告げずに、保険会社二社から保険金を詐取している。

大鷹寿美夫殺害は被告人も認めている。

大鷹寿美夫の保険金に関しても、深夜の海釣りに行って、誤って海に落ちたのではなく、浴室での溺死だと司法解剖の結果、判明したために保険金請求に至らなかっただけで、保険金目的の殺人であるのは明らかだ」

秋元の冒頭陳述は終わった。

明日香はその間、検察側に目をやったり、裁判官を見たり、そうかと思えば傍聴人を睨みつけたりで、心ここにあらずといった様子だ。

次は弁護側の冒頭陳述だ。真行寺はすっくと立ち上がった。手には何も持っていない。「今検察官から説明があったように、被告人は父親と夫を殺害した罪で裁かれています。弁護人としては、第一殺人については、殺害の事実は争いません。ただし、検察官が主張する事故を偽装した殺人事件ではなく、あくまでも父親と一緒に本人も自殺するつもりの心中事件であり、保険金目的の偽装事故ではなかったと考えています。

父親の死因は、『丸型の動機』による殴打が原因と検察官は主張されていますが、その鈍器は発見されていないし、被告人本人も否定しています。

当時、神奈川県警交通部交通捜査課も交通事故として処理し、そのために二社から保険が給付されたものです。本人も重傷を負い、本人が死亡する可能性もありました。被告人が保険金目的でコンクリートブロックに激突したとは到底思えません。とはいえ小山田秀一に強い殺意を抱いていたのは事実です。殺害の動機は保険金ではなく別にあると、弁護人は考えています。

無理心中を図ろうと自ら起こした事故で、保険金は詐取にあたると弁護側も考え、詐欺については公訴事実は争いません。

第二殺人についても、父親と同様に、強い殺意を抱いて大鷹寿美夫を殺害したものですが、保険金目的の殺人ではありません。実際、保険金手続きなどは進めていません。それに被告人は、ハイソサエティという風俗店で、月に四、五十万円から百万円の収入を得ています。もし、保険金目的であれば、死亡給付金が五千万円の保険ではなく、もっと高額な保険に加入することも可能でした。第二殺人についても、殺害の事実は争いませんが、保険金目的による殺害という部分は否認します。また、保険金詐取が未遂でも詐欺罪は成立しますが、そもそも詐欺を働く意志は被告人にはまったくなく、詐欺罪については否認し、無罪を主張します。弁護人としては、二人の殺害が保険金目的ではないことを、法廷で明らかにしていきたいと思っています」

真行寺の冒頭陳述は五分もかからず、極めて簡単なものだった。

争点は、一点目は小山田秀一を「丸型の鈍器」で殴打したのかどうか。

二点目は、小山田秀一死亡による保険金詐取は認めたが、保険金目的という殺害動機については弁護側は否認した。小山田秀一殺害の動機は保険金詐取なのか、あるいは他の動機が存在するのかどうか。

三点目。大鷹寿美夫に掛けられた保険金を詐取しようとする意志は被告人にはなく、詐欺行為そのものも存在しない。詐欺罪は成立せず、大鷹寿美夫を殺害した動機が保険金目的なのかどうか。それ以外の動機が存在するのか。

これらの三点が争われることになった。

「これで休憩に入り、午後二時からは証拠調べに入りたいと思います」

三角裁判長が法廷に響き渡るひと際大きな声で言った。

被告人は再び手錠掛けられ、腰紐を結ばれて退廷した。

休憩に入ると、秋元と松下、野木の検察官には笑みがもれた。弁護側の方針は、検察側には十分予測できる。「丸型の鈍器」で殺害したとする検察側の主張に、合理的な疑いがあると裁判官、裁判員に印象付けること。しかし、検察側の主張が万が一否定されたとしても、被告人が殺意を持って、軽乗用車でコンクリートブロックに激突しているのは認めているのだ。つまり殺人そのものは否認していない。

保険金目的の殺人でないとすれば、弁護側が主張する殺人の動機はどのようなものになるのか。搾取されるだけの生活から逃れたかったと主張するのが関の山だ。二人がどれほど被告人の稼いだ金を奪って浪費していたかを明らかにし、被告人の生い立ちが決して恵まれたものではなかったことを明らかにし、情状酌量を裁判員に訴えるしかいない。検察側はそう考えるだろう。

真行寺もその方針でしばらくは弁護をつづけざるをえない。弁護側は最初から窮地に立たされている。

真行寺は大月弁護士と、中華街に出て、昼食を摂ることにした。

午後二時少し前に四〇四号法廷に戻ると、傍聴席にはかなり空席が目立つようになっていた。証拠のすべてが大型モニターに映し出されるわけではない。傍聴者には聞いていても理解できない部分が多い。

午後二時、裁判官、裁判員が法廷に入り、「ご起立ください」と書記官が言った。

三角裁判長が着席すると、検察官席に顔を向けて言った。

「検察官、始めてください」

秋元が立ち上がった。秋元は膨大な検察官請求証拠の要旨を、裁判員にわかりやすく説明し、大鷹明日香の罪状を明らかにしていく。

「午前中の法廷でお話しした通り、まずは第一殺人、小山田秀一殺害事件から始めようと思います」

秋元は最初に説明を始めたのは、写真撮影報告書だった。大型モニターにも首都高速浜川崎インターから側道に入る分岐点のコンクリートブロックが映し出された。

「このブロックに時速百二十キロ以上のスピードで、被告人が運転するダイハツタントは激突しました」

次にモニターに映し出されたのは、大破したタントだった。大型モニターに映し出されたのは、この二枚だけで、内部の車内の損傷状況や、血痕、毛髪の付着状況は、傍聴者には提示されなかった。

小山田秀一が死に至るまでの事故の経緯を、多くの証拠を駆使しながら説明していく。しかし、一度は交通事故として処理されている。

「被告人は父娘心中と主張していますが、これについては、K大学医学部の南兆一教授に事故当時の小山田秀一のカルテやレントゲン写真等から再鑑定をしてもらい、その結果が『小山田秀一死亡に関する意見書』となっています。同意見書については、南教授に証言してもらうことになっていますが、『丸型の鈍器』で被告人が被害者の後頭部を殴打したのは明らかです」

秋元は法廷の専門用語は避け、裁判員にわかりやすく証拠の要旨を説明しているのが伝わってくる。最後はKM共済保険契約証書、SS自動車保険契約証書を大型モニターに映し出し、被告人が五千万円を詐取したと言って、第一殺人の証拠説明を終えた。

第二殺人については、大鷹寿美夫殺害の現場となった本羽田の借家の間取りが、大型画面に映された。浴室から廊下、居間、そして居間のガラス戸を開いたところにある駐車場、ガラス戸に接近するように止められたNV三五〇キャラバンと写真は詳細で、なおかつ多岐にわたっていた。秋元は、被告人が夫を浴槽で溺死させ、車に乗せるまでをまるで見てきたかのように解説した。

さらに扇島W公園駐車場、大鷹寿美夫を遺棄した立入禁止区域、その付近の岸壁の様子などもモニターに映した。大鷹寿美夫についてもO生命保険契約証書をモニターに映し出した。

「被告人はこの保険契約書によって五千万円の保険金を詐取しようとしたが未遂に終わりました」

秋元の証拠説明は、十分間の休憩をはさんで、午後四時まで行われた。

四〇四号法廷は、「事件番号平成二九年（わ）第一××号」の法廷が開かれる時は、終日この事件の審理のみに使用されるようになっていた。

「今日はこれで閉廷します」

三角の声に傍聴人が席を立った。

真行寺も大月も重い腰を上げた。

二回目公判も翌日午前九時五十分の開廷だ。

15　証人尋問

　この日も晴れ渡っていたが、海からの風が冷たかった。関内駅から足早に横浜地裁に入った。門の前で警備にあたっている守衛から「おはようございます」と声をかけられ、真行寺も挨拶を返しながら建物の中に入った。

　一月二十五日、二回目の公判だ。検察側の証人として篠原雅宏刑事が呼ばれていた。三角裁判長を先頭に、裁判官、裁判員が入廷した。

「今日は検察側の証人尋問ですね。証人は来られていますか」

　書記官が傍聴席の端に設けられたカウンター扉から証人を招き入れた。

　篠原は、これまでにも証言台に立った経験があるのだろう。

「良心に従って真実を述べ、何事も隠さず、偽りを述べない旨を誓います」

　篠原は宣誓書を読み上げた。証言台に立っても緊張している様子は感じられない。鋭い視線をしている。罪を犯した者を追いつめたり、逮捕したりしているうちに、本人も気づかない間にそうした目つきになってしまうのだろう。

「検察官、始めてください」

「あなたの名前、年齢、所属、役職名を教えてくれますか」秋元は型通りの尋問から始めた。

「篠原雅宏、四十三歳、神奈川県警捜査一課、警部補です」

低く太い声だが、法廷に響き渡る。

「捜査一課というのはどのような部署なのでしょうか」

「殺人、傷害事件を担当しています」

「川崎臨港警察署に連続保険金殺人事件捜査本部が立ち上げられましたが、あなたの立場はどのようなものでしょうか」

「主任という立場で捜査に加わりました」

「本件は、最初は扇島W公園付近の立入禁止区域の岸壁から、大鷹寿美夫が深夜の海釣りに行って、誤って海に落下してしまったという被告人の110番通報から始まっていますが、それが連続保険金殺人に至るまでの経緯を説明してくれますか」

秋元の質問に、堰を切ったように篠原は証言しだした。

「一課が動きだしたのは、被害者の大鷹寿美夫の司法解剖が終了してからです。司法解剖の結果、遺体は溺死と判明しましたが、溺死した場所は海ではないかもしれないと、司法解剖の報告書に注釈がついていたのです」

「しかし、遺体は扇島W公園近くの海に浮遊していたところを収容されていますが」

秋元の狙いは、明日香の計画的な犯行だと裁判員に印象づけることだ。

「肺に残っていたのは海水で、それだけだったら、間違いなく誤って海に落下した、単なる事故として処理されたでしょう。ところが肺からは、入浴剤の色素も検出されたのです。それからは一課が捜査に加わりました」

「被害者は覚せい剤取締法違反で逮捕歴がありましたが、それはすぐにわかったのでしょうか」

「被害者の名前からすぐに判明しました。司法解剖で血液も当然検査され、覚せい剤の反応、アルコール、そしてハルシオンまで検出されました。しかし、一課が動くきっかけはやはり入浴剤の色素が出てきたことです」

「それからの捜査はどうされたのでしょうか」

「内偵捜査を進めていると、五ヶ月前には、父親の小山田秀一が交通事故で死亡、被告人に五千万円の保険金が給付されている事実が判明しました。調べてみると、大鷹寿美夫にも保険金がかけられていた」

「海への落下事故から二週間後に逮捕に至っています。しかし、殺人容疑ではなく、覚せい剤取締法違反の容疑での逮捕になったのは何故でしょうか」

理由ははっきりしている。入浴剤の色素が検出されただけでは、犯行現場が浴室だと断定するには至らないからだ。そのために別件逮捕となったのだ。

「今申し上げたように、被害者の血液から覚せい剤使用の兆候が顕著にみられたからです」

「それはわかりましたが、どうして被告人に覚せい剤使用の疑いがあると……」

「異議があります」真行寺か立ち上がり声を上げた。「本件審理の対象は、小山田秀一の殺人と詐欺、大鷹寿美夫の殺人及び死体遺棄、詐欺です。被告人の血液には覚せい剤はもちろん、さらに違法薬物などはいっさい検出されていません。検察官の質問は、裁判員に先入観を抱かせるものです」

「被告人の経歴を理解してもらうための質問です。過去の被告人について評価する意図はもうとうありません」

三角裁判長は真行寺の異議を却下した。「つづけてください」

結局篠原は、被告人が十代の頃から非行を繰り返し、赤城女子少年院に二度収監されている事実を証言した。裁判員は、被告人の育った劣悪な環境、そして十代の非行歴から、より強く犯行の計画性、残虐性を認識するだろう。

六人の裁判員はメモを取るのも忘れて、篠原の証言に聞き入っている。

「被告人は覚せい剤取締法違反では逮捕されませんでした。それはどうしてですか」

「自宅からは大量の覚せい剤が押収されていますが、それは夫所有のもので、被告人が覚せい剤を使用している形跡はなく、他人に売っている事実も確認できなかったからです」

「では、何故、今回の逮捕に至ったのでしょうか」

「被害者の覚せい剤使用やハルシオン、アルコールの摂取について追及しているうちに、必然的に昨年一月十八日の夜から十九日未明の被害者の様子を、被告人から聴取することになります。事実経過を聞き、入浴剤の色素が検出された事実を突きつけると、被告人は観念したようで、事実を自供したのです」

大鷹明日香にとっては他人事なのか、テレビドラマでも見ているような表情で、篠原の証言に「そうだよね」と言わんばかりに時折うなずきながら聞いている。

「大鷹寿美夫殺害を自供したわけですね」

「はい」篠原が勝ち誇ったように答えた。

「大鷹寿美夫殺害の自供はわかりましたが、それがどうして小山田秀一殺害、保険金詐取事件の解明につながったのでしょうか」

「その説明をする前にもう少し大鷹寿美夫殺害について説明させてください。夫殺害の動機ですが、被害者はヒモ同然で、被告人から金を奪い、その一方で、覚せい剤の売人もしていました。被告人にとって邪魔な存在でしかありませんでした。しかし、それだけの動機で、これまでの経験から殺人に至るというのは、ないわけではありませんが、そんなに多くはないと思います。それで被告人の周辺を捜査していたら、大鷹寿美夫が出所して間もなく、生命保険に加入している事実が判明しました。その一方で、小山田秀一死亡によって得た五千万円の保険金で、被告人は派手にホストクラブ通いをして、遊興費に費やしていました」

「保険金目的の殺害の疑いが出てきた。そういうことですね」

「はい。それで一昨年八月の小山田秀一死亡の交通事故を見直す必要があったのです」

　真行寺は裁判員に悟られないように一人ずつの表情を探るように見てみた。ほとんどの裁判員が納得したようにうなずき、ある者は刺すような視線を被告人に送っている。被告人席から最も近い右端に座る六番裁判員だ。二十代のようだが結婚指輪をはめていて、時々、その手で髪をかき分けながら、証人の証言を聞きもらすまいと真剣なのが、真行寺にも伝わってくる。

　真行寺の位置からはよくわからないが、被告人は喧嘩を売るような目で六番裁判員を見つめているようだ。六番裁判員も被告人の不遜な態度に呆れ返っているのか、目をそらさない。六番裁判員も気が強いのだろう。明日香の態度に気がついた大月弁護士が、「証言に集中しろ」と注意を与えた。

　捜査本部は交通事故の記録を再度洗い直した。その結果、保険金疑惑が浮上してきたのだ。

「事故関連の記録を精査した南兆一教授の意見書によれば、被害者は『丸い鈍器』で殴打され、ダイハッタントに乗せられる前に、すでに死亡していた可能性があります」

「凶器の特定はできているのでしょうか」

「いいえ」

「いまだに凶器は発見されていないのですね」

「懸命に捜索したのですが、事故から半年も経過し、被告人が処分してしまえば、発見するのは極めて困難です」

「わかりました。検察側の尋問は以上です」

「弁護人は何か質問がありますか」三角が真行寺の方に首をひねりながら言った。

「弁護人からも質問があります。『丸型の鈍器』によって、小山田秀一は殴打されたというお話ですが、凶器は発見されていないのですね」

「その通りです。事件から半年以上が経過し、被告人は黙秘し、反省もせず、悔悛の情もなくて……」

真行寺が三角に目をやるのと同時だった。

「証人は聞かれた質問にだけ、答えるようにしてください」

三角裁判長が注意を与えた。黙秘権は法律で認められている権利だし、反省しているか悔悛の情があるかは、証人が判断すべきことでもない。

篠原は凶器が発見できなかったことを咎められたと思ったようだ。真行寺がつづける。

「では、凶器による殴打はどこで行われたのでしょうか」

「本羽田の家にもその形跡はみあたりませんでした」

「もう一度同じ質問を繰り返します。『丸型の鈍器』で被告人が被害者小山田秀一を殴打した場所を言ってください」

真行寺の正面の検察官席に座る秋元は明らかに苛立っていた。分厚いファイルの上に右手を載せ、人差し指をモールス信号のようにしきりに動かしていた。

「……」篠原は答えに窮した。

「では殴打したと思われる犯行時間はいつ頃だったのでしょうか」

「二〇一五年八月一日午前一時から事故が発生した午前一時五十分の間と思われます」

篠原は怒りを含んだ口調に変わった。

「午前一時というのは、被告人が本羽田の家を出た時間ですね。ということは、殴打の犯行現場は事故車両の中ということになりませんか」

「ダイハツタントの車内で、被害者は殴打された可能性が極めて高いと思います」

「それならば当然、凶器が車内に残されていないとおかしいのではないでしょうか」

「途中で遺棄した可能性も考えられます」

「では、被害者に頭蓋骨の陥没骨折を負わせるほどの殴打があったという形跡が、車内には残されていたのでしょうか」

再び、篠原は沈黙した。間髪容れずに真行寺が言った。

「警察は凶器も発見していない。しかも犯行現場も特定できていない。それにもかかわらず被告人が『丸型の鈍器』で被害者を殴打したと決めつけたんですね」

秋元の「異議があります」という声と、「以上です」と述べる真行寺の声が同時に法廷内に響き渡った。

三角が裁判員に目配せをした。四番裁判員が三角に向かって「質問してよろしいでしょうか」と尋ねた。三角がうなずいた。四番裁判員は五十代の自営業を営んでいるような雰囲気の男性だ。

「今の弁護人の質問に関連するのですが、殴打した犯行時間は、どうして午前一時から午前一時五十分の間とわかったのでしょうか」

篠原はさらに苛立ったのか、投げつけるような口調で答えた。

「事故発生時間、被告人の家から事故現場までの距離を勘案すると、そういうことになります」

つまり自宅に殴打した形跡がなかったから、車内で犯行が行われたと推測しているにすぎないのだ。

「わかりました」四番裁判員が答えた。

三角は十分間の休憩を入れた。再開は十一時十分からだ。


その日、二人目の証人は南兆一だ。型通りの宣誓が行われた。南兆一は五十八歳、K大学医学部教授で法医学が専門だ。茶系統のスーツにやはり茶系統の柄のネクタイを締め、髪はすべて白髪で、研究一筋の学者といった雰囲気が漂う。

「南先生のご専門は法医学ということですが、具体的にはどのようなことをするのでしょうか」

秋元が質す。

「いわゆる変死体、お医者さんにかかりながら病気で亡くなったり、あるいは明らかに交通事故で亡くなったりとか、それ以外の死因のはっきりしない死に方をした遺体を変死体と呼びますが、そうした遺体の検死とか解剖をして、真実の死因を突き止める学問とでもいいましょうか」

「これまでに検死とか、解剖は多数経験されてこられたのでしょうか」

「はっきりカウントしているわけではないので、およその数字でいいのなら検死が八百体、解剖が三百体くらいでしょうか」

「南先生は、小山田秀一死亡に関して、意見書を書かれていますが、これはどのような経緯から、お書きになったのでしょうか」

「神奈川県警から、死因についてどのように考えるか、意見を聞かせてほしいという依頼でした」

「小山田秀一は二〇一五年八月一日に亡くなっています。遺体はすでに荼毘にふされています。遺体がないのだから解剖はできません。どうやって死因を調べられたのでしょうか」

「事故に遭われた方が病院に運ばれた時のカルテ、レントゲン写真、亡くなられた方の救出時の写真、車内の写真等を参考にしながら意見書を書きました」

「神奈川県警から事前に何か説明を受けたのでしょうか」

「事前に説明とは?」

「事件の概略を聞いたとかはなかったのでしょうか」

「予断を持つような話はいっさいなく、今申し上げたような資料をすべて提供され、その上で小山田秀一氏の死因について意見を聞かせてくれということでした」

「それで調査した結果はどのようなものだったのでしょうか」

「交通事故によって小山田氏が受けた傷も重大なものでしたが、レントゲン写真、救出時の同氏の頭部写真、事故の衝撃で頭部を打ちつけたと思われる個所の損傷状況、車内にこびりついていた血痕、毛髪、皮膚片、肉片から、私は致命傷となったのは後頭部の頭蓋骨陥没骨折、それにともなう脳挫傷だと判断しました」

「その頭蓋骨陥没骨折は、小山田秀一が交通事故の際に受けた傷ではないのでしょうか」

「亡くなられた方はリクライニングシートを倒し、シートベルトもされていなかったようです。コンクリートブロックに激突した瞬間、グローブボックス下の空間に足を先にしたまま、突き刺さるように滑り落ちた可能性があります。しかし、激突の衝撃は大きく、軽乗用車は二回転半して天井を下にして反転したまま停車しています。その間に、シートベルトをしていなかったため、被害者はあちこちに頭部をぶつけています。そこには血痕、毛髪、皮膚片、肉片が残されています。それらの箇所と亡くなられた方の頭蓋骨陥没骨折のレントゲン写真との整合性が認められないのです」

「つまりですね、簡単に言ってしまうと、小山田秀一の頭部の傷と、頭部をぶち当てた車内の箇所との形状が違うというか、一致しなかったと理解してよろしいのでしょうか」

「そういうことになります」

「それでは小山田秀一の頭部の傷はどのようなものだったのでしょうか」

「レントゲン写真には後頭部に直径約四センチ、ほぼ円形状の陥没が見られました。

そうしたことから凶器は『丸型の鈍器』と判断した次第です」

「南先生はこれまでに同じような陥没骨折を検死、あるいは解剖でご経験されたことはあるのでしょうか」

「ありました」

「その時の凶器はどのようなものでしたか」

「異議があります」真行寺が三角に向かって言った。「本件と南先生がご経験されたケースとはまったく関係ありません。質問は本件に限ってなされるべきです」

「検察官としては南先生が『丸型の鈍器』と判断された経験則をお聞きしているだけです」

秋元が質問を継続させてほしいと三角に求めた。

「異議を却下します。証人はつづけてください」

「鉄アレイの一方の丸い部分をつかみ、それを水平に振りまわし、渾身の力で後頭部を殴りつけたもので、それが本件の陥没骨折と類似していたので、凶器は『丸型の鈍器』という判断を下しました」

「以上です」

秋元がホッとした表情で着席した。

真行寺が立ち上がり反対尋問を始めた。

「南先生は小山田秀一の写真は頭部のみを見られたのでしょうか」

「いいえ、県警から提出された写真はすべて見ました」

「具体的にはどのようなものでしたか」

「足のつま先から頭のてっぺんまで、ありとあらゆる箇所の写真があったと記憶しています」

「その中には防御創と思われる痕跡はなかったのでしょうか」

「私の見る限りではありませんでした。おそらく背後から強力な一撃が加えられたと想像します」

「ありがとうございました。弁護人からは以上です」

三角が休憩を告げた。

「それでは午前中の法廷はここで終わりにして、午後二時から始めます」

真行寺と大月の二人は横浜地裁を出て、Ｆホテルに向かった。愛乃斗羅武琉興信所の野村、午後の法廷で証言台に立つ高崎美由紀と四人で打ち合わせを兼ねて昼食を摂る約束になっていた。

午後の法廷は、傍聴席の半分が空席だった。

三角裁判長は、宣誓が継続していることを告げ、南兆一教授に証言台に立つように告げた。午後からは弁護側の主尋問が行われた。

「先ほど南先生からお話がありました、円形の陥没骨折例についてお聞きします。ご経験された陥没骨折ですが、犯人は男性だったのでしょうか」

「そうです。男性が鉄アレイを力いっぱい振りまわして、被害者を死亡させた事件でした」

「本件は女性ですが、女性でも鉄アレイがあれば頭蓋骨を陥没骨折させることは可能なのでしょうか」

「ダイエット用の一キロにも満たないものでは無理ですが、それなりの重量のあるものを思い切り振りまわせば、それは可能でしょう」

「思い切り振りまわすというのは、どういうことでしょうか」

南は呆れたような顔をした。

「凶器を持って、手を水平方向に伸ばした状態で弧を描くように振りまわせば、当然、加速し、遠心力も加わります。あるいは頭上高く振り上げた状態から、垂直方向に振り下ろせば女性でも本件程度のダメージを与えることは可能です」

「そうすると直径四センチの頭蓋骨陥没骨折を負わせるには、片手を伸ばし、振りまわしたり、振り上げたりするためのスペースが必要になりますね」

秋元がしまったというように、唇を噛んだ。

「軽乗用車の狭い空間で、重い鈍器を振りまわしたり、振り上げたりして、被害者の負ったような重傷を負わせるのは可能でしょうか」

「それは私が判断すべきことではありません。私の役割は、交通事故で死亡したとされる被害者の本当の死因を究明することで、場所を特定することではありません」

「わかりました。弁護人からの尋問は以上です」

三角が秋元に目をやるが、秋元は分厚い書類に目を落としたまま何も答えない。午前中の尋問で、篠原警部補は殴打は軽乗用車の車内であると示唆していた。南教授の証言と明らかに矛盾する。

「検察官の方から反対尋問がないようであれば、次の証人をお呼びします」

籠山創は弁護側が申請した証人だ。籠山は四十一歳、神奈川県警交通部交通捜査課に所属する巡査部長だ。籠山の立場にしてみれば、大鷹明日香の心中を一般の交通事故として処理し、さらに被告人が運転する軽乗用車に乗っていた小山田秀一の死亡も、交通事故ではなく、「丸型の鈍器」による殺人の様相を呈し、籠山は二重にミスを犯していたことになる。県警内部でも針のむしろだろうし、ましてや法廷に呼ばれて、当時の状況について証言を求められるのは、拷問以外の何ものでもないだろう。

制服ではなく、私服で籠山は法廷に入ってきた。日頃はスーツなど着る機会はそれほどないのかもしれない。傍聴席から証言台に立つまでの動作がぎこちない。宣誓を終え、緊張しているのが伝わってくる。

　質問は真行寺から大月弁護士に代わった。刑事事件を多く手掛けているだけあって、大月は警察官への尋問も手練れているといった印象を受けた。

「弁護人の大月からいくつか質問させていただきます」

　ツバを飲み込みながら、籠山は「はい」と答えた。

「本件事故の通報を受けたのは、何時頃でしたか」

「記録に残されているのは、二〇一五年八月一日午前二時一分です」

「事故は一時五十分頃に発生していますが、通報が遅れているのは何故でしょうか」

「県警の交通捜査課に入った時間を申し上げています。事故発生の通報は、ほぼ同時刻に高速道路交通警察隊に連絡が入り、数分後には現場に急行しています」

「高速道路交通警察隊と交通捜査課とでは任務が違うのでしょうか」

「高速道路交通警察隊はおもに事故現場の交通規制や負傷者の救出にあたり、初動捜査活動も行いますが、事故の原因究明などは交通捜査課の任務になります」

　籠山は抑揚のない、事務的な口調で答えた。

「籠山さんも現場に急行されたのでしょうか」

「はい。私は二時二十分頃には現場に着いています」

「現場の状況はいかがでしたか」

「ダイハッタントは大破し、スピードの出し過ぎは明らかでした」

「その時、小山田秀一、大鷹明日香の様子はどうでしたか」

「私が到着した時は、救急隊によってすでに病院に搬送されていました」

「交通捜査課としては、どのような捜査をされたのでしょうか」

「事故現場、事故車両の写真撮影、現場検証を行いました」

「現場検証の結果、一般の事故という判断を下されたわけですね」

一瞬間があった。

「そうです」籠山が塩を口に含んだように顔を歪めながら答えた。

「被告人に直接話を聞いたことはあるのでしょうか」

「八月十日、入院していた川崎市G総合病院で事情聴取を行いました」

「被告人は、現在は心中するつもりだったと証言していますが、当時はどういうふうに答えていたのでしょうか」

「被告人は、ソープランド勤務を終えて疲れ切って帰宅したそうです。父親が来ていたので、自宅まで送って行く途中だった。客から無理な要求をされ、昼間のトラブルでイラついていた。ついついスピードを出し過ぎてしまい、分岐点のブロックに激突してしまった。その後のことはまったく覚えていないという内容でした」

「父親である小山田秀一はリクライニングシートを倒し、シートベルトをしていなかったようですが、その点については何か言っていなかったでしょうか」

「捕まれば罰金を払わなければならないからと、何度か注意したと言っていました」

「心中を疑わなければならないような疑問点は、現場検証からは出てこなかったのでしょうか」

「今から思うと父親の死を聞かされても、泣くでもなく淡々としていました。本人もろっ骨を折るなどの重傷を負っていましたし、放心状態がつづいているのではと考えました」

「保険金詐取は疑わなかったのですか」

「疑いませんでした。かけられている保険金はそれほど多額でもなかったし、むしろ少ない金額でした。それに……」

「それに、何でしょうか」

「自分も死亡するかもしれないのに、あんな事故を起こして、どちらかと言えば小額の保険金を詐取しようとした例を私は知りません」

「そうですよね。自分が死ぬかもしれないのに、五千万円くらいで命をかけるなんて通常ではありえないですよね。で、小山田秀一の死亡についても疑問を抱かなかったということですか」

「そうです。事故車両は、衝突の衝撃でVの字に凹み、二回転半していました。その衝撃で、小山田秀一は頭部を激しく打って死亡したと思われました」

「わかりました。弁護人の尋問を終わります」

検察側の反対尋問はなかった。籠山はうなだれるようにして、法廷から出ていった。

二人の尋問が終わった段階で時計の針は、午後三時十五分を回っていた。

「十五分休憩して、三時三十分から再開します」

三角裁判長が休憩を伝えた。


その日最後の証人は、弁護側が申請した高崎美由紀だった。高崎の尋問も大月弁護士に任せた。高崎は野村の隣で身動き一つせず、顔をこわばらせていた。

「そんなに緊張しなくても大丈夫ですよ。十分くらいで終わりますから」

大月は傍聴席に座る高崎のところに行って、高崎の緊張を解きほぐすように言った。それでも高崎は「はい」と答えただけで、貧血で今にも倒れそうに見えるほど青ざめた顔をしている。

証言台に立った高崎は三角裁判長から宣誓書を読み上げるように促された。宣誓する声は震えていた。

大月が名前、年齢、職業、被告人との関係をゆっくりとした口調で尋ねた。

「高崎さんと被告人、いや大鷹明日香さんとの付き合いは長いのでしょうか」

「二年くらいになると思います」

高崎は正面の裁判官席を向くのもつらいのか、視線は床に落としている。声がくぐもってよく聞こえない。

「もう少し大きい声で証言してくれますか」

三角がいたわるような口調で告げた。

「はい、二年になります」張りのある声で言い直した。

「そんな調子でお願いします」と三角が答えた。

「休日は二人で過ごす時などがあったのでしょうか」

「休みの日に、ファミレスで一緒に食事をしたりすることはありました。私たちの仕事にも、普通のサラリーマンやOLのようにアフターファイブがあって、夜の十二時過ぎに、深夜営業の居酒屋に入って、飲んだり食べたりすることはあります。明日香さんとよく居酒屋に入っていました」

「居酒屋の他にも、被告人と一緒に飲みに行った経験はありますか」

「はい、あります」

「それはどのようなお店でしたか」

「ホストクラブに連れていってもらいました」

「先ほどお付き合いが始まって二年くらいというお話でしたが、その二年の間に何回くらいホストクラブに通ったか覚えていますか」

「明日香さんのおごりで三回ほど連れていってもらいました」

「ファミレス、居酒屋で飲む時はいつも被告人のおごりだったのでしょうか」

「いいえ、二人で割って払っていました」

「ホストクラブだけが割り勘でなかったのですね」

「そうです」

「二人で飲んでどれくらいの支払いになったのか覚えていますか」

「三回とも約百万円で、その飲み代を払ってくれました」

「どうしてその金額を覚えているのですか」

「明日香さんは帯の付いた百万円の束を財布から出して、支払いをしていました」

「リーズナブルな居酒屋の支払いは割り勘で、百万円もするホストクラブは、どうして被告人一人で支払ったのでしょうか。あなたはどう思いましたか」

「すまないと思いました」

　大月が聞き出したいのは、高崎の気持ちではない。

「あなたも割り勘とは言わないまでも、少しは支払わなければと思ったのでしょうか」

「そう思いました。私はそれほど稼いでいるわけでもなく、貯金もありませんでした。

いくらかでも支払わせてほしいと言ったのですが、今度居酒屋で飲んだ時におごってくれればいいからと、明日香さんは受け取ってくれませんでした。それでも私は財布の中にあった一万円札三枚を明日香さんに渡そうとしました」

「被告人はそれを受け取りましたか」

「いいえ、気にしなくていいのよ、オヤジが亡くなって遺産が入ったからっておっしゃっていました」

「三回ホストクラブに行ったとおっしゃっていましたが、店の名前と行った時期を覚えていますか」

「お店の名前は、ブルーライトで、二〇一五年の十月、十一月、十二月で、正確な日付は覚えていません」

「その三回で合計約三百万円をブルーライトで使ったということですね」

「そうです」

「ありがとうございました。弁護人の質問は以上です」

三角が検察官の方を見ると、秋元がすぐに立ち上がった。

「検察官からも二、三点おうかがいします」と前置きして、反対尋問を始めた。

「先ほどの証言ですと、ハイソサエティという風俗店で一緒に被告人と働いていたようですが、被告人にはあなたの他にも友人と呼べる人はいたのでしょうか」

「仕事の性格上、自分のことはあまり知られたくないので、同じ職場で働いていると は言っても、友人関係になる人は少ないと思います。明日香さんにも友人はいなかっ たのではないかと思います」

「先ほどアフターファイブの話をされましたが、アフターファイブに飲むのはあなた だけと決まっていたのでしょうか」

「そんなことはありません。休みの日も違えば、勤務のローテーションも違います。 他の日に明日香さんが誰とどうしていたかまでは、私にはわかりません」

「ブルーライトに行かれたのはあなたは初めてだったようですが、被告人も初めてだ ったのでしょうか」

「いいえ、明日香さんはホストを指名していましたから、初めてではなかったと思い ます」

「以上です」

秋元が着席した。

二番裁判員の女性が三角に向かって手を挙げた。彼女はその日もグレー系統のスー ツで、見るからに地味な服装をしていた。

「どうぞ、質問してください」

「同じ職場で働いていて、収入には個人差があると思うのですが、百万円を一晩で使ってしまうような同僚の方はいるのでしょうか」

「同じ職場といっても、友人関係は限られています。他の方がどうされているのかはよくわかりませんが、お店の支配人とか、マネージャーさんに、身体をはって稼いだ金をホストに貢ぐなんてバカバカしいと思わないのかって、注意というかアドバイスされている方はいました」

「わかりました」

二回目の法廷は、二番裁判員の質問で閉廷した。

16　不審な溺死

一月二十六日、三日間連続の法廷だ。しかも午前九時五十分から午後四時過ぎまで審議がつづく。裁判員の疲労もピークに達しているだろう。今日の法廷を終了すれば五日間おいて審議が再開される。

最初の証人は、大鷹寿美夫の司法解剖を担当した上塚修Y大学医学部教授で、法医学が専門だ。宣誓をした後、秋元が名前、年齢、所属、経歴を問い質した。上塚も司法解剖の経験は豊富だった。五十八歳という年齢から察すると、教授として最も充実した時期を迎えているのかもしれない。紺のスーツをそつなく着こなし、ブルーの縁の眼鏡をかけている。

「Y大学医学部附属病院に被害者の大鷹寿美夫が搬送されてきた時の状態を説明してくれますか」

「ジーンズにダウンのコート、その下は厚手のセーターに長袖のシャツ二枚を重ね着していました」

「遺体を見た時、どのような印象をもたれたでしょうか」

「発見現場が海だと聞き、死亡してから間もない遺体だと思いました」

「それはどういうことなのでしょうか?」

秋元は裁判員も疑問に感じるだろうと思われる点を、意識的に上塚に尋ねた。

「意外と思われるかもしれませんが、川や海を漂流した死体が衣服を着けたまま発見されるケースは意外と少ないものです。多くの場合は全裸で発見される。河川の流れ、あるいは波間を漂う遺体は関節が動き、死後硬直が現れにくくなります。それで急流や波にもまれているうちに、ほとんどの場合は丸裸にされてしまう。衣服を着けたまま発見に至るというのは、プールとか湖のように流れも波もないところということになります」

「大鷹寿美夫が衣服を着けていたというのは、死亡からそれほど時間が経過していなかったということですね」

「そのようになります」

「溺死による死体と、絞殺とか薬殺による死体が海に遺棄された場合と、何か異なる点はあるのでしょうか」

「絞殺や薬殺の死体を海や湖に遺棄した場合、肺と腸に空気が残り浮き袋の役目をします。胴体が浮いて、手足は水中に沈みます。短距離走のクラウチングスタートをする選手の姿を想像してもらうとわかりやすいかと思います。背中を水面に出して浮遊している状態で発見されることが多い」

「では溺死の場合はどうなのでしょうか」

「肺に吸い込まれた水の量にもよるのですが、水中に沈み、腐敗ガスが発生し、浮上してきて発見されるケースが一般的です」

「大鷹寿美夫は一晩海に浮遊して発見されましたが、それはどのように考えればよろしいのでしょうか」

「いくつか理由は考えられますが、ダウンのコートが浮力を高めていた点、肺に吸い込んだ水量がそれほど多くはなかったという点などが指摘できるかと思います」

「上塚先生は、司法解剖の結果、肺に残されていた水は、海水だったと判断されていますが、それはどのようなことから判明したのでしょうか」

「被害者の肺を切開し、肺に残されていた水を分析しました。海水であることはすぐに判明しました。当然、遺体が収容された扇島W公園付近の海の水もサンプルとして採取し、比較しました。その結果、海水に含まれている不純物質、バクテリアなどから、遺体が収容された海の水と同じだということになりました」

「そうした結果が出れば、通常であれば溺死した場所は、扇島W公園付近の海ということになりますよね」

「そうなっても不思議ではありません」

「しかし、上塚先生はそうお考えにはならなかった。それはどうしてですか」

「肺の中に目でも確認できる緑色の色素がありました。肺の切片を顕微鏡で見たのですが、目では確認できない色素の微粒子が多数確認できたのです。詳細に分析した結果、入浴剤ということがわかりました」

「それで被害者が溺死した場所が自宅の浴槽だとわかったわけですね」

「いいえ、私の仕事は、分析結果を司法解剖鑑定書に記すまでで、そこから先は警察の仕事です」

「わかりました。検察官の尋問は以上です」

三角は真行寺に反対尋問はあるかと目配せをしたが、大鷹寿美夫殺害の事実は争わないと表明している。改めて上塚に質問することはなかった。

「裁判員の方で、何かお聞きになりたいことはありますか」

三角が左右の裁判員に確かめたが、裁判員からも質問はなかった。

「ご苦労様でした。証人は退席してもらってもかまいません」

上塚の後、証言台に立つのは、池上正吾だ。池上はホストクラブの勤務を終えてそのまま横浜地裁に来たのか、テレビタレントが着るようなうす紫色のブレザーに、襟幅の広いワイシャツの胸をはだけて格好で証言台に立った。胸には金色のチェーンが巻かれている。

証言台に立つ時、弁護士席の前に着席する被告人の方を見ると、一瞬だが池上は薄

笑いを浮かべた。型通りの宣誓をすませて、池上は正面を向いた
「あなたと被告人はどのような関係なのでしょうか」

秋元が質した。

「それって、エッチをしたことがあるって聞いてんのか？」

池上は法廷の証言台に立っているという自覚がまったくないようだ。わかっていても、法廷にふさわしい言葉で証言するだけの知性が欠如しているのかもしれない。

「そうではありません。被告人と友人なのか、古くからの知り合いなのか、同級生だったのか、そういう関係を聞いているのです」

秋元の表情も歪んでいる。

「ホストクラブ、ブルーライトのホストと客」

「知り合ったのはいつ頃ですか」

「覚えてねえ」

池上はいつもこんな口のきき方をするのだろうか。六人の裁判員全員が不快な表情を浮かべている。

「あなたは被告人に頼まれて、扇島W公園付近の海から海水を運んだことはありますか」

「あるよ」

さすがの秋元もうんざりといった顔で、尋問をつづけた。

「いつ頃運んだのですか」

「一昨年の冬、十二月のかきいれ時じゃなかったかと思う」

「被告人からその理由を聞かされていますか」

「熱帯魚を飼うので、海水を運ぶのを手伝ってくれたら、指名するって約束だった」

「指名というのは？」

「ブルーライトに来た時、俺を席に呼ぶっていうこと。俺に指名料が入るんだよ」

「それを条件に海水を運んだわけですね」

「どのくらいの量を運んだのですか」

「石油を入れるポリ容器を満タンにして、海とこの人の家を何度も往復したよ」

具体的な量を池上は記憶していなかった。

「そのポリ容器に入れた海水はどうしたのですか」

「台所の床板を外すと、そこに大きなビニール袋があって、その袋に移し替えてくれって頼まれた」

「被告人から熱帯魚を飼うからと言われて、海水を運ぶように頼まれたとおっしゃっていましたが、家の中に水槽はありましたか」

「車はこいつんちの狭い駐車場に入れて、ガラス戸を開けるとドアツードアって状態でよ、そこから運び入れたんだ。入ったところが居間で、廊下を通って台所までポリ容器を運んだけど、その間にはなかったな」

「その他の部屋には入らなかったのですか」

「入らなかった。エッチするためにバスルームだけには入ったけど」

池上は、肉体関係もあったと法廷で言いふらしたかったのだろう。秋元はそれ以上池上に余計なことを証言させたくなかったのか、「以上です」と言って着席した。

真行寺も池上に問い質したいことはなかった。

三角が裁判員に質問があるかを聞くと、二番裁判員が手を挙げた。

「どうぞ」と三角が質問をうながす。

場所を意識してのことなのか、化粧もせずに毎回地味な服装で着席する二十代後半の二番裁判員が聞いた。

「被告人は三回ほど百万円を使ってブルーライトで飲んでいるようですが、それ以前には被告人はブルーライトを度々訪れていたのでしょうか」

「時々きて、十万円くらい使っていたかなあ。それが急に羽振りが良くなって百万円の束を見せつけられた。俺を指名して百万円使ってくれれば、俺にとってはいい客になる。だからよ、海水くらい、いくらでも運んでやるって気持ちだった」

二番裁判員も口をつぐんだ。

「いいですか」

三角が確認を求めると、二番裁判員はコクリとうなずいた。

午前十一時をわずかに回っていた。三角は十五分の休憩を告げた。


法廷が再開されると、次に証言台に立ったのは、杉並高志だ。大鷹寿美夫の弟分で、大鷹寿美夫が仕入れてきた覚せい剤を、密売する末端の売人だ。杉並も宣誓したが、真実を述べるとは到底思えない。

杉並は、名前、年齢などは順調に答えたが、職業を聞かれて言葉を詰まらせた。検察側が何を尋問するのか、事前に打ち合わせをしているはずだが、杉並は答え方を忘れてしまったのだろう。すがるような目で秋元を見つめている。思い出せないのか、最後は困り果てたようにぶっきらぼうな口調で答えた。

「職業は、今んところ無職です」

検察側が杉並に証言させたいのは、殺される直前の大鷹寿美夫の言動なのだ。

「杉並さんと被害者、大鷹寿美夫さんとのご関係はどのようなものでしょうか」

「パチンコ店で知り合った友人です」

「いつ頃お知り合いになったのですか」

「最近です」

「大鷹寿美夫さんが亡くなったと聞き、どう思いましたか」

「もしかしたらって思った」

「もしかしたら、ですか」

秋元は大仰に聞き直した。

「夫婦仲が悪くて、ケンカばかりしているって言ってたから……。気の強い女だから殺されるかもしれないって……」

「ちょっと待ってください。気の強い女というのは、誰を指すのでしょうか」

「この女です」

杉並は右手にいる大鷹明日香を指差した。

「被害者は被告人の大鷹明日香に殺されるかもしれないと、あなたに言っていたのでしょうか」

「そう言ってったっけ」

「何故殺されるなんて言ったのでしょうか。被告人は大鷹寿美夫の妻にあたります。それなのに何故」

「わけなんか知らねえよ。そう言うのを聞いたっていう話を俺はしているだけだから」

「二人が言い争うのをあなたは目撃されたことはあるのでしょうか」

「あるよ」

「それは何が理由で争っていたのでしょうか」

「金のことでもめているのを、十二月の初めだったと思うけど、見たんだ」

「具体的には覚えていますか」

「この女がホストクラブにはまって金遣いが急に荒くなりだして、それを被害者は怒っていたみたいだ」

「被害者が、妻の金遣いの荒さを注意していたというか、なじっていたというか、とにかく怒ったわけですね」

「そう、そういうことだ」

「それ対して被告人はどうしていましたか」

「どう使おうと、あんたには関係ないって、すごい剣幕で被害者を怒鳴り飛ばしていた」

「それからどうしたんですか」

「俺が家を訪ねていったのが、二人にわかってケンカがやんで、すぐに被害者が家から出てきた。二人で一杯飲みにでも行こうって話になり、川崎の居酒屋で飲んでいた時に、ヘタこいたら殺されるかもしれねえって、被害者がビールを飲みながら言ってた」

「その他には被告人について、何か言ってませんでしたか」

「ビールから酒に替わって、五、六合入った頃、被害者の目が据わってきて、金づるを一人占めしやがってと、ブツブツひとりごとを言ってた」

「金づるというのは、何を指していたのでしょうか」

「わからねえよ、そんなこと、俺にはよ。でも何度かそう言うのを聞いた」

杉並は不貞腐れながら答えた。

秋元は尋問をそこで終えた。

弁護側は大月弁護士が立ち上がり、反対尋問を行った。

「被害者の大鷹寿美夫と知り合いになったのは、最近ということですが、どれくらい前のことだか覚えていますか」

「殺される一年くらい前だったと思うがなあ……」

杉並の声に不安が滲んでいる。

「間違いありませんね」

大月弁護士は腹の底から絞り出したような低い声で聞いた。

杉並は無言でうなずくだけだった。

「そうですか。でも、おかしいですね。一年前は被害者は刑務所に服役中ですが、パチンコ店でなく、刑務所の中で知り合ったということですか」

「異議があります」秋元が声を張り上げた。「弁護人の質問は誘導尋問であり、不必要に個人のプライバシーを暴こうとするものです」

「弁護人は質問の仕方を変えてください」

三角が大月の尋問に注意を与えた。

「ではもう一度質問します。いつ頃二人は知り合ったのでしょうか」

「四年前くらいだったかなあ……」

「ということは、被害者が覚せい剤取締法違反で逮捕される前からすでにお知り合いだったということですね」

四年前、大鷹寿美夫が逮捕された時、杉並高志も一緒に逮捕されていた事実を、大月は探り当てていた。初犯だった杉並は執行猶予つきの判決を受けていたのだ。

「金づるを一人占めしやがってと、被害者は酒を飲みながら言ってたようですが、金づるというのは、もしかしたら被告人に転がり込んできた保険金のことを指すのではないでしょうか」

大月は、裁判員がきっと想像している「金づる」の意味をあえて杉並に確かめた。

秋元は顔を伏せ、足元を見ているような素振りを見せた。下を向いた顔が笑みでほころんでいるのが、一瞬だが真行寺にはわかった。

殺された大鷹寿美夫にしても、証言台に立っている杉並にしても、難しい語彙を正確に使えるほどの教育は受けていないのだ。大月弁護士の尋問は、金づるは保険金を指すと、それを再確認したようなものだ。

「多分、そうじゃねえの。あん時はわからなかったが、今思い返すと、そういうことじゃねえのかと思う」

「弁護人の尋問を終わります」

三人の尋問を終えた時、午前十一時五十五分を時計の針が指していた。三角は裁判員に何か質問はないかを聞いた。

六十代の髪の薄い三番裁判員が、申し訳なさそうに手を挙げた。

「どうぞ、聞いてください」三角が言った。

「普通、金づると言うと、お金を援助してくれたり、与えてくれたりする人か、あるいははお金儲けができる生産手段というか、そういう類いのものを指すと思うのですが、酔っ払った被害者は、被告人が保険金を一人占めしているのを知って、金づるを一人占めしていると、そういうふうに言ったと理解しているわけですね」

「そういうこと」

「あなたの勘違いじゃなくて、被害者は金づるという言葉を使ったんですね」

「ああ、そうだよ」

三番裁判員は三角の方を向き、無言でうなずいた。

「他の方はいいですか」

誰からも質問はなかった。

「では午前中の審議はここまでにして、午後二時から再開したいと思います」

三角は休憩を告げた。

明日香はいつになく暗い表情をしている。元気もない。高崎美由紀が証言台に立った時、すれ違いざまにバケツの水を顔に浴びせかけられたような顔をした。午後から証言台に立つ弁護側の証人が何を言うのか、それを不安に感じているのだろう。

しかし、真行寺も大月も、杉並から手応えのある証言を引き出せたと思い、密かにほくそ笑んでいた。


午後からは弁護側の証人が法廷に呼ばれている。山根麻子と大矢直子だ。午後一時五十分になり、愛乃斗羅武琉興信所の野村代表が山根と大矢の二人を連れて、四〇四号法廷に現れた。山根はN児童自立支援施設の教師、石塚から紹介してもらった。大鷹明日香と同じ時期に、N児童自立支援施設で一緒に過ごしている。大矢は赤城女子少年院で、明日香が長期処遇で収監されている頃、大矢も同時期に収監されていた。

開廷三分前に、グレーの上下揃いの綿のスウェットを着た大鷹明日香が法廷に現れた。野村たちは傍聴席後方に座っていた。

腰紐につながれ、手錠をはめられて法廷に入ってきた被告人を、二人は息を呑むようにして見つめた。正面の扉が開いて、裁判官、裁判員が所定の椅子に座った。

三角が午後の法廷を再開すると告げた。

「では始めましょう」

書記官が法廷と傍聴席とを分ける柵の端に設けられているカウンター扉に急いだ。最初は山根麻子だ。宣誓も野村から予め説明されているので、順調に進められた。三十一歳で、独身、幼稚園の保母をしている。短い髪に、淡いピンクのセーターを下に着込み、グレーのスーツ姿だ。普段はジーンズで、園児たちと一緒に遊戯をしたり、滑り台で遊んだりしているのだろう。顔の表情から穏やかさが伝わってくる。

「弁護人からいくつか質問させていただきます」

真行寺の言葉に、「はい、わかりました」と歯切れのいい口調で返事を返してきた。肝心の明日香は、山根麻子という名前も、そして顔も忘れているのか、山根が証言台に立っても、まったく表情を変えない。

「山根さんと被告人はどのようなご関係なのか。まずそのことについてお聞かせください」

「私は幼い頃、両親が離婚し、親戚の家を順番に回って暮らしているような時期がありました。親戚にいろいろ迷惑をかけて、N児童自立支援施設で二年ほどお世話になったことがありました。そこで一年ほど明日香さんと一緒でした」

「児童自立支援施設というのは、少年院、女子少年院とは違うのでしょうか」

「問題行動のある児童が暮らす施設という点では同じかもしれませんが、寮母さんがいて、限りなく家庭に近い環境の施設でした」

山根の説明に、真行寺が補足するように児童自立支援施設の性格を、裁判員にわかるように説明した。

「あなたがその施設に入ったのはいつでしたか」

「私が中学二年生で、明日香さんは三年生でした」

「学年が違うのに交流があったのでしょうか」

「もちろんありました。私たちが暮らしていた女子寮は一棟で、一部屋に数人が入るので、当然、交流はありました」

「被告人と部屋が一緒になったことはあったのでしょうか」

「部屋が一緒になったことはありません」

「そうすると、十五、六年が経過しているから、被告人についての記憶も薄れていますね」

「いいえ、そんなことはありません。私だけではなく明日香さんは皆に慕われていたし、忘れられない事件もありましたから」

「事件ですか」

秋元が発言する前に、三角が言った。

「弁護人、証人への質問ですが、本件との関連性がわかるように進めてください」

「わかりました。弁護人としては、二人の殺人の背景にあるものを理解してもらうためには、被告人の生い立ち、人間性を明らかにしなければならないと考えています。このまま尋問をつづけることをお許しください」

三角裁判長の進言がなければ、秋元は「異議あり」を連呼しただろう。それを回避する格好になった。真行寺は尋問を続行した。

「明日香さんがN児童自立支援施設の教師と、肉体関係を持っていたことが明らかになったんです」

教師は懲戒解雇になり、明日香も職員から非難された。

「その理由は、明日香さんが教師と肉体関係を持ち、それを材料に教師を脅迫し、お金を奪い、携帯電話を提供させていたからです」

「そういうことを被告人は中学三年生の頃、していたのですか」

真行寺は驚き、呆れた表情を浮かべながら尋問をつづけた。

「でも、そのお金は、女子寮の年下の子に、こっそり小遣いとして渡していたり、職員に気づかれないようにお菓子を買って食べさせたりするためのものでした。携帯電話も、家族にこっそりと電話するためで、明日香さん自身は、自分のために使用したことはなかったと思います」

「私も児童自立支援施設について調べてみましたが、そこで暮らす児童には小遣いも与えられると聞きました。家族への電話もできたはずですが……」

「小遣いはもらえましたが、使途が厳しく制限されていて、特に電話をかけるお金は制限されました」

「何故ですか」

「両親にも問題があり、親とは隔絶した環境の方が、そこで暮らす子供たちのためになるという判断がなされたためです。中にはネグレクトされた子や、虐待されていた子もいました。そんな親でも、子供は両親に会いたくて、連絡を取りたくなるんです」

「そこで暮らす子供たちは、被告人が所持していた携帯電話でこっそりと連絡を取り合っていたわけですね」

「そうです。先ほど事件になったとお話ししましたが、それは私たちの通話料が高くなり、明日香さんは教師から携帯電話を取り上げられたからです。戻さなければすべてを暴露すると、明日香さんが言っても、教師はまさかそんなことになると思わなかったのでしょう。でも明日香さんは事実を書いた手紙を教育委員会に送り、それで大騒ぎになったんです。それで私たちも、あの教師と寝た代償で、電話をかけさせてもらっていたというのを知ったんです」

「何故、被告人はそんなことまでして、携帯電話を皆さんに使わせていたのでしょうか」

「明日香さんのやさしさだったと思っています。特に母親と連絡したいというと、職員に見つからない場所で、好きなだけ話をさせてくれました」

「被告人の母親について、本人から何か聞かされたことはありますか」

「明日香さんが子供の頃、亡くなられたというのは聞いたことがあります。明日香さんは母親からお守りを託されて、それをいつも胸にかけていました。電話をかけている時、見張りは明日香さんがしてくれたのですが、こちらが電話をかけている姿を寂しそうに明日香さんが見つめていたのを覚えています。今から思うと、亡くなったお母さんが恋しかったのかなあって思います。でも、強い性格だったのか、職員にどんなに叱責されようが、非難されようが、明日香さんは泣きませんでした。彼女が泣いたのを見たのは一度しかありません」

真行寺はもう一つ山根から引き出したい証言があった。

「被告人が泣いたというお話ですが、それはどんな時だったのでしょうか」

「N児童自立支援施設に、ある乳児院の看護師さんが講演に来られたんです」

「看護師さんですか?」

「そうです。男子も、女子も、中学生だけを集めて、避妊の具体的な説明や、中高生の女の子が中絶手術を受けている実態を赤裸々に語ってくれました。コンドームまで取り出して避妊の話をされたので、強烈に覚えています」

「その話を聞いて被告人が泣いたんですか」

「いいえ、そうではありません。講演の最後の方で、その看護師さんが、ある女子高生がこっそり産んだ赤ちゃんの処理に困って、殺してしまったという話をしてくれました。そんなことのないような生き方をしてほしいと、看護師さんは私たちに訴えていました」

講師は子供を出産し、育てる環境が整わない非常時には、乳児院に預けなさいと実践的な対処法を語った。

〈命は一つしかないのです。どんな状況で生まれてきた赤ちゃんにも、生まれてきた理由があります。それを難しい言葉で言うと生存権と言います。生まれてこない方が良かった赤ちゃんなんていないのです〉

「この話をされて看護師さんは、講演を終えましたが、明日香さんが、周囲の目も気にせずに、涙を流していたのを鮮明に覚えています」

真行寺はそこで尋問を終えた。

　秋元の反対尋問もなかった。中学生の頃の被告人は、まだ人間的な感情を残していたと、裁判員に情状酌量を求める戦術に弁護側が出ているとしか思っていないはずだ。裁判員からも特に質問はなかった。

　引き続き大矢直子の尋問が行われた。勝気な性格なのだろう、明日香に小さく会釈してから証言台に立った。山根とは異なり、大矢は赤城女子少年院時代の仲間だとわかったようだ。一瞬、ため息にも似た驚きの声を漏らした。

　山根の宣誓を見ているので、大矢の宣誓も問題なく進んだ。日頃から居酒屋で客のオーダーを取り、厨房にそれを伝えているせいなのか、大矢の声は法廷に響き渡る。

「大矢さんはどこで被告人と知り合ったのでしょうか」

「赤城女子少年院です」

　大矢は臆することなく快活な声で答えた。

「矯正施設なので、なかなか仲間同士で話をする機会もなかったと思うのですが、いかがでしょうか」

「表面的というか、規則上はそうなっていますが、自由時間がまったくないわけではないので、それなりに話をする時間はありました」

「被告人は二人を殺害した罪で裁かれているのですが、赤城女子少年院での被告人はどんなふうだったか、ご存じでしょうか」

「私なんかと違って、非常に頭のいい人だと思っていました」

秋元が下を向き、笑いをかみ殺している。

「それは具体的にはどういったことから、そう思われるのですか」

「赤城女子に新人の教官が赴任してきて、何も知らないくせに、偉そうに私たちに説教をたれるのよ。売春が何故いけないのかっていうテーマで議論になって、新人の法務教官が明日香さんの理屈にボコボコにされたのを見た時かな」

明日香は自分の売春体験こそ明らかにしなかったが、売春を後悔している女子をかばうために、明日香が新人教官に反論し、ついに論戦に勝ってしまったことがあると説明した。

真行寺はさりげなく裁判員の表情をうかがってみた。女性の裁判員は顔を歪め、眉を寄せて、大矢の証言を聞いていた。検察官は秋元だけではなく、他の二人も真行寺の尋問に呆れきっている様子だ。情状酌量を求められるような証言は出てこないと思っているのだろう。

「赤城女子少年院では、一部屋に何人くらいが一緒に生活するのでしょうか」

「問題を起こして、一人部屋に移され、そこで反省しろって言われない限り、一部屋に二段ベッドが二つ置かれて、四人で一緒に寝起きをともにすることになるんだ」

「被告人と同じ部屋になったことはありますか」

「あるよ」

「その頃の被告人はやはり暴力的な性格をしていたのでしょうか」

「それは真逆、むしろ私の方が暴力的で、もう少しで同じ部屋にいた真弓っていう子を殴ってしまうところだった。それをやめなって言って仲に入ってくれたのが明日香さんだった」

「どうして真弓という同室の女の子を殴ろうとしたのですか」

「真弓はメソメソ一晩中泣いている時があって、うるさいし、気になって眠れなくなってしまうので、いい加減にしてくれって、私が何度注意しても夜泣きが止まらなかった。それで暴力をふるいそうになったんだ」

「被告人が暴力沙汰になるのを止めたんですね。被告人はなんといって、あなたを諭したのでしょうか」

「本人だって、泣きたくないのに、涙が出てくるんだから責めてもしかたないよって。布団かぶって寝てしまえばいいんだよって、そう言われた」

「それであなたは納得したのですか」

「その次の日かな、真弓の方からゴメンって謝ってきて、夜泣いている理由を本人から聞かされた。それで怒るのを止めたんだ」

「真弓さんが泣いていた理由は何だったのでしょうか」

「高校の時、同級生との間に子供ができてしまい、周囲の反対を押し切って出産したけど、同級生の男と別れる羽目になり、生まれた子供は両親に預けているっていう話だった。夜になって、生まれた赤ちゃんを思い出していると涙が出てきてしまうと、私には言っていた」

「赤城女子少年を退所してから三人の付き合いはあったのでしょうか」

「殴り合いのケンカを起こしそうになったことで、三人で赤城を出たらまた会おうっていう話をしたけど、実際赤城を出た後は、それぞれが自分の生活を立て直すのに精いっぱいで、会うことはなかった」

「赤城を退所したのは三人とも同時期なのでしょうか」

「違います。明日香さんが先に出て、その後に私、真弓だったかな」

「被告人にとっても、真弓の泣き声はうるさかったはずですが、あなたと真弓さんがケンカになりそうになった時、何故被告人が止めに入ったと思いますか」

「明日香さんが退所し、その後、真弓とそのことで話す機会があったんだ。話の真偽は私にはわからないけど、真弓が言うには、明日香さんにも子供を産んだ経験があり、それでかばってくれたみたいだと言ってました」

「真弓さんは被告人本人から出産経験があるという話を聞いたのでしょうか」

「そう言うのを聞いたと言っていました……」

大矢の証言がまだ終わっていなかった。突然、明日香の怒鳴る声が法廷に響いた。

「テメー、ふざけた話をしているんじゃねえよ。デタラメばかり言いやがって」

大月弁護士が「やめろ」と必死に明日香を制止した。

「被告人は静粛にしてください。被告人にも証言する機会はあります。言いたいことがあるのであれば、その時にしてください」

三角がいつになく強い口調で警告を発した。

裁判員は豹変した明日香の態度に、大矢の証言を聞くどころではなくなった。六人の裁判員は明日香に射るような視線を向けている。

「尋問をつづけます」真行寺が裁判員の注目を集めるように、ひと際大きな声で言い放った。

「真弓さんですが、その後、どうされたかご存じですか」

「さっきも言ったように三人が再会することはありませんでした。赤城を出た後、明日香さんと再会したのは今日が最初です。真弓は詳しくは知りませんが、いろいろあって自ら命を断ったようです」

大矢も突然明日香が怒鳴り出し、それ以上の尋問に冷静に答えられるような状態ではなかった。しかし、聞き出すべき証言は引き出した。真行寺は尋問をそこで終えた。

被告人の豹変した態度を弁護側の失態だと判断したのか、反対尋問はなかった。

裁判員も眉をひそめているだけで、何も聞こうとはしなかった。

三角が次回の法廷予定を告げようとした。被告人が大月の制止を振り切るようにして、叫び出した。

「昔の話なんか持ち出してきて、もううんざりだ。二人殺したって認めているんだから、さっさと死刑判決を出せばいいんだよ。ホントのことを教えてやるよ。本羽田の家の台所の板敷きを剥がしてみろって。土の中にオヤジを引っ叩いた凶器が埋まってるから」

三角が閉廷を告げる前に、傍聴席から真っ先に飛び出していったのは、記者席に座っていた連中だった。

次回の法廷は、五日間おいて、二月一日に開かれる。

一月二十七日の朝刊には、大鷹明日香の不規則発言が報じられた。被告人の証言通り、台所の床下から、三キロの鉄アレイが発見されたのだ。

各社がいまだに空き家になっている本羽田の借家に急遽押しかけた。法廷での明日香の証言を記者から聞かされた家のオーナーが、台所の床下を掘ってみた。五十センチほど掘ったところから鉄アレイが発見され、片方の丸型の部分には血のようなものがこびりついていた。

すでに捜査本部は解散している。鉄アレイは逸失物として羽田署に届けられた。新聞、テレビは大鷹明日香の証言は、秘密の暴露に当たると大きく取り上げていた。

「全部、無駄になってしまいましたね」

大月弁護士は腹立たしさを隠さなかった。凶器は発見されていない。犯行現場も特定されていない。本人も否認している。これだけ揃っていれば、「丸型の鈍器」で、小山田秀一を殴打して殺害したという検察側の主張には合理的な疑問が生じる。しかし、凶器が発見された以上、犯行現場を特定されるのも時間の問題だ。

「まあ、血液が鑑定に出され、被告人の指紋が検出されれば、検察側は改めて証拠として申請してくるだろうな」

「終盤に来て、あの明日香っていうのも、何を考えているんだか……」

大月弁護士は呆れ果てている。

これまでの弁護でなんとか死刑は回避できるのではと、真行寺も、大月もそう判断していたが、振り子は一気に死刑判決の方に大きく揺れ動いたと思った。

17　弁護側証人

横浜地裁から連絡を受けたのは、一月三十日だった。検察官から新たな証拠調べ請求が出されたのだ。大鷹明日香が借りていた家の床下から鉄アレイが発見された。羽田署に逸失物として届けられた鉄アレイの付着物は、小山田秀一の血液と判明した。さらに明日香の指紋も検出された。

翌三十一日午後四時、横浜地裁に急遽赴いた。刑事訴訟法三一六条の三二によれば、「やむをえない事由」によって公判前整理手続等において請求することのできなかった証拠調べについては、公判前整理手続後においても請求は可能としている。

条文には「やむをえない事由」について具体的に記されていないが、請求すべき証拠の存在自体を知らなかった場合や、その所在が不明だった場合と考えられている。

横浜地裁には大月弁護士にも出席してもらうことにした。互いに時間もなく、三十日の夜電話で打ち合わせをした。

「どうしますか」大月が困り切った声で真行寺に聞いた。

検察官が取調べを請求した新証拠について、弁護側としては異議を申し立てるのが一般的だが、不規則発言とはいえ被告人本人の証言によって発見された以上、異議を申し立てたところで、裁判員への印象を悪くするだけだ。

また裁判所が必要と認めれば、職権で証拠調べを行うことは可能なのだ。

「鉄アレイは証拠として採用されると思います。私としては同意しようと思っています」

大月弁護士も真行寺の考えに納得してくれた。

一月三十一日の横浜地裁では意外のほどあっけなく結論が出た。鉄アレイは、小山田秀一殺害の凶器として証拠採用された。

小山田秀一殺害に関して、被告人が無理心中をするつもりで意図的に起こした事故による死亡の可能性も捨てきれないという、弁護側の主張は完全に崩れた。実父は鉄アレイによる殴打によって頭蓋骨陥没骨折、夫は溺死。二人の命を強固な意志を持って殺害した事実が明確になった。裁判員裁判も終盤にきて、弁護側は絶対的窮地に立たされた。


二月一日、四回目の公判が開かれた。

開廷されると冒頭で、三角裁判長は鉄アレイが証拠として採用された経緯を説明した。被告人の明日香は、そうなることを予期していたのか、顔色一つ変えずに平然としている。検察側の唯一の弱点だった小山田秀一殺害の「丸型の鈍器」が、鉄アレイと特定され、凶器そのものも発見され、秋元の表情にも余裕が見える。四回目は弁護側の証人尋問で、この三人の証言が判決に大きく影響すると、真行寺も大月も考えていた。

最初の証人は種村泉だった。宣誓をすませ、種村は証言台に立った。種村は七十一歳、無職、元看護師だった。「種村泉」という名前を本人が告げると、裁判のなりゆきにまったく関心がなさそうに、床や天井に視線を向けたり、ぼんやりと傍聴席を見つめていたりした明日香が、一瞬、感電したように肩をビクッとさせた。

種村は髪を薄紫色に染め、口紅もローズピンク、コートを傍聴席に起き、淡いグリーンのニットのセーターに、黒いパンツといった姿で、年齢よりはるかに若々しい。

「種村さんの経歴を簡単に述べていただけますか」

真行寺から問われて、種村が答える。

「一九七〇年に看護師となり、それ以来、埼玉県、都内の産婦人科病院に勤務し、九五年から乳児院で働くようになり、九九年から渋谷区にあるC乳児院に籍を置き、二〇一〇年に同院の副院長を最後に定年で退職しました。現在は時折、中学、高校、女子少年院から頼まれて年に何度か訪問して、これまでの自分の体験をお話しさせていただいています」

「産婦人科病院から新生児の保護施設でもある乳児院に職場を変わられたのには、何か理由があるのでしょうか」

「はい、ございます」

講演活動を現在も続行しているとあって、法廷内に響き渡る声で答えた。

「その理由についてお聞かせください」

「わかりました。産婦人科というのは、新しい生命が誕生するところで、そんな現場で仕事をしたいと思って、産婦人科病院で働く道を選択しました。しかし、その一方で、未成年の女の子が妊娠し、中絶するケースをいくつも見ることになります。中には中学生、高校生が出産するという場面も出てきます。妊婦の両親がしっかりしている家庭であれば、出産ということになっても、家族で受け止めることができます。ところが中には生まれた赤ちゃんを育てられないと一人で悩み、結局死なせてしまったケースもございました。

友人には教師の道に進んだ者もいて、そうした友人に自分の体験というか、現実はこうなんだという話をしたら、是非、学校にきて、講演してほしいと頼まれ、それで看護師の仕事をしながら講演も時々させてもらうようになりました。産婦人科で働いているうちに、育児環境が整わないというか、親の保護が得られない赤ちゃんのために働きたいと考えるようになり、産婦人科から乳児院に働く場を変えました」

「乳児院で働くようになってからも、講演活動はつづけられたのでしょうか」

「はい、時間の許す限り、呼ばれれば講演活動は、今日に至るまでしています」

「九八年に埼玉県内のN児童自立支援施設に講演に行かれたことはあったでしょうか」

「すぐには思い出せなかったのですが、古い手帳で確認したら九八年に、確かにN児童自立支援施設で講演しています」

「どんな内容のお話をされたか、ご記憶はありますか」

「ずいぶんと昔のことなので正確には覚えていませんが、概略でいいのならお話しします」

「おおよその話でかまいません」

「わかりました。当時は埼玉県内の乳児院に籍を置いていたと思います。乳児院に赤ちゃんを預ける親は様々で、なんとか頑張って自分の手で育てようとするお母さんもいれば、預けっぱなしで、会いにもこない母親もいました。ただそうした母親に共通しているのは、何故妊娠するのかも知らず、ましてや避妊の知識などまったくないということでした。その経験から私はコンドームを生徒に見せて、それで性についての様々な教育をしてきたつもりです。もちろん一部には私のこのやり方に反対したり、批判されたりする方もいましたが、産婦人科、乳児院の現場を知る看護師としては、生まれてくる赤ちゃんの命の尊さを訴えるためには、現実的にはそうせざるをえなかったのです」

「種村さんの講演が『命の授業』と呼ばれたのはそのためですね」

「いつの頃からか、講演先に行くと、講演のタイトルがそのようになっていました」

「一般の中学、高校と児童自立支援施設とか女子少年院とでは、講演の内容が異なるというのはあったのでしょうか」

「基本的には変わりません。ただ、私が出産にかかわったある女子高生の赤ちゃん殺害の事件は、一般の中学校ではしませんでしたが、高校そして児童自立支援施設、女子少年院ではするようにしていました」

「具体的には、どのようなお話をされたのでしょうか」

「家庭に居場所がなく、一晩泊めてくれる男の家について行ってセックスするか、あるいは金をもらってラブホテルに泊るという生活を繰り返していた女子高生が妊娠し、両親がそれを知った時は、中絶することもできない時期になっていました。結局、その女子高生は出産したのですが、家に戻っても毎日両親から叱責され、思いあまって生まれた赤ちゃんを死なせてしまったケースです。私は、この事件に遭遇してからは、万が一、自分には育てられないと思ったら、乳児院の前に赤ちゃんを置いてきなさいと、講演の最後に言っていました。これが最善策ではないのは十分にわかっていますが、赤ちゃんの命を守り、母親を殺人者にさせないための現実的な方法だと思ったからです」

種村は自信と確信に満ちた声で、証言をつづけた。

検察官席の秋元が苛立っているのがわかる。右手で机をモールス信号のように叩き始めた。裁判員にも怪訝な表情を浮かべている者も出始めた。種村の証言と、被告人との関連が理解できないのだから当然だ。

「九九年春まで、被告人はN児童自立支援施設で暮らしていました。当然、種村さんの講演を聞いていたと思われますが、覚えていらっしゃるでしょうか」

「いいえ、個人の名前までは覚えてはいません」

「では、定年でC乳児院をお辞めになるまでに、実際に乳児院の前に、赤ちゃんが置かれていたケースというのはあったのでしょうか」

「はい、一例だけありました」

「それはいつ、どこの乳児院のことでしょうか」

「二〇〇〇年六月六日深夜、C乳児院の玄関に生まれたばかりの赤ちゃんが、空気を注入するとバスタブになるお風呂の中に、真っ白なタオルにくるまれて置かれていました」

たまりかねて秋元が言った。

「弁護人の質問の主旨がわかりません。本件とまったく関係ない質問と思われます。

ただいたずらに裁判を遅らせているとしか思えません」

　間髪容れずに真行寺が答えた。

「弁護側としては、本来なら公判前整理手続に検察側から出されるべき証拠が、昨日提出されましたが、異議を唱えることはしませんでした。いたずらに裁判を遅延させるつもりなどもうとうないからです。被告人は父親と夫を強固な意志を持って殺害に至っています。強固な殺人の意志が被告人の心の中にどうして宿ったのか、それを明らかにするためには、種村証人、そしてこの後につづく証人にも、一見事件とは関係ないと思われる事実を証言してもらうつもりです。どうかこのまま証言をつづけさせてください」

「わかりました。検察官の異議を却下します。ただし、もう少し、被告人との関連性が明確になるようにお願いします」

　三角裁判長も、検察側が新たに提出した鉄アレイについて、弁護側がいっさい異議を申し立てなかったことに配慮しているのだろう。

「二〇〇〇年六月六日という日付に誤りはないでしょうか」真行寺は確認を求めた。

「ありません」

「その子の母親は後に名乗りを上げたのでしょうか」

「いいえ、母親は誰だかいまだにわかりません。ただ、私の講演を聞いてくれた中の一人だというのはわかります」

「先ほどのお話だと、かなりの回数の講演をされていますが、どうしてそのようなことがわかるのでしょうか」

「赤ちゃんをくるんだタオルの横に手紙があって、『種村先生、ごめんなさい。赤ちゃんを一時預かってください。必ず引き取りに来ます。先生の講演を覚えていて、ここに来てしまいました。ホントにごめんなさい』と書かれていました」

「赤ちゃんには、手紙の他に母親を特定できるモノは何か残されていたでしょうか」

「はい、ありました」

「どのようなモノでしたか」

「赤ちゃんの首に、おそらく母親のモノだろうと思いますが、チェーンのネックレスがかけられていました」

「赤ちゃんにネックレスですか」

「そうです。ネックレスには奇妙なお守りが付けられていました」

「奇妙なお守りですか？　どのように奇妙だったのでしょうか」

真行寺が確かめるように聞いた。

「お守りを切断する人はいないと思うのですが、その赤ちゃんにかけられていたお守りは金属製で、どこかの神社でもらったものではないかと思います。それが真っ二つに切断されていました」

「どのような形のお守りだったか記憶にあるでしょうか」

「C乳児院には、保護された時の赤ちゃんの全身、くるまれていたタオル、バスタブ、お守りが撮影され、それらの写真が残されています。お守りは四〇〇メートルトラックを何百分の一かに縮小したような形で、切り取られた上半分が赤ちゃんの首にかけられていました」

「上半分にはどのような文字が記されていたのでしょうか」

「『心願』という二文字が書かれていたのをはっきり覚えています」

「ありがとうございました。弁護人からは以上です」

真行寺は着席した。

被告人の背中が目の前にあった。両手は膝の上に置かれている。膝に置かれた両手が小刻みに震え始めたのが見えた。

堀井理代子陪席裁判官、そして二番裁判員、六番裁判員の三人の女性だけは、通りすがりに頬を張られたようにハッとした表情に変わった。一月二十六日の山根麻子の証言を思い出しているのだろう。「母親からお守りを託されて、それをいつも胸にかけていた」

秋元はまわりくどい尋問が終わり、ホッとしている様子だ。

「検察官から反対尋問はありませんか」三角が言った。

「ございません」秋元が答えた。

秋元にはお守りを巡って残りの証人二人の証言がどう展開するのか、想像もつかないのだろう。

「では、まだ十一時ですが、ここで休憩にして、午後一時から再開します」


初公判の日とは大違いで、傍聴席には空席が目立つ。午後一時の開廷時間に合わせて、愛乃斗羅武琉興信所の野村代表が傍聴席に入ってきた。その後に緊張した面持ちで小宮礼子がつづいた。さらにその後ろに、四十代後半と思われる夫婦に連れられて大きなマスクをした女性が入ってきた。

五人は傍聴席後方の椅子に、まず野村と小宮が座り、その後ろの席に三人が座った。小宮が入廷したのには明日香も気づいたらしく、「フレディーのこと、ありがとう」とでも言いたげに軽く会釈した。しかし、その後ろの三人は、一般の傍聴者だと思ったようで、すぐに視線を裁判官席の方に向けた。

三角裁判長を先頭に陪席裁判官、裁判員が入廷した。全員が起立し、すぐに着席した。

「引きつづき弁護側の証人尋問ですね」三角が言うと、書記官が傍聴席に座っていた小宮礼子を法廷内に導いた。真行寺は宣誓の仕方も、どのように尋問が進むかも小宮に伝えてある。小宮は意外なほど冷静に宣誓を行った。名前、年齢、職業なども言いよどむことなく答えた。

真行寺はゆっくりと立ち上がった。

「証人と被告人とのご関係について教えてくれますか」

真行寺は友人に話しかけるような口調で尋問を開始した。

「私は大田区動物愛護センターで、ボランティアとして飼育放棄された犬や猫などの保護活動を行い、その動物を飼ってくれる人たちに譲渡するのをお手伝いしています。私たちの活動を知ってもらうために、大きな公園や保健所で譲渡会を開催するのですが、そこに大鷹明日香さんが来られてから知り合いになりました」

「それはいつ頃のことですか」

「一昨年の六月頃でした」

「場所はどちらだったか覚えていますか」

「大田区の保健所の駐車場です。そこで譲渡会を開催しました」

「譲渡会というのは、どのようなことをするのでしょうか」

「一度人間に飼われた動物でも、家族に捨てられると人間に不信感を抱き、なかなか人間には寄りつこうとはしません。そうした犬や猫を再び人間になつくようにして、かわいがってくれる人に譲渡する会です」

「そこで小宮さんは被告人と出会ったわけですね」

「そうです」

「そこでどんな話をしたのでしょうか」

「大鷹さんが雑種の犬の頭を撫でていたので、その犬がある公園で保護されたいきさつを説明しました」

「その時の被告人はどのような様子でしたか」

「泣きながら、私の話を聞いてくれました。飼ってあげたいけど、留守にしている時間が長いから、私には無理なのよって、その犬に話しかけていました」

「その後も被告人との関係はつづいたのでしょうか」

「猫なら、留守中も静かにしているので、一度、六郷にある大田区動物愛護センターに来てみませんかって、お誘いしました」

「被告人は動物愛護センターを訪れたのでしょうか」

「はい、来てくれました」

「いつだったか覚えていますか」

「やはり一昨年、二〇一五年七月三日でした」

「どうしてそんなに日付をはっきり覚えているのでしょうか」

「その日に、世田谷区の動物愛護センターでやはりボランティア活動をしている未希ちゃんがテレビに出ていたので、それで覚えているんです」

　小宮礼子は水の流れのように淡々とした口調で答えた。

「その方は芸能人なんですか」

「いいえ、そうではありません。堀坂芸能プロダクションが主催する国民的美少女コンテストの最終候補者五人に未希ちゃんが残っていたんです」

「そのコンテスト最終審査の日に、被告人が動物愛護センターを訪れたわけですね」

「そうです。最終審査のもようを放映している最中に大鷹さんが来られました」

「被告人の対応には小宮さんがあたったのでしょうか」

「部屋に入ってもらいましたが、職員もボランティアもテレビの方に夢中になっていて、どちらかという大鷹さんをほったらかしてしまったような状態でした」

「皆さんテレビに夢中になっていたんですね」

「そうです。ふと気がついて大鷹さんの方を見ると、大鷹さんの膝の上でフレディーが喉をゴロゴロ鳴らしながら、寝ていたんです」

「フレディーというのは保護された猫ですか」

「捨てられ、いじめられていたのか、人間を見ると怯えて、なかなか人間には近寄って来なかった猫でした。それが大鷹さんには初対面なのになついていました。大鷹さ

ん も感動したのか、泣きながらフレディーを撫でていました」

「その猫は結局、被告人に譲渡されたわけですね」

「そうです。大鷹さんとフレディーの姿を見て、職員もボランティアもまた泣き始めたんです」

「また、泣き始めたとは？」

「国民的美少女コンテストに応募した動機を最終審査で尋ねられ、未希ちゃんの答えを聞き、あんなに明るくふるまっている未希ちゃんにそんな出生の秘密があったんだって、初めて知ったからです」

「未希ちゃんは何と答えていたのでしょうか」

「未希ちゃんは、実は養子で、有名になって本当の自分の両親を探したいと答えていました」

　未希の出生については本人に証言させようと、真行寺はそれ以上の追及はやめ、質問を切り替えた。

「現在、被告人に譲渡されたフレディーはどうしているのでしょうか」

「私の家で大切に飼わせてもらっています」

「フレディーは被告人に約半年間飼われていましたが、かわいがられていたと思いますか」

「もちろんです。フレディーには少し大きな鈴が付けられていました。それが我が家の階段を上ったり下ったりしているうちに、鈴が壊れてしまい、きっと大鷹さんが大切にしていたと思われるお守りが出てきました」

「お守りですか、どのようなお守りで……」

小宮礼子の尋問にいらいらしていた秋元がついにしびれを切らした。

「異議があります。弁護人の尋問は主旨がまったく理解できません。被告人と猫の関係など事件とはまったく関係ありません。前回の法廷、そして今日の午前中の尋問にも出てきましたが、本件とお守りが関係しているとは到底思えません」

三角裁判長が弁護人の意見を聞いた。

「裁判官にも裁判員にも、被告人の性格を知ってもらいたいと、猫のフレディーとのエピソードを語ってもらっています。お守りについては、前回の山根麻子証人、そして今日の午前中の種村泉証人からも出てきました」

真行寺は、裁判官、裁判員一人ひとりの目を見つめるようにしてつづけた。

「被告人が何故強固な意志を持って二人の殺害に至ったのか、このお守りに、その真実が隠されています。真実ははるか遠くにあるものではなく、日常の些細な仕草や出来事に潜んでいることもあるのです。その事実を知ってもらうためには、どうしてもこのお守りについて証人に語ってもらう必要があるのです。どうかこのまま尋問をつづけさせてください」

　真行寺は裁判官席に向かって頭を下げた。

「わかりました。しかし、いつまでも本件との関連が不明な質問の仕方は極力避けてください」

　三角裁判長に真行寺は再度頭を下げた。

「フレディーの首にかけられていた鈴から飛び出してきたお守りというのは、どのようなものですか」

「大鷹さんの家からフレディーを預かってきた時には鈴はすでに付いていましたが、普通の鈴の音と違っていました。出てきたのは金属製のお守りを切断した下半分でした」

「下半分ですか」

「大鷹さんが自分で身に着けていたのか、そのお守りには錐で穴が開けられ、チェーンが通せるようになっていました。文字は『成就』と刻印されていました。それが今ここにあります」

　証言台の横にはスタンドスキャナーが置かれている。真行寺は小宮からそのお守りを受け取ると、スタンドスキャナーの上に置いた。スイッチを入れると、検察側、弁護側の壁にかけられている大型モニター、そして裁判官、裁判員のモニターにそのお守りが映し出された。

　種村の証言にもあったように、元々は四百メートルトラックの形状のようなお守りで、それを真っ二つに金鋸で切断したのは明らかで、フレディーの鈴から飛び出したお守りには、電動の錐で開けたと思われる小さな穴が空いていた。

「半分に切断されたこのお守りを被告人は大切にしていました。どうか今モニターに映し出されている形状を覚えておいてください。この残り上半分の存在が明らかになった時、被告人の殺意がどうして芽生えたのか、すべての真実が明らかになると弁護人は考えています。弁護側の質問を終えます」

　真行寺の真意が理解できないのか、裁判官、裁判員、検察官も唖然とした表情を浮かべている
　三角裁判長は検察官、そして裁判官に質問を促したが、小宮に対する質問は出てこなかった。

「では弁護側最後の証人ですね」

　三角が言うと、大きなマスクをかけていた女性が傍聴席から立ち上がり、カウンター扉に向かって歩いていった。書記官が扉を開けると、女性はマスクを取ってから法廷に入った。その瞬間、傍聴席からどよめきが沸き起こった。裁判員も互いに顔を見合わせている。

「静粛にしてください」三角がどよめく傍聴席に向かって言った。

女性がマスクを外すのと同時に、被告人が立ち上がろうとして、刑務官に肩を押さえられ、着席させられた。

女性が宣誓をした。名前、年齢、職業を聞かれた。

「長谷川未希、十六歳、高校一年ですが、堀坂芸能プロダクション所属のタレントです」

長谷川ははっきりとした声で述べた。強い意志を感じさせる口調だ。

被告人は長谷川未希をまるで亡霊でも見てしまったかのような顔で見つめていたが、全身の血管がいっぺんに凍りついたように青ざめた。唇も真っ青で、全身を震わせ始めた。

「帰れ、帰れ」

最初はうめくような静かな声だった。すぐに大月が身を乗り出して被告人に注意を与えた。

「静かにしろ。落ち着くんだ」

それでも明日香はやめなかった。明日香の声は次第に大きくなり、怒りを帯びた口調に変わっていった。

「帰れ、おまえなんか帰れ」

被告人は法廷どころか廊下にまで響くような声で最後は絶叫した。

「静かにしなさい。これ以上騒ぐと退廷を命じますよ」

三角が警告した。

「被告人は、長谷川未希さんがどのような思いで証言台に立つ決意をしたのか、十分に理解しているはずです。彼女の証言に耳を傾け、真実と向き合ってください」

真行寺は被告人に向かって言うと、証言台に立つ長谷川未希に視線を向けた。長谷川の目は真っ赤に充血し瞳は潤んでいたが、涙は流れていなかった。

「改めて名前をお聞きしますが、長谷川未希というのは本名ですか」

「はい、そうです。芸名は渋谷未希を名乗っています」

「芸名ですか……」

「一歳の時、私は現在の両親に養子として迎えられ、その時に姓は長谷川になり、本籍地も両親と同じにしています。一歳までは渋谷未希でした」

「その渋谷未希というのは、誰が付けてくれた名前なのでしょうか」

「私が生まれた時の渋谷区長が付けてくれた名前です」

「渋谷区長が命名してくれたんですか」

真行寺は驚いた様子で聞いた。

「はい、私の戸籍の父と母の欄は空白になっています」

「何故空白になっているのですか」

「渋谷区長の命名と関連するのですが、私は渋谷区にあるC乳児院の前に置かれていました」

証言を始めると、長谷川未希は高校一年生とは思えないほど凛とした雰囲気を漂わせるようになった。

「大変強い言葉で表現しますが、長谷川未希さんは捨て子だったのですか」

「はい、そうです。両親が現れず、結局、渋谷区長が、区の名前を名字にし、希望のある未来が待っているという思いをこめて未希と名付けてくれました」

遺棄された新生児は、保護された地域の区長、市長などが命名し、戸籍を作成することになっている。

「出生日はいつですか」

「正確な誕生日はわかりませんが、C乳児院に遺棄されていた二〇〇〇年六月六日が誕生日になっています」

長谷川未希が被告人席に一瞬目をやった。大鷹明日香は両手で顔を覆い、肩を上下させている。泣き声を噛み殺しているようにも見える。大月が被告人の肩を叩き、ハンカチを渡した。

「どのような状況で遺棄されていたか知っていますか」

「私を養子に迎えてくれた両親の下で、愛情に満ちた生活を送ってきました。自分が養子だと思ったことなど一度もありませんでした。いずれわかることだからと、私が中学一年生になった時に、両親は真実を明かしてくれました。その時はもちろん大変なショックを受けましたが、両親は以前とまったく変わらないで私を愛し、育ててくれました。すぐに本当の両親を探そうと思ったわけではありませんが、一年くらい経った頃、心の整理がつき本当の両親について知りたいと思うようになり、両親と一緒にC乳児院を訪ねました。そこで当時の私がどのような状態で保護されたのか、その頃の写真を見せていただきました」

「どんな写真が残されていましたか」

「私が包まれていた純白のタオル、揺りかご代わりの空気注入式のバスタブ、当時の副院長だった種村先生にあてた手紙、そして首にかけられていたお守りの写真を見せていただきました。手がかりはそれだけでした」

「本当の両親探しはすぐに諦めたのでしょうか」

長谷川未希は首を大きく何度も横に振った。

「そうではありません。当時の副院長の種村泉先生を訪ねて、なんとか手がかりはないものかとお話を聞きましたが、種村先生は各方面で講演会をされていて、生みの母は先生の講演を聞いた一人であるのは間違いないと思いましたが、それ以上はわかりませんでした」

「親探しは難航したのですね」

「はい、それで私が有名になって、両親を探していることが世間に広く知られるようになれば、親が名乗りを上げてくれるのではと思いました。それで無理だろうとは思っていましたが、国民的美少女コンテストに応募したんです」

「そのコンテストの模様はテレビで放送されたのでしょうか」

「はい、最終選考には五人が選ばれ、その中から優勝者を選ぶ様子はテレビで放送されました」

「長谷川さんもその中に残っていたんですね」

「そうです。私はもしかしたら渋谷未希という名前を両親は知っているかと思って、その名前で応募しました。最終選考会のいちばん最後の質問は私服姿で答えるのですが、もしかしたら見ていてくれるかもしれないと思い、通っていた中学の制服姿で登場させてもらいました。最後の質問は、何故コンテストに応募したかというものでした」

「長谷川さんは何て答えたのですか」

「優勝できるとは思っていませんでしたから、これが最後のチャンスかもしれないと思ったら、周囲のことなど気にしている余裕はなくて、本当の両親を探していると言ってしまいました」

「C乳児院の前に置かれていたことまで話されたのでしょうか」

「もちろんです。これまで法廷でお話ししたことは、すべて最終選考会でも述べました。審査には水着姿の審査もあって、私はずっと、胸にお守りを着けていました。それが気になっていた審査員の一人がお守りについて質問してくれたのです」

「どんなお守りでしょうか」

「金属製のお守りで、半分に切断され、私が持っているのは上半分です」

「今、そのお守りをお持ちですか」

「はい、育ての両親から真実を聞いた日から、このお守りを肌から離したことは一度もありません」

この証言を聞いた瞬間、被告人は耐えきれなかったのか、肩を大きく上下させ、激しく嗚咽した。顔にあてたハンカチを口にあてがって強く噛みしばりながら泣き沈んだ。断末魔を迎えた獣のうなり声にも似たその泣き声は法廷内に重く響き渡った。

「見せていただけますか」

長谷川未希は首の後ろに手を回し、チェーンを外した。それを受け取ると、真行寺はそのお守りをスタンドスキャナーの上に置き、モニターに映した。

「心願」という二文字が刻印されていた。

裁判官、裁判員、検察官、傍聴者も、フレディーの首にかけられていた鈴の中から回収されたお守りを記憶しておいてほしいと言った、真行寺の言葉の意味を理解したのだろう。どこからともなく深い嘆息が漏れてくる。

「長谷川未希さん、いや渋谷未希さんが国民的美少女コンテストで優勝するわけですが、その後も、応募した動機は各マスコミの取材を受けた時にお話をされているのでしょうか」

「もちろんです。本当の両親を探す目的で芸能界にデビューしたわけですから」

「その効果はどうだったのでしょうか。新たな情報があったのでしょうか」

「優勝してから、ほぼ毎日のように堀坂芸能プロダクションの事務所に行く日々を送るようになりました。その年のクリスマスイブだったと思います。所属のタレントさんや歌手、スタッフと忘年会が開かれ、私も参加させていただきました。その時に奇妙な電話が事務所に入り、私が直接その電話に出ました」

「どのような内容の電話だったのでしょうか」

「男の声で、お守りの半分を持っている女性を知っているというものでした。私はその方の名前と住所を尋ねたのですが、また電話するとすぐに切れてしまいました」

「発信先は表示されていなかったのでしょうか」

「電話は非通知でした」

「電話はその後ありましたか」

「それ一回きりでした」

「なおこの電話に関しては、被害者大鷹寿美夫所有の携帯電話通話記録に、二〇一五年十二月二十四日午後七時三十二分に堀坂芸能プロダクション宛てに、非通知で通信されている事実が記載されています。大鷹寿美夫が何故、堀坂芸能プロダクションに電話を入れたのかは、被告人質問の中で明らかにしていきたいと思っています。証人への尋問をつづけます。優勝後、数多くのテレビや雑誌の取材に応じてこられたと思うのですが、今から一年ほど前の一月十八日の深夜、いや十九日午前一時過ぎにラジオの番組に出演されたことはありますか」

一月十九日午前一時は、被告人が大鷹寿美夫を扇島W公園付近の海に遺棄した時間だ。

「生出演ではありませんでしたが、事前に収録されたものがB局から放送されました」

「放送時間を覚えていますか」

「一時くらいから西野カナさんの曲が流れ、その後で私のインタビューが流れたので、確か午前一時十分過ぎではなかったかと思います」

「どんな内容だったか覚えていますか」

「局のディレクターさんから自由に使っていいよとおっしゃっていただき、本当のお母さん、いつか会いましょうねと、呼びかけたと思います」

「長谷川未希さんが持っていたお守りと、その残りの下半分を所持していたのは被告人ですが、どのように思っているでしょうか」

長谷川未希は何度もツバを飲み込むように喉を波打たせている。心の底から絞り出すような声で答えた。

「被告人はきっと私を産んでくれた母親でしょう」

「被告人に伝えたいことはあるでしょうか」

「事件の概要は真行寺先生からお聞きしました。もしかしたら私の軽はずみな行動が、大鷹明日香さんを追い込んでしまったのかと思うと、いてても立ってもいられない気持ちになります。きっと私を産んでくれた母は、私を守るためにはどうしたらいいのか必死で考えてくれたのだろうと思います。申し訳ない気持ちでいっぱいです」

ここまで言うのが精いっぱいだった。

「弁護人の尋問はこれで終わりたいと思います。その上で弁護人としては、長谷川未希所有のお守りと、被告人が大切にしてきたお守りを証拠として請求したいと考えています」

「異議があります」

秋元が立ち上がった。

「弁護側はお守りの存在を、公判前整理手続段階で十分に承知していたと思われます。『やむをえない事由』による公判前整理手続後の証拠請求にはあたらないと思います」

実際には、分割されたお守りの存在が明きらかになったのは、公判前整理手続が終了した直後だった。しかし、お守りの件を持ち出せば、被告人はあらゆる証言を拒否し、黙秘を通しただろう。検察の主張通りに裁判が進行し、死刑判決が下る可能性が極めて濃厚と思われた。死刑判決を回避するためには最後まで秘匿するしかなかった。真行寺の採った弁護方針は苦肉の策だった。

「弁護側の主張を却下します」

三角が冷徹な声で言い放った。

秋元からの反対尋問はなかった。

三角が裁判員の質問を促した。今まで一度も質問をしたことのなかった一番裁判員の四十代の男性が証人に質問をした。

「これから芸能界で活躍される方だと思いますが、今日法廷で証言されたことは決してあなたの将来にプラスになるとは思えません。何故、証言台に立たれたのでしょうか」

「私は育ててくれた両親には心から感謝しています。ずっとこのまま生きていく選択もあったと思います。でも、それは何か大切なものをどこかに置き忘れた人生になるような気がしたんです。両親とも何度も相談しました。その上で真実を突き止めようということになりました。後悔するとしたら、私の独りよがりで、産んでくれた母親を苦しめる結果になったことです」

被告人が泣きながら何かを口走っていた。くぐもった声でよくわからないが、「ごめんなさい」と叫んでいるように聞こえる。

二十代女性の六番裁判員が聞いた。

「被告人とあなたが母と娘とはっきりしたわけではありませんが、もしそうだとしたら、あなたの父親、そして祖父を殺していることになるかもしれません。その母親をどう思っているのでしょうか」

「そうですね。被告人は私の祖父と、父を殺しているのかもしれません。新聞には死刑判決も予想されると書かれていました。私は被害者の娘であると同時に加害者の娘でもあります。私は母の死刑など望みません。何故なら」

ここまで言うと、長谷川未希は声を詰まらせた。こらえていたのだろう、涙が急に溢れだした。

「母は、私の未来を守るために罪を犯したのだと、私は思っています。どうか生きて罪を償う機会を与えてほしいと思います。これ以上、人の命が失われるのには耐えられそうにもありません。心からの私のお願いです」

裁判員から長谷川未希への質問はそれ以上出なかった。しかし、六十代の三番裁判員が手を上げた。

「証人への質問ではないのですが、後から出てきた鉄アレイが証拠として採用され、何故お守りは証拠として採用されないのでしょうか。私は裁判員として証拠として採用されるべきだと思いますが」

「それはこの場で議論することではありません」

三角は三番裁判員の意見をはねつけた。

「では、閉廷にしたいと思います」

法廷から傍聴席に戻ると、長谷川未希は母親のリエに抱きつくと、声を上げて泣いた。母親が未希を強く抱きしめた。父親の一郎がメガネを取り、涙を拭いながら言った。

「未希はよくやった。偉かったぞ」

未希が母親の胸に顔をうずめながら、何度もうなずいた。被告人席に座る大鷹明日香が刑務官に促されて立ち上がった。

明日香はハンカチを大月弁護士に返した。真行寺が傍聴席を見るように、明日香に目配せをした。明日香が傍聴席に目を向けた。

それに気がついた長谷川の父親が未希の肩を軽く叩いた。未希が傍聴席を見た。明日香は深々と頭を下げた。それに答えて未希も両親も、明日香に向かって頭を下げた。

18　被告人質問

二月七日、その日も朝から晴れ渡り、穏やかな天気だった。しかし、関内駅に降り立つと、海からの風は冷たい。国民的美少女コンテストで優勝した渋谷未希が証言台に立ったというニュースは新聞やテレビ、週刊誌で大々的に取り上げられていた。

傍聴希望者がいつもより増えることが予想された。抽選にはならず先着順だったが、案の定、傍聴席に入れない希望者も出た。そのほとんどが渋谷未希を見たさに集まってきた十代の若者たちだった。愛乃斗羅武琉興信所から四人のスタッフが朝早くから並んで、野村代表、長谷川夫婦、そして渋谷未希の席を確保した。

四人は横浜地裁近くのホテルのロビーに待機していて、法廷に入る直前に、並んでいた愛乃斗羅武琉興信所スタッフと交替した。すぐに渋谷未希と気がつき、テレビカメラが向けられた。

渋谷未希が証言台に立ってからというもの、それまでとは異なる注目のされ方をした。二つに分割されたお守りのエピソードを紹介しながら、渋谷未希の生みの母親が大鷹明日香だと報じた。しかし、お守りは証拠としては採用されなかった。現行の裁判員裁判のシステム上の問題を指摘した記事は皆無だった。

この日も午前九時五十分に開廷した。被告人質問、論告求刑、最終弁論が予定され、実質的な審議はその日で終了し、残すのは最終日の判決公判のみになる。

いつものように三角裁判長を先頭に裁判官、裁判員が入廷した。裁判員は満席になった傍聴席を見て、少し驚いた様子だった。

大鷹明日香は今までになく緊張しているように見える。しかし、伏し目がちに傍聴席の渋谷未希を探している。未希の方も被告人に視線を向けている。二人の視線が一瞬絡んだが、被告人は申し訳なさそうに、法廷の床に視線を落とした。

「それでは始めます。被告人は証言台へ」

三角に促されて、大鷹明日香が証言台に立った。

「弁護人は始めてください」

真行寺が立ち上がった。

「前回の法廷では、長谷川未希さんが勇気を持って証言台に立ってくれました。どうか被告人も、その勇気に応えるためにも真実と向き合ってもらいたいと思います」

真行寺はこう述べてから質問を始めた。裁判官席を向いた被告人は無言で小さくうなずいた。

「二〇一五年八月一日、本羽田の家であなたは被害者の小山田秀一を鉄アレイで殴打していますが、鉄アレイはどこで入手したものですか」

「自宅近くのQ公園で時折フリーマーケットが開かれ、そこで買いました」

「何のために」

「父を殺すためです」

「何故、父親である小山田秀一を殺さなければならないと思ったのですか」

被告人は答えたくないのか、沈黙があった。

「保険金目的で殺そうと思ったのですか」

「いいえ、違います」

「それでは何故、父親を殺そうと考えたのでしょうか」

「父親には生きている資格がないと思ったからです」

「冒頭にも言ったことですが、真実と向き合って、事実をこの法廷で語っていただきたい。何故、父親を殺そうと考えたのでしょうか」

明日香は裁判官席を見ようとしなかったが、真行寺の言葉に顔を上げ、真っ正面を見据えた。大きく深呼吸し、呼吸を整えると言った。

「お守りの秘密に父親が気づいてしまったと思ったからです」

「お守りの秘密ですか。それはどんな秘密なのでしょうか。その秘密についてすべてを述べてください」

「はい」と答え、明日香はもう一度深呼吸をした。

「母は、私が五歳の時に自殺しています。その前夜、私は寝苦しさで目を覚ましました。起きると、母が私の首に手をかけていました。まだ子供だった私は、母が何をしようとしていたのかわかりませんでした。目を覚ました私に母は驚き、その手を離しました。母は『ごめんね』と言うと、小さなお守りを私の首にかけてくれました。『お母さんはずっとあなたの味方だからね』と、それが最後の言葉になりました。私はそのまますぐに眠ってしまいましたが、翌朝、目が覚めると、母は隣の部屋で首を吊って死んでいました」

「そのお守りをあなたはずっと大切にしてきたのですね」

「そうです」

「そのお守りがどうして二分割されてしまったのでしょうか」

「私はN児童自立支援施設を出てからは、年齢を偽って水商売をしたり風俗店で働いたりして生きてきました。もう生きているのがイヤになって、死んでしまいたいと新宿をあてもなく歩いていた時、声をかけてきた男がいました。いつもなら、そうした男についていき、ホテルで寝泊まりしていましたが、その男はホテルにも誘わず、一晩中、新宿の西口公園で夜が明けるまで付き合ってくれました。それが大鷹寿美夫でした。その時にはとんでもない男だとは気づきませんでした。私はその男の子供を妊娠してしまいました」

「あなたが何歳の時でしたか」

「十六歳でした」

「中絶しようとは思わなかったのでしょうか」

「その時はまだ籍を入れてませんでしたが、旦那に言うとおろすように言われました。一時はそうしようと思ったこともありました」

「でもしなかった、何故でしょうか」

「病院の前まで行ったんですが、そこでフッと母親のことを思い出したんです。母は一度、私の首に手をかけたけど、私の命は奪わなかった。私もお腹の赤ちゃんの命は奪ってはいけないと、そう思いました」

「結局、あなたは出産を決意して赤ちゃんを産んだ。生まれた赤ちゃんはどうされたのでしょうか」

「大鷹寿美夫はヤクザでした。あの頃から私が働いて得た金を平気で使ってしまうような男で、覚せい剤を使用していた。とても赤ちゃんを育てられるような環境ではありませんでした」

「それで」

「私がN児童自立支援施設にいた頃、そこで講演してくれた種村先生を思い出したんです。インターネットで検索し種村先生がC乳児院の副院長をされているのを知りました。それで種村先生なら助けてくれるだろうと、生まれたばかりの赤ちゃんをC乳児院の前に置いてきました」

「何故、種村先生を思い出したのでしょうか」

「覚えているのは、命は一つしかなく、生まれてくる赤ちゃんの命を奪ってはいけないと、そんな話をされたかと思います。母はそのことを知っていて、私の命を奪うことはしなかったんだと思いました。でも、親戚の家をたらい回しにされ、自分には行き場がなく、あの時に死ぬべき命だったんだと考えるようになってしまいました。そんな時に、夜が明けるまで公園で一晩付き合ってくれた大鷹寿美夫を好きになってしまい、私に赤ちゃんが生まれました。育てられるようになるまで、種村先生に育ててもらうおうと思いました。いつか親子だってわかるように、母から託されたお守りを半分に切って、上半分を赤ちゃんの首にかけ、下半分を私が持っていました」

「被告人が、そのお守りの上半分を持っているのが長谷川未希さん、つまり国民美少女コンテストで優勝した渋谷未希さんだと知ったのはいつでしたか」

「私が大田区動物愛護センターでフレディーと出会った日で、一昨年の七月三日です。テレビで最終審査の様子が放送されていました」

「そこで被告人は、渋谷未希さんがコンテストに応募した動機を語っている姿を見て、二〇〇〇年六月六日に、C乳児院の前に置いてきた赤ちゃんだと悟ったわけですね」

「そうです。人を信じていないフレディーを私の膝の上に乗せながら私もテレビを見ていました。いつかいつかと思っていても結局会いにも行けなかった赤ちゃんが、あんなに大きくなり、私を探してくれているのを知り、何故か涙が止まらなくなってしまいました」

「その時のあなたの気持ちをもう少し詳しく聞かせてください」

「説明しようのない気持ちです。それまでにそんな気持ちになったことなんて一度もなかったから。真冬の寒い夜、太陽に一日中干した暖かい布団に、身体ごとすっぽりと包まれたような、そんな気分でした。幸せってこういうのを言うのかなって思いました」

傍聴席からすすり泣くかすかな声が真行寺の耳にも届いた。ふと傍聴席の方を見ると、両親に挟まれて座る長谷川未希が、ハンカチを目にあてて泣いていた。

「そんな幸せな気分に浸っていたのに、あなたは何故父親を殺そうと考えたのですか」

「父親はM児童養護施設にいた頃、年に一度くらいは会いに来ていました。その頃から私は母のお守りを首にかけていました。その紐がボロボロになると、小池というやさしい先生が使いなさいと金のネックレスをくれました。その後はその金のチェーンにお守りを通して首にかけていました。父は犯罪を繰り返し、刑務所とシャバを出たり入ったりを繰り返してましたが、お守りが半分になっているのにも気がついていました。競輪競馬にしか興味がなく、いつもスポーツ新聞を読んでいたので、その新聞を読んで、渋谷未希が母親を探しているというのを知ったのだろうと思います。最初のうちは『親だと名乗りを上げろ』というくらいでしたが、次第にエスカレートしていきました」

「どのようにエスカレートしていったのですか」

「私がプロダクションに行かないのなら、俺が行ってくると言い出す始末でした」

「それでついに八月一日を迎えたのですね」

「殺すしかないと思いつめていましたが、それでも人を殺すなんてそんなに簡単にはできません。でも、あの日、ハイソサエティから戻るのを待っていて、父親は私の車で堀坂芸能プロダクションがどこにあるのか確かめてくると言い出しました。いつもそうなのですが、居間のガラス戸から父は出入りしていて、靴を履きながら『これで一生遊んで暮らせるな』と言うのを聞いて、居間のソファの下に置いといた鉄アレイを取り出して、父親の後頭部を力いっぱい叩いていました」

「それで小山田秀一はどうなったのでしょうか」

「前屈みに倒れ込みましたが、狭い駐車場なので目の前に私の軽乗用車があり、その後部ドアに顔を押し付けた状態で止まっていました。父親は外出する時はいつもニット帽をかぶっていましたが、ガラス戸のサッシにそのニット帽があったのですぐにかぶせ、助手席のリクライニングシートを倒して乗せました」

「その時、あなたはどのようなことを思ったのでしょうか」

「これですべてが終わる。本当に終わりにすることができると思いました。私は結構冷静で、鉄アレイをソファの下に転がし、玄関から出て、車に乗り、浜川崎インターの分岐点のコンクリートブロックに衝突すれば、それですべてが終わると思いました」

「自分だけ助かろうと考えませんでしたか」

「母を見捨て、私に平気でたかって暮らすような父で、今度は渋谷未希さんにまでゆすりたかりをしようと考えていた。何もかもがイヤになり、むしろこれで楽になれると、ホッとしていたというのがあの時の私の正直な気持ちなんです。だから保険金がどうだとかこうだとか、そんなこと何も考えていませんでした」

　大事故で車は大破し、大鷹明日香自身も重傷を負った。

　真行寺は裁判員の表情をそっとうかがってみた。どの裁判員もそれまでに見せたこともない真剣な眼差しで被告人を凝視している。

「あなたは病院で意識を回復しましたが、その時、何を思ったのでしょうか」

「別に何も思うことはありませんでした」

「しかし、保険二社が病院に訪れ、あなたは保険金給付手続をしています。命が助かり、保険金が急に欲しくなったのではありませんか」

「そんな気持ちにはなれませんでした。いくらろくでもない父親であっても、私の父であることには間違いないのですから、私だけ助かったと喜ぶ気持ちになれるわけがありません」

小山田秀一の死に警察は疑問を抱くこともなく、交通事故として処理された。

「死にたいと考えていたのに、あなたは退院後、給付された保険金でホストクラブに通い出しますね」

「ホストクラブに通い、大金を使ったのは、私自身の憂さ晴らしもあったと思いますが、私の入院中に病院を訪ねて来てくれて、身の回りの世話や、フレディーにエサや水を与えてくれたのは高崎美由紀で、彼女へのお礼の意味もあったし、二、三百万円で彼女が自信をつけてくれれば、そのくらいのお金は惜しいとは思わなかった」

「あなた自身から死にたいという思いは失せていたのですか」

「そんなことはありません。思わぬ大金が転がり込んできたので、大きなワンボックスカーを買いました。それで日本中を回り、一番きれいな場所で死んでしまおうと思いました」

「でも、あなたはそのワンボックスカーでどこにも出かけてはいませんよね。何故ですか」

「私が事故を起こしたのを新聞で知り、五月に刑期を終えて出所していた大鷹寿美夫が本羽田の家に転がり込んできたのです」

「何故大鷹寿美夫を受け入れたのですか」

「二十歳の時に入籍したのは、今度こそまじめになるという言葉を信じたからです。それもウソで、あの男が立ち直るとは最初から思っていませんでした。受け入れたという気持ちはありません。どうせ私はすぐに死ぬんだから、私にはもうどうでもよかったんです。でもすぐにあの男の魂胆がわかりました。オヤジが交通事故で死んだのを知り、保険金があるだろうと、その金をたかりに戻ってきたのです」

「それを聞いてあなたはどう思ったんですか」

「私が死んだ後、残った金はあいつにくれてやるつもりでいました」

「保険金はすべてホストクラブに費やしてしまったのではないのですか」

「ホストクラブに遣ったのは三百万円くらい、残りは寝泊まりのできる車がいいと思って大きな中古のワンボックスカーを現金で買い、四千万円はそっくり残っています」

「あなたの口座にはそんな大金は預金されていませんでしたが？」

「大鷹寿美夫には、杉並高志という子分がいて、そいつからトバシ携帯を一台譲り受け、そのスマホを使って大鷹寿美夫名義で、R銀行に口座を開き、そこに預金してあります」

トバシ携帯は、闇の世界で売買される携帯やスマホで、使用できる期間は数ヶ月程度、覚せい剤の末端の売人が客からの注文を受けたり、オレオレ詐欺の電話に使用されたりするものだ。

被告人は給付された保険金を数百万円単位で下ろし、R銀行に移動させていた。自分のパソコン、スマホからはR銀行にはいっさいアクセスしていない。

「何故、そんな手の込んだ方法を取ったのでしょうか」

「私の口座に預金しておけば、留守中に預金通帳を探し当てて、全部使われてしまうと思ったからです」

警察も保険金の流れを追うことができずに、大鷹明日香名義の口座から下ろされた金は遊興費に消えたと判断していた。

「実際に自殺を試みたことはあるのでしょうか」

「もう少し生きていたい、もう少しと思っているうちに時間だけが過ぎていってしまいました……」

「生きていたいと思うようになったということですね。どうしてそう思うようになったのですか。時速百二十キロ以上のスピードを出して、コンクリートブロックに激突したのは、死ぬつもりだったからでしょう」

真行寺の質問には、どうして自殺しなかったのだと非難が込められていた。被告人は返答に窮した。

「何故死ななかったのですか」

真行寺の口調はさらに強くなった。明日香は唇を強く噛みしめた。

「あなたの家のテレビにはたくさんの番組が録画されていました。どのような番組を録画していたのでしょうか」

やはり被告人は黙り込んだ。

「被告人は答えなさい」真行寺は怒鳴った。

裁判官も裁判員もハッとした顔で真行寺を見ている。

「渋谷未希さんが出演した番組を録画していました」

「もう一度質問します。何故自殺しなかったのですか」

傍聴席の視線にも、裁判員の視線にも、真行寺への非難と怒りが滲んでいる。

〈弁護人が何もそこまで聞かなくてもいいだろう〉

そう思っているのがその視線からうかがえる。真行寺は手ごたえを感じた。

「渋谷未希さんの活躍をもう少し見ていたいと思うようになったんです」

渋谷未希の本格的デビューはまだ先のことだが、マスコミは彼女に注目していた。

様々な番組に出始めるようになっていた。

真行寺はもう一つの殺人事件を問い質した。

「実際には夫婦関係は破綻していたと思いますが、どうして夫を自宅の浴槽で溺死させたのでしょうか」

「大鷹寿美夫も、お守りの秘密に気づいてしまったんです。渋谷未希さんが日を追うごとに有名になり、お守りの話が様々な雑誌で紹介されるようになりました。旦那もそれを読んでしまった」

「大鷹寿美夫は、あなたのお守りを見て知っていたのでしょうか」

「旦那も切断する前のお守りと、切断した後のお守り、両方を見ています」

「そのことを知って、大鷹寿美夫はあなたに何か言ってきたのでしょうか」

「私には何も言ってきませんでした。でも、クリスマスイブの夜、旦那の部屋から、杉並と旦那の話が聞こえてきました。それを聞いて、私はバチが当たったんだと思いました」

「バチですか」

「オヤジが死んだ後もグズグズ生きてしまったバチだと思いました」

「二人はどんな会話をしていたのでしょうか」

「旦那が堀坂芸能プロダクションに電話を入れ、お守りの半分を持っている人を知っていると連絡している最中でした。電話はすぐに切れましたが、『すごい金づるをつかんだ』と杉並に話している旦那の声を聞いてしまったんです」

「それを聞いてどう思ったのでしょうか」

「殺してしまわなければ、渋谷未希さんに一生つきまとうだろうと思いました」

「何故自宅の風呂場で殺害したのですか」

「今度こそ、ワンボックスカーごと海にダイブしてしまえば、二人とも死ねると思いました。でも、前回のように片方が助かってしまうかもしれない。特に旦那は茅ケ崎市生まれで、水泳も得意でした。車から抜け出されて生き残ったらと思うと、完全に殺さないといけないと思って、浴槽で溺死させました」

　被告人ははっきりした口調で答えた。

「一月十八日深夜から十九日未明に行われた大鷹寿美夫殺害について聞きます。ワンボックスカーに夫を乗せて扇島W公園に向かっていますが、どうしてそこに向かったのですか」

「旦那の趣味が釣りで、よく付き合わされていました。大型船舶が入る埠頭には障害物もなく、そこからなら簡単に海にダイブできると思ったからです」

「しかし、あなたはダイブしないで、すでに死亡している大鷹寿美夫だけを海に遺棄しています。何故ですか」

被告人は真実を警察には自供していなかった。実際は進入禁止区域の埠頭から大鷹寿美夫を遺棄した後、大鷹明日香はワンボックスカーを運転し扇島W公園駐車場に戻り、そこで十数分間ラジオを聞いていた。その後、釣り道具を担いで、徒歩で被害者の遺棄現場に向かい、釣り道具や携帯用の折り畳み椅子をそこに並べ、110番通報したのだ。被告人から自殺する意思はまったく失せていた。

再び、被告人は沈黙した。黙秘とは違う。証言しようとしている様子だが、喉だけが波打ち声が出てこないのだ。何度も何度も、ツバを飲み込んでいる。

「ゆっくりでいいですから、真実を語ってください」

「自宅から現場に向かう間、気分を落ち着かせようとラジオをかけて走りました。でも、何を聞いたのかよく覚えていません」

しかし、警察では、日付が変わった十九日午前一時頃から西野カナの曲が流れたと、被告人は証言している。

「西野カナの曲を聞いたのではありませんか」

「はい、聞きました」

「曲の他にラジオから何が聞こえてきたのでしょうか」

俯き加減だった被告人が顔を上げた。

「海にダイブしようとする少し前でした。西野カナの歌が終わった後、特別インタビユーが流れると告知がありました」

「特別インタビューですか」

「渋谷未希さんのインタビューが流れると番組司会者が紹介していたんです。私はそのインタビューを聞いてから死のうと思ったんです」

「それで駐車場に戻ったというわけですか」

「はい」

「特別インタビューはどんな内容だったのでしょうか」

「どんなに両親に愛されて育ったか、コンテストに応募した経緯を語り、そして最後は……」

被告人は言葉を詰まらせてしまった。喉を押し潰されてしまったかのように苦しい表情を浮かべながらつづけた。

「渋谷未希さんが、ラジオを通じて本当の両親に訴えかけている声でした」

〈お父さん、お母さん、聞いていますか。私を産んでくれてありがとう。心から感謝しています。もしも聞いていたら、連絡してください。どんな事情があったのかわかりませんが、C乳児院に残されていた副院長宛ての手紙を私も読んでいます。どうか連絡してください。お守りが一つになる日を信じています〉

「被告人はその呼びかけを聞いてどう思いましたか」

「会うことなんてできない。でも、もう少し生きていたいと思いました」

「それで被告人は釣り道具を持って遺棄現場に戻ったわけですね」

「そうです」

「最後にもう一つだけ質問します。被告人は法廷で鉄アレイの隠し場所を突然明かしましたが、何故そのようなことをしたのですか」

「大矢直子が、真弓から聞いた私の出産の秘密を法廷で明かしたからです。C乳児院に置いてきた赤ちゃんについては誰にも知られたくなかった。凶器のありかを教えて、死刑判決でもいいから、一刻も早く裁判を終えてほしいと思いました」

「死刑でもいいと本当に思ったのですか」

「C乳児院の前に置いてきた赤ちゃんが、渋谷未希さんだと知られるくらいなら、私の命なんてどうでもいいんです」

「これで弁護側の質問を終わります」

　三角裁判長は十分間の休憩を入れると告げた。

　それまで必死にこらえていたのだろう。泣き声を抑えに抑えていた長谷川未希が、前屈みになって泣き伏した。両手の指の間から喉を引き裂くような嗚咽が漏れてくる。両親に抱きかかえられるようにして廊下に出た。

「ごめんなさい。本当にごめんなさい」

長谷川未希の声が法廷に残った。それは大鷹明日香の耳にも届いただろう。

十分後、法廷が再開された。検察側の被告人質問だ。

再び被告人が証言台に立った。真行寺の質問に答え、自分の思いをすべて吐き出したせいなのか、あるいは十分間の休憩中に泣くだけ泣いたせいなのか、重荷の一つを下ろしたようなホッとした顔つきに変わっていた。

秋元の質問が始まった。

「被害者の小山田秀一殺害について最初に質問します」

秋元が切り出した。秋元は裁判官席、そして傍聴席を観察するように見まわした。

法廷の雰囲気が被告人に同情的になっているのを敏感に感じ取っているのだろう。

「被害者の小山田秀一を一撃で殺害した鉄アレイですが、何故、ソファの下に隠したのですか」

「隠したというか、無意識のうちにソファの下に転がしたと思います」

「無意識というより、鉄アレイで殺したという形跡を隠そうとしたのではありませんか」

「その時はそんな余裕はありませんでした。隠さなければと思ったのは、病院から退院してきて、ソファの下に鉄アレイがあり、処理に困って、古くなって建てつけが悪くなり、ガタガタするようになっていた台所の床板をはがしたら地面が見えたので、その土を掘って埋めました」

「それまでに床板をはがしたことはありますか」

「ありません」

「では、小山田秀一死亡によって得られた保険金ですが、どうしてトバシスマホまで使って、大鷹寿美夫名義の口座を開き、そこに給付金を移動させたのでしょうか」

「旦那に奪われないようにするためです」

「それならば自分のパソコンなり、スマホを使って自分名義の口座を開き、そこに給付金を移動させてもよかったのではないでしょうか」

「旦那は服役中、パソコンの使い方を刑務所で勉強していました。私のパソコンやスマホをいじくり回されて、R銀行にアクセスしたことがわかれば、後は暴力を使ってでも、私から口座番号を聞き出すのはわかっていましたから、トバシスマホを使って口座を開いたのです」

「大鷹寿美夫は二〇一五年五月に服役を終えています。あなたの家に転がり込んだのは九月ですが、夫婦関係が破綻していたのなら、何故、家に迎え入れたのですか」

「迎え入れたわけではありません。勝手に戻ってきて、私が倉庫代わりに使っていた部屋に居座るようになってしまったんです」

「被告人は、その大鷹寿美夫が転がり込んだその月にインターネットで生命保険に加入しています。名ばかりの夫婦なのに、何故保険に加入させたのですか」

「同居を始めたのと同時に、私に金をせびり、私がおろしておいた金を勝手に持ち出すようになりました。杉並と覚せい剤の売買をしているのはすぐにわかりました。こんなことをしていれば、いずれは警察に逮捕されるか、組に戻さなければいけない売上金を使い込み、今度こそ見せしめに殺されると思いました。風俗店で働いた金をさんざん奪われてきたので、生命保険をかけて、万が一その保険金をもらってもバチはあたらないと思って、保険に加入しました」

「おかしいですね。あなたは実の父親を殺害し、五千万円もの給付金を得ています。しかも機会を見つけて死ぬ気だったんでしょう。死ぬ気のあなたが、何故、そんな保険金を欲しがるのでしょうか」

「どうせ死ぬのだから、有り金全部を派手に使って死ねばいいと、その時は考えていました」

「本当は父親死亡で得た保険金で味をしめ、出所して転がり込んできた夫を殺害し、次は夫の保険金も詐取しようと考えたのではありませんか」

「そんなことは考えていません」

「あなたは父親との同居が始まると、Ｐクリニックに通院し、ハルシオンを処方してもらっていますね。処方通りに服用していたのでしょうか」

「していません」

「あなたは不眠を訴えてPクリニックの心療内科にかかっているのに、何故薬を服用しなかったのですか」

「言われた通り服用したのですが、それではハイソサエティの仕事に差し支えるからです」

「ということは薬を飲まなくても、ハイソサエティの仕事はできたと理解してよろしいのですね」

「はい」

「大鷹寿美夫を殺害する時、家中の飲料水、氷、食品にハルシオンを混入させたようですが、家にはどのくらいのハルシオンがあったのですか」

「三ヶ月分くらいありました」

「どうしてそんなにあったのでしょうか」

「服用したりしなかったりしていたからです」

「そんなに飲み残していたなら、病院に行く必要はなかったのではないですか」

「そんなことはありません。父親と同居し、精神状態が不安定になり、本羽田から少し離れた場所に安いアパートを借り、そこで父親に暮らしてもらうようにしたら、精神状態は改善しました。それでも時々、不安に襲われることがあり、Ｐクリニックの心療内科の医師に話を聞いてもらうと、少しは気分が落ち着きました。行くたびに薬を処方してもらっていたら、それくらいたまってしまったんです」

「睡眠薬をたくさんためていたのは、夫を眠らせ、浴槽で溺死させるために計画的に保管していたのではありませんか」

「違います」

「ハルシオンで大鷹寿美夫を熟睡させ、その上で溺死させています。しかもホストを使ってわざわざ扇島Ｗ公園付近の海水を集めさせています。どうして風呂の水ではいけなかったのでしょうか」

秋元の質問は、自殺するつもりだったという明日香の証言がウソであると、裁判官、裁判員に印象づけようとする目論見なのだろう。

「死ぬつもりではあっても、心のどこかでは生きていたいと思っていたからでしょう」

「そうですね。あなたは自殺するつもりだったとは言っていますが、本心は自殺するつもりなどもうとうなかったのではないでしょうか」

「そんなことはありません。生きていれば、いつか渋谷未希さんに迷惑をかけるという思いがずっとありました」

「一月十九日未明、あなたは結局、ワンボックスカーで海にダイブすることはありませんでした。ラジオ番組で渋谷未希の収録された声を聞いて、思いとどまったようなことを言っていますが、最初から死ぬ気などなかったのと違いますか」

「あの声を聞いた瞬間、やはり死ねないと思いました。都合のいい話だと自分でも思いますが、もう少しだけ生かしておいてほしいと思いました」

秋元の質問はここで終えた。

三角裁判長は、左右に目配せして、裁判員からの質問を求めた。男子大学生のようにも見える五番裁判員が手を上げた。

「こんな質問をしていいのかどうかわかりませんが、もし、答えてもらえるのなら、答えてください。もしもですよ、もしもタイムマシーンに乗って、過去に戻れるとしたら、鉄アレイで父親を殴り殺そうとしている大鷹明日香に、あるいは浴槽で馬乗りになって大鷹寿美夫を溺死させようとしているあなた自身に、何か言ってあげることができるとしたら、今のあなたは何て言うのでしょうか」

二十代前半と若い裁判員だが、被告人から反省の言葉を引き出す最善の質問のように思えた。被告人は大きく息を吸い込み、フッと吐き出してからおもむろに答えた。

「やめなさい、今なら間に合うからやめなって言ってやりたいと思います。あの時の私はもう引き返せないと思っていたから、やるしかないんだって思いつめていました。

あの時に戻れるなら、まだ引き返せるから、やめなさい、そこで立ち止まれば、きっと引き返せるよって、ずっと見つけることのできなかった希望だって見えてくるんだよって言ってあげたい。その一歩を踏み越えてしまえば、その希望も何もかもが見えなくなってしまうし、苦しいほどの後悔の日日の連続だよって……」

「わかりました」五番裁判員が言った。

三番裁判員からも質問が出た。六十代男性で、裁判員の中では最年長と思われる。

「被害者二人には、今どのような気持ちをお持ちですか」

「父にしても、大鷹寿美夫にしても、ろくでもない人生を送ってきた。でも、二人ともそうしたくて、そんな人生を送ってきたわけじゃないと、今では思っています。希望が見いだせないと、人間というのは自暴自棄になっていくだけだと思います。私がいい例です。殺人でも何でもやってしまう。二人だってまだ生きていたかったと思います。私はその命を奪ってしまいました。本当にすまないと思っています」

裁判員からの質問はそれで終わった。時計は十二時を回っていた。

三角は午後二時から論告求刑、最終弁論、被告人の最終陳述で結審すると告げた。

午後の法廷は秋元の論告求刑から始まった。予想された通り、小山田秀一殺害は、凶器も発見され、殺害場所も特定されたことから、事件の凶悪性を強調した。偽装事故によって保険金詐取を目論んだという主張は取り下げたが、自らコンクリートブロックに激突したにもかかわらず、スピードの出し過ぎによる事故として、小山田秀一の保険金の給付を受けたのは詐欺にあたるという主張はそのままだった。

大鷹寿美夫の溺死は計画的であり、海水を自宅に持ち込むなど犯罪を隠蔽するなどして、犯行態様も悪質だと主張した。保険金詐取は逮捕によって未遂に終わっただけで、保険金目的の殺人である事実は否定しようがない。厳罰を望む大鷹寿美夫の母親の激しい遺族感情もあり、社会正義の立場から、「被告人を死刑に処するのもやむをえないと思います」と締めくくった。

これに対して真行寺の最終弁論は、二人を殺害した大鷹明日香の動機を明確にするだけだった。二人を強固な意志で殺害した事実は争いようがない。小山田秀一死亡による保険金も、交通事故による死亡ではなく、大鷹明日香が鉄アレイによって殴打したことが直接の死因だ。保険金詐取についても否定しようがない。

「これまでの法廷で明らかにされたように、C乳児院前に遺棄した渋谷未希の将来を、被告人なりに思い、誤っていたとはいえ、被告人は追いつめられ、二人の命を奪ってしまいました。父を殺害した凶器を床下に埋め、浴槽に海水を入れ夫を溺死させるなど、被告人には、犯行を隠蔽しようとしたと思われる形跡もあります。しかし、不規則発言ではあったとしても、凶器の存在を明かしています。もしも被告人が本気で罪状を逃れようと考えていたなら、何故、秘密の暴露をしたのでしょうか。浴槽で夫を溺死させたことも、警察に追及されすぐに自供しています。

被告人には、自分の命と引き換えにしてでも、どうしても守りたいもの、守らなければならないものがあったのです。

父親を殴打し、死亡させた時から被告人は死を考えていました。夫を浴槽で溺死させた時もそうです。父が娘の活躍を食いものにしようとする、祖父が孫にたかろうとする、これが絶望でなくてなんでしょうか。

被告人は赤城女子少年院に収監されている時、日記にこう記しています。『愛、ずっと身近にあったんだろうよ。私がバカだから、気づかなかっただけなのかも……。そう、その通りさ、私がきっとみんな悪いんだ。でも、ホントの真っ暗闇って、何も見えないって知ってるか』

ずっと暗闇の中で生きてきた被告人に、希望の光が射しました。その希望の光は日ごとに大きくなり、被告人の足元にまで射し込むようになったのです。生まれて初めて見た希望をもう少し見ていたいという思いが、被告人を隠蔽工作に走らせたのでしょう。

被害者二人への強い殺意は決して保険金目的などという短絡的な動機ではなかったことに思いをいたらせ、被告人にどのような判決を下すのが、真の正義なのかを考えていただきたいと思います。」

真行寺は最後の言葉をこう結んだ。

「それでは被告人は証言台に」三角が被告人に向かって言った。

大鷹明日香が証言台に立った。

「今日で審理を終えます。被告人から最後に述べておきたいと思うことがあれば、この場で証言してください」

大鷹明日香は裁判官席に向かって一礼した。

「私は父と夫の二人の命を奪いました。でも保険金目的などではありません。できることなら遠くから渋谷未希さんの活躍を見ていたかった。しかし、秘密を知ってしまった父と夫を殺すしかないと、そう考え実行に移してしまいました。こんな私に生きる資格があるのだろうかと考える一方で、勝手すぎると思いながらも、生きて償えるものなら償いたいという気持ちがあるのも事実です。死を思えば思うほど、渋谷未希さんの活躍を見ていたいという希望がどんどん大きくなっていく自分がいます。でも、どんな判決でも受け容れなければならないと思っています」

こう述べて明日香は被告人席に戻り、傍聴席に座る渋谷未希に向かって頭を下げた。

渋谷未希もそれに気づいたようで、彼女も大鷹明日香に向かって小さく会釈した。

「判決は二月二十八日午後二時からを予定しています」

三角が次回の判決公判の日時を告げて閉廷した。

エピローグ　遠い抱擁

二月二十八日、晴天だったが日中の気温は十度にも届かず、関内駅を降りた真行寺は、マフラーを巻き、ダウンコートを着込んで横浜地裁に向かった。地裁前にはテレビ局数社が判決を報道するためにすでに集まっていた。

死刑判決も予想される。大鷹明日香の不規則発言によって、凶器となった鉄アレイが発見され、証拠として採用された。二人を強固な殺意を抱いて殺害に及んだ事実は否定しようがない。ただ、動機が保険金目的ではないことだけは立証できたと、真行寺は確信していた。

殺害の動機は、二〇〇〇年六月にC乳児院の前に遺棄した渋谷未希を、小山田秀一、大鷹寿美夫の二人から守りたかったというものだ。それを裁判官、裁判員がどう評価するかが大きな鍵になる。

四〇四号法廷に入ると、すでに傍聴席は傍聴人で埋め尽くされていた。長谷川夫婦と未希、大矢直子、高崎美由紀、山根麻子、小宮礼子、そして愛乃斗羅武琉興信所の野村代表の姿もあった。午前中から横浜地裁の前に並んでいたのだろう。

午後二時、正面の扉が開き、三角裁判長が入廷し、陪席裁判官、裁判員がその後につづいた。

三角は被告席に座る大鷹明日香に証言台に立つように促した。その日の被告人は、黒のスーツに純白のブラウスを着ていた。渋谷未希が堀坂芸能プロダクションから得た給与で購入し、被告人に贈ったものらしい。まだ三十二歳だというのに、後ろで束ねた髪に白髪が混じっている。

三角裁判長は、改めて被告人に対して人定質問を行った。

大鷹明日香は、自分の名前と本籍地を告げた。

「それでは判決を言い渡します」

その瞬間、真行寺は死刑判決だけは回避できたと悟った。隣の大月弁護士と顔を見合わせた。大月も安堵の表情を浮かべている。死刑判決の場合、主文よりも判決理由を先に述べる。

「主文、被告人を無期懲役に処する」

三角は判決を宣告すると、被告人に着席するように促した。

被告人が着席すると、三角は判決理由を朗読した。五分もかからないで終わった。

判決理由を告げると、三角が正面にいる被告人に向かって言った。

「判決、判決理由は今読み上げた通りです。凶悪な方法で二人の尊い命を奪った事実に真摯に向き合い、内省を深めてください。とはいえ犯行の動機には同情すべき点がまったくないわけではありません。判決に不服があれば二週間以内に控訴することができます。被告人は弁護人とよく相談して決めてください」

三角の説諭は、控訴を勧めていると取れなくもない。大鷹明日香と渋谷未希をつなぐお守りは証拠としては採用されなかった。控訴し、高裁で親子関係が明確に立証されれば、無期懲役から有期刑に減刑された判決の可能性も考えられる。

被告人席に戻った大鷹明日香が言った。

「総長、ありがとうございました」

判決公判は開始から十分程度で終わった。

横浜地裁を出ると、神奈川弁護士会に向かった。午後三時から記者会見が開かれる。真行寺、大月、そして長谷川夫婦と渋谷未希が出席する。質問は渋谷未希に集中するだろう。

記者会見の冒頭で判決に対する感想を求められた。

「ひとまず死刑を回避できたことにホッとしている」

と真行寺は率直な感想を述べた。

お守りをどう評価し、殺人の動機については、裁判官、裁判員の意見が分かれたことは想像に難くない。

「保険金目的の殺人ではないことは明らかで、真実を見極めた上での判決として一定程度は評価しています」

　小山田秀一の生命保険は詐取として断罪しているが、判決では小山田秀一、大鷹寿美夫の殺害動機は保険金目的だとは認定していなかった。

「控訴するかどうかは、被告人と相談の上決めますが、きっと控訴すると思います」

　渋谷未希にも判決の感想が求められた。

「今、真行寺先生がおっしゃったように、死刑判決でなくて、ホントによかったと素直に喜んでいます。裁判官、裁判員の皆さんに、母の真実の姿を見てもらった結果だと思っています」

　言葉を選びながら渋谷未希が答えた。

　控訴した場合、被告人を支援しつづけるのかを問われた。

「裁判というよりも、母が反省を深めていくための支援はつづけたいと思います」

　好意的な質問ばかりではなかった。

「犯罪者の娘が、芸能界に出てきて活躍していることに、非難する声がネット上の書き込みに現れていますが、そのことについてどう思われますか」

　渋谷未希の表情が一瞬にして変わった。

「そんな質問に答える必要はない」

　記者会見会場の後方から、怒鳴り声が聞こえた。聞き覚えのある声だ。堀坂芸能プロダクションの堀坂がいつの間にか会場に来ていた。

「未希は自分の生みの母親を探そうと思って国民的美少女コンテストに応募し、優勝しただけだ。未希が社会的に問題のある行動を起こしたのなら、そうした批判も仕方ないが、未希とはまったく関係ないところで起きた事件で、高校一年生の未希に社会的責任があるとでも思っているのか。どこの社だ」

それでも渋谷未希はマイクを握った。

「法廷でも証言しましたが、私はここにいる両親と相談し、本当の両親を探そうと決意しました。それが応募の動機ですが、あのコンテストに出場さえしなければ、祖父も父も、そして母もそれなりの人生を歩んでいたのかもしれません。だから事件と私がまったく無関係ということではないのかもしれません。ネット上の批判は見ないようにしていますが、やはり時には目にしてしまいます。そうした批判には、芸能界で一生懸命頑張りながら、母が反省を深め、真の償いができるように寄り添って生きていきたい、そうすることで批判に応えていこうかなと、私は考えています。お答えになっていないのかもしれませんが、率直な私の今の気持ちなんです」

真行寺の隣に座る渋谷未希は、最初に会った時から一回りも二回りも成長しているように思える。

それは渋谷未希のやはり隣に座った父親も同じことを思っているのだろう。未希の背中をさすりながら無言で励ましていた。

「母も、方法は誤っていましたが、命がけで私を守ろうとしたのだと思っています」

記者会見は終わり、テレビでは夕方のニュースから大鷹明日香の判決と、記者会見の模様が流れるようになった。しばらくの間は、各局のワイドショー番組の話題を独占するだろう。

横浜地裁判決から三日後、真行寺は控訴手続を行った。

その足で横浜拘置支所に向かった。そこで長谷川夫婦、渋谷未希と待ち合わせた。

面会室に現れた明日香は、三人が同行していることに驚き、座ることも忘れて何度も頭を下げた。明日香の正面に渋谷未希が座った。

明日香も未希もどのような会話をしていいのか戸惑っていた。

「控訴手続をすませてきた。これからも裁判はつづくから、そのつもりでいるように」

真行寺が言った。

「頑張ろうね」

渋谷未希が声をかけた。その瞬間明日香はボロボロと大粒の涙を流し始めた。

「ごめんね、こんなろくでもない母親で……」

未希も泣きながら首を横に振った。どちらからともなく強化ガラスに手を伸ばした。ガラスを挟んで二人の手が重なり合った。

「いつか直接手を取って抱き合えるように、頑張りましょうね」

未希の育ての母親リエが明日香に言った。

「未希さんをこんなに立派に育てていただき、本当にありがとうございます」

明日香が立ち上がり頭を下げた。

十五分の面会はあっという間に終わってしまった。

刑務官に連れられて明日香は面会室を出ていった。

「また来るね、お母さん」

明日香の背中に向かって未希が言った。「お母さん」と呼ばれたのが、よほど嬉しかったのだろう。面会室のドアが閉まると同時に、明日香の慟哭が聞こえてきた。それまで必死にこらえていたのだろう。

控訴審で有期刑を勝ち取れば、二人が抱き合える瞬間がくる。それまでは気の遠くなるような長い道のりだが、今の明日香なら歩いていけるような気がした。

本作品は当文庫のための書き下ろしです。

本作品はフィクションであり、実在の個人・団体などとは一切関係がありません。

文芸社文庫

悪い女　暴走弁護士

二〇一八年二月十五日　初版第一刷発行

著　者　麻野涼
発行者　瓜谷綱延
発行所　株式会社　文芸社
〒一六〇－〇〇二二
東京都新宿区新宿一－一〇－一
電話　〇三－五三六九－三〇六〇（代表）
〇三－五三六九－二二九九（販売）

印刷所　図書印刷株式会社
装幀者　三村淳

ISBN978-4-286-19516-2